U0930824

KEY·可以文化

远藤周作作品

武 士

武士

〔日〕远藤周作 著

林水福——译

浙江文艺出版社
Zhejiang Literature & Art Publishing House

目　录

第一章

下雪了。

傍晚,微弱的阳光从云层的隙缝注入满是石块的河床,天空暗下来,一切突然变得寂静。有两三朵雪飘过来。

雪掠过劈着木块的武士和下男穿的工作服,碰到他们的脸和手,宛如诉说生命的短暂,马上就消失。不过,当人们默默挥动柴刀时,雪却旁若无人似的在身旁开始旋转。与雪混合的夕霭扩散开来,视野是一片灰茫。

不久,武士与下男们停止工作,背起一捆捆的木柴。砍柴是为了防备即将来临的冬季。雪,飘落在像蚂蚁般排成一列、沿着河床要回谷户的他们的额头上。

在树木已枯干的丘陵围绕下的谷户深处,有三座村子。村里的每户人家都背向丘陵,前有旱田：那是为了让人在有陌生人进入谷户时,从家中马上可以发现。宛如被压碎似的排列着的稻草屋顶房子，天花板上有用竹子编成的竹窗，上边晒着木柴或茅草，如家畜棚子，又臭又暗。

武士对三座村子了如指掌。从父亲那一代起，藩主便把这村子和土地给了他们。现在当了总领①，如果公家有命令来，他就得召集一些百姓，以便发生战事时率领部众赶到寄亲②的石田公馆。

他的家比百姓的家要好，不过，也只是几栋稻草屋顶的建筑物而已。与百姓家不同的是有几间储藏室和大马厩，周围有土墙围绕。虽有土墙围绕，家毕竟不是战斗的地方。谷户北边山上，有一些被藩主消灭的地方武士的城寨遗迹残存；在日本国内战争结束，藩主成为陆奥地方第一大名的今天，城寨对武士而言已无必要。而且，在这里身份虽有上下之别，武士也到田里工作，也和下男在山上烧炭。他的妻子和村妇照料牛马。这三座村子缴纳给藩主年贡六十五贯，其中水田交六十贯，旱田交五贯。

雪，有时猛烈。武士和下男们在长长的道路上留下足迹点点。谁也不愿意轻易开口，如温驯的牛一般走着。来到一

① 武家社会一族之长。——本书注释如无特别说明，均为译者注

② 主从或保护者与被保护者的关系，看成假设的亲子关系，主或保护者为寄亲，从或被保护者为寄子。

座名叫三本杉的小木桥时，武士看到跟自己一样头发被雪染白的与藏如同石佛般站在那儿。

“分家来了！”与藏说。

武士点点头，从肩上把木柴拿下来放在与藏脚边。武士的脸跟这地方的百姓一样，眼眶凹下，颧骨突出，乡土气息浓厚。他和百姓一样沉默寡言，感情很少表露出来。虽说已是一族的总领，不过对于被称为分家、年老的叔父的到来，心情仍然沉重。父亲去世后，他虽然继承了长谷仓的本家，不过，无论什么事都得和这位叔父商量后才能决定。叔父在藩主发动的几次战役中和父亲并肩作战。孩提时代，叔父在围炉旁，喝了酒红着脸，对他说：

“阿六，你看！”

让他看大腿上的茶褐色伤痕。那是藩主与苇名一族在磨上原作战时留下的弹痕，是叔父引以为傲的话题。不过，这四五年来叔父身体衰弱得厉害，有时到他家喝酒，就常发牢骚；发完牢骚，便如跛脚狗般拖曳着受了伤的右脚回去。

武士留下下男们，单独踏上回家的斜坡路。雪花在灰色的天空中飞舞，主房和储藏室等建筑物像黑色城寨般浮现出来。经过马厩前，稻草与马粪混合的臭味扑鼻而来，察觉到主人脚步声的马踢着木板。走到主房门口，武士停下脚步，轻轻拂去工作服上的雪,进入屋里。在正面的围炉内侧,叔父伸直受过伤的右脚,手放在火上烤,已十二岁的长男恭敬地坐在旁边。

“是阿六啊!”

或许是被围炉的烟呛到了,叔父把拳头贴在嘴上咳嗽着叫武士。身为长男的勘三郎看到父亲来了,如获大赦地行个礼,逃到厨房去了。烟,沿着吊钩爬上被煤熏脏的天花板。从父亲那一代起,这围炉边就成了商量事情、决定事情的地方,也是排解村民纠纷的场所。

“我到布泽,见过石田先生了。”

叔父咳了一下子。

“石田先生说,有关黑川的土地,城中还没有回音。”

武士默默地折着堆在围炉内侧的枯枝,耳中听枯枝折断的声音,忍受叔父惯有的牢骚。静默,并不表示他无所感无所思。不习惯把感情显露在乡土气息浓厚的脸上,讨厌跟人抬杠顶嘴虽也是原因,最主要的还是因为尽是些老话题。话虽如此,叔父的话仍然让他感到心情沉重。

十一年前,藩主建造新城郭和城镇、分配领地,把谷户和三个村子分给武士,以代替祖先们世代住惯的黑川。尽管藩主声称为了开发荒芜地区,所以把领地换成比较贫瘠的地方,武士的父亲却认为另有名堂。关白秀吉公降服藩主时,对藩主不满的葛西、大崎等族揭起反旗,此外还有几个远亲加入行列。父亲掩护战败的他们逃走,所以藩主分配这荒地代替黑川——父亲是这么认为。

被扔进去的枯枝在围炉里发出声响,宛如对这处置不满的父亲和叔父发的牢骚。厨房门开了,妻子里久轻轻地把用酒和干槲制成的味噌摆在两人面前。她看叔父的表情和无言折着枯枝的丈夫,似乎感觉到今晚有事要讨论。

“哎,里久!”

叔父回过头来看她。

“往后不住在这野谷地还是不行!”

所谓“野谷地”,依当地话指的是被抛弃的荒野,有满是石块的河川和除了少许稻麦之外就只长荞麦、稗子跟萝卜的旱田。此外,这里的冬天比其他地方来得早,也冷得紧。不久,谷户的山丘、森林就会被皓皓白雪掩盖,人,在黑漆漆的家里屏息,在漫漫长夜听风呼啸,等待春天的到来。

“我希望有战事发生哦!只要有战事,立了功就会加俸禄的。”

叔父频频抖着细瘦的双膝,继续发同样的牢骚。然而藩主发动夜以继日的战争的时代已经结束了。西国姑且不谈,东国臣服德川家康的威势。在这时代,即使如藩主是陆奥第一的大名,也不能任意挥兵了。

武士和妻子折着枯枝,听叔父喝着酒自言自语地说自己的功劳来宣泄无法排遣的不满。那些功劳、牢骚不知已听过多少遍,然而,那是老人赖以维生的发了霉般的食物。

近午夜时分,武士派两个下男送叔父回去。一打开门,月光从云层的裂缝溜出,雪已停了。狗一直吠叫,直到看不见叔父的影子。

在谷户这地方,饥馑比战争更可怕。对从前这里被冷害侵袭记忆犹深的老人们仍然活着。

听说那年冬天异常暖和,天气如春。西北边山上常泛起云雾,视线不明。不过,春天结束,梅雨季一来,雨天长,天也变冷,即使是夏季,仍有寒意。旱田的稻苗根本无法生长。

食物没了,谷户的村民从山上摘葛根回来吃,把做马饲料的米糠、稻草、豆壳也拿出来吃。这些都没了,就杀比什么都重要的马,杀家里养的狗,以树皮、杂草充饥度日。等到一切都吃光之后,亲子、夫妇便分头离开村子寻找食物。即使有饥饿难挨倒在旁的人,就算是家人、亲戚,都对他置之不理,无法伸出援手。最后,尸体被野狗、乌鸦啃食。

武士家以这里为领地之后,没发生过那样的饥馑,但是父亲下令让村中每户人家把七叶树、袍树的种子和从穗取下的稗子放进草袋,贮藏于梁上。如今,武士每次看到家家户户都贮有的草袋,就想起父亲比直性子的叔父聪明和蔼的脸孔。不过,连父亲都说:

“要是黑川,即使是凶年,也不用担心。”

他们仍然怀念着祖先传下来的肥沃土地。那里是只要稍微做点工,麦子就会大丰收的平野。而在这野谷地,荞麦、稗子、萝卜是主要作物,为了缴年贡给藩主,还不能每天吃。即使是武士家也有过在麦子、稗子饭里加萝卜叶的日子。百姓们连野蒜、绿葱等东西都拿来吃。

武士并不讨厌这野谷地,尽管父亲、叔父发牢骚。这里是父亲死后,他当一族的总领之后第一次统治的土地;百姓跟他一样眼眶凹下,颧骨突出,默默地从早到晚像牛一样工作,没有争吵、打架。他们耕种土壤贫瘠的田地、旱田,即使缩减自己的食粮,年贡却毫不迟延。武士跟这样的百姓交谈时,忘了身份的差别,感到自己紧紧跟他们结合在一起。他认为自己的唯一长处是忍耐力强,然而百姓比他更柔顺、更能忍耐。

有时,武士也会带长男勘三郎爬上位在家北方的丘陵。往昔统治这里的地方武士建造的城寨的遗迹被杂草掩盖,有时在灌木包围的空壕或以枯叶掩饰的土堡里,还发现烧过的米和破裂的碗。从被风吹拂的山上俯视谷户和集落,这里土地贫瘠得令人悲伤,村子仿佛被压碎。

“这里是我的土地……”武士在心中这么说。如果没有战事,自己大概会跟父亲一样一辈子都守在这里吧!自己死后,长男也会当总领,重复同样的生活方式。父子这一辈子都不会离开这里。

他曾和与藏到山麓的小沼泽去钓鱼。晚秋,曾见过三四只长脖子的白色鸟混杂在褐色水鸟群中,从芦苇茂盛而阴暗的沼泽展翅飞起。那鸟名叫天鹅,是从酷寒的遥远国度渡海而来的。到了春天,候鸟又会拍动大翅膀从谷户的天空飞翔而去。武士每次眺望那候鸟,会突然闪过这样的念头:它们认得自己一辈子都不会去的国家。不过,他毫无羡慕之意。

寄亲石田先生找他,有话要跟他说,希望他到布泽来。

石田先生的家,从前是经常与藩主的祖先对抗的一族,不过,现在当藩主的御一门众,地位崇高。

武士一大早带着与藏从谷户出发,近午时分才到达布泽。天下着冰雨,在有石垣环绕的宅邸的壕沟里,无数水圈旋起旋灭。武士在等候室休息一会儿之后,晋见石田先生。

微胖的石田先生穿着短外褂就座,对两手按在发出黑光的地板上、恭恭敬敬的武士露出笑容,询问叔父的情况,说:

“前些日子还在这里发牢骚呢。”

石田先生笑得似乎很愉快。武士惶恐地低着头。以往每次父亲和叔父请求希望能换回黑川的土地,石田先生总会把请愿书转到城中。后来武士从石田先生处听说不断有人提交这类请愿书,御评定所那里已堆积如山。除非很特殊,否则藩主是不处理的。

“我很了解老人的心情。”

石田先生脸上的笑容突然消失,以稍微强硬的声音说:“已经不会有战事了。内府重视大阪,藩主也顺从这意向。”

武士心想,他只为了告诉他这件事而传唤他来吗?或者石田先生想告诉他请愿书再送也是枉然?

悲伤像满溢的水,在胸中扩散开来。他自己虽然眷恋谷户,可是祖先们以血汗和回忆染成的土地他一日不敢或忘。现在,石田先生明确告诉他要死了这条心,武士眼前浮现出亡父寂寞的脸,也浮现出叔父的惋惜。

“要让老人同意是很困难的吧?老人总是很难了解世事的变化。”

石田先生很同情似的看了低着头的武士一眼。

“不过评定所并不是要你家放弃。召出众[1]当中同样诉请回到原来土地的人很多,所以评定所的大臣们都感到非常为难。只要采纳一个人的要求,已经划分好的领地就会大乱。”

武士两手按在膝上,低着头听石田先生说。

“不过,今天叫你来,是有别的事。”

石田先生似乎想避开黑川土地的话题,突然转换别的话题。

“近日内,官方会有所指示。关于这点,或许会特别通知你也说不定。不要忘了这件事。”

武士不懂为何对方突然告诉他这样的事,随即低着头准备退出时,石田先生说还不用急着走,又告诉他江户繁荣的情形。从去年开始,诸大名都接受将军的江户城普请[2],藩主也是其中之一,最近,像石田先生、亘理先生、白石先生等御一门众都轮流到江户去。

“江户对天主教的搜查极为严厉。有时回到这里还看到犯人游街示众。”

---

① 幕府因某工作任务而征调之人。

② 1603年,德川家康幕府开创后开始的为修建江户城及扩大江户市街而为的工事,兼有消耗各大名经济力的目的。

武士知道将军的父亲内大臣今年在幕府的直辖地严禁天主教。他偶尔也听说被放逐的信徒们迁移到未禁教的西国或东北,有的在藩主领地内的金山等地工作。

石田先生看到每一个囚犯都插有纸制的小旗子,骑在马上,走过城中的大街,被带往刑场。途中,囚犯们从马上跟熟人搭讪,对死亡毫无恐惧的样子。

"里头也有南蛮①的神父。你以前遇到过天主教徒或神父吗?"

"没有。"

即使听石田先生这么说,武士对天主教的囚犯毫无兴趣。对天主教没兴趣,那是因为跟自己居住的、雪下得深的谷户毫无关系。谷户的人一辈子没见过从江户逃来的信徒,就死了。

"下着雨回去不好走吧!"

石田先生对要退出的武士像父亲般亲切地关怀。宅邸外,与藏穿着被雨淋湿的蓑衣,像狗般忠实地等候着武士。比他年长三岁的这个下男,自从出生后就跟武士在同一家中长大,替武士家工作。骑在马上,他想起现在要回去的谷户的夜晚:几天前下的雪已结成冰,在暗黑中浮现出白色点点,百姓

① 葡萄牙、西班牙人。

的家如死亡般寂静。只有里久和三四人尚未就寝，在围炉边等着自己。狗听到脚步声吠了起来，在发出湿稻草臭味的马厩里，醒过来的马正踱着步子呢！

传教士坐着的牢狱也充斥稻草的湿臭味。那臭味和被关入这里的信徒的体臭和尿臭味混在一起，有时极为呛鼻。

从昨天起，他就开始计算自己被处死刑和被释放的几率，宛如检查两盘沙金哪边重的商人般冷静地思考。如果被释放，那是他对这个国家的施政者还有用处。到今天为止，这个国家的权力者在每次马尼拉的使节到来时总要传教士翻译。事实上，日语像他这么好的传教士在江户已经找不到了。贪婪的日本人，今后如果希望和太平洋彼方的墨西哥继续有利的贸易，不可能舍弃能够当交涉桥梁的自己。（主如果希望的话，我也可以死。）传教士如鹰般傲然昂首。（不过，你也知道我对日本教会而言是必要的。）

是的，跟这个国家的权力者一样，连主也需要自己。这么想，脸上不由得浮现出得意的微笑，传教士对自己的能力有信心。身为保禄会的江户管区长的他，对到目前为止在日本传教的失败，总认为那是凡事都跟保禄会对立的伯多禄会的过失造成的。伯多禄会的神父们对小事常以政治手段解决，其实他们不懂政治。他们传教六十年的结果是在长崎拥有有施政权和裁判权的教会领区,因此让日本的权力者不安,种下疑惑的种子。(如果我是主教的话,不会让他们做出那样的愚行。如果我是日本的主教的话……)

在心中对自己这么说,连他也像少女般脸红了。因为他觉察到自己内心也有变形的世俗野心和虚荣心。在希望成为由罗马教宗任命的日本主教的欲望中,包含他个人的野心。

父亲是塞维利亚①有力的市参议员,他们家族中还有巴拿马诸岛的总督和宗教裁判所的长官。祖先也参加了征服西印度群岛的行列。来到日本之后,他才发现自己有政治家的血统,拥有与一般神父不同的才能。那是他了解到即使在内府或将军之前伺候,自己也能不卑不亢地掌握住狡猾的老中②的心。

可惜的是受到伯多禄会的压迫,尚未拥有可以自由发挥才能的大舞台。伯多禄会的会士们既无法巧妙地操纵秀吉和大臣,也怀柔不了侵占江户城的传教高僧,反而撒下了让高位者反感与疑惑的种子。他虽然对自己的野心感到羞耻,却抑

---

① 西班牙南部城市,系安达卢西亚自治区和塞维利亚省首府。现为西班牙第四大城市,也是该国唯一有内河港口的城市。——编者注

② 在江户时代直属将军、总理政务、监督诸侯的幕府最高官员。

制不了想当主教的欲望。

（在这个国家，传教是战争。战争中，如果指挥官无能，士兵们的血就白流了。）

因此，传教士非在这个国家活下去不可。他知道有五个藏匿的信徒被捕，但为了避免选择跟他们相同的命运他必须这么做。

“不过，如果主不需要我……”他揉着麻痹的脚，心里嘀咕着，“请随时召唤我。我决不执着自己的生命，你是最了解的。”

一只黑色的软东西从正揉着的脚边经过，那是筑窝在牢内的老鼠。昨夜，在他睡着时，老鼠咬着这狭窄牢房的某处，弄出细微的声响。每次被那声音吵醒时，他都细声为应该已经在刑场被处死的五个信徒唱主祷文，借着咏唱主祷文，希望能够止住因舍弃他们而产生的良心的疼痛。

远处传来脚步声，传教士赶紧把伸出去的脚缩回来，坐正。他不想让送食物来的狱卒看到不端庄的样子，即使在监牢里也不允许自己做出让日本人瞧不起的举止。

脚步声逐渐接近，他心想非装出笑脸不可。听到钥匙插进钥匙孔的声音，传教士脸上挤出微笑。他早就做好死前的瞬间也要装出笑脸的准备。

发出咿呀声,门开了,连锡都会熔化的阳光流入潮湿的地面。他眨眨眼睛转过笑脸时,看到的不是狱卒,而是两个穿着黑色衣服的官差正往内瞧。

“出来!”

当其中一人以傲慢的声音命令时,释放的字眼与喜悦一起冲向传教士脑中。

“去哪里呢?”

传教士笑容不变,声音从容不迫,只是,脚步有点踉跄。官差不悦地晃动双肩,默默走着。那是日本人特有的走路样子,有信心马上会被释放的传教士认为他们的动作滑稽,像小孩子。

“看!”

突然,官差之一停下脚步,回过头用下颌示意从走廊可见的中庭。

在阳光开始退出的中庭,铺着草席,摆着水桶,并列着两张床几。

“你知道是什么吗?”

另一个官差发出轻蔑的笑声,用伸长手指的手掌做出砍头的动作。

“是这样!”

他很高兴地看着身体僵直的传教士,说:

“发抖了吧！你这南蛮人!”

传教士双手紧握,压抑着涌上来的羞耻与愤怒。这两天,日本小官差的这种恐吓方式每次都伤害到他。现在,被他们看到自己胆怯的表情,即使是一瞬间,对自尊心强的传教士而言都是无法忍受的。从被带出牢外到进入对面的这栋建筑物里,他的膝盖一直颤抖。

傍晚的建筑物空荡荡,无人迹。他被安排端坐在地板乌亮的房间里,当官差消失后,传教士像偷吃东西的小孩,开始贪婪地咀嚼被释放的喜悦。

(看！如我所料。)

刚才的屈辱感消失,代之而起的是“自己的判断并没错”,他恢复了天生的自信,嘀咕着。

(日本人的心理我了如指掌。)

他了解日本人不管喜欢与否,都会让有利用价值的东西活下去,而且他的翻译能力对这个为贸易利益着迷的国家权力者还是需要的。尽管内府、将军都讨厌天主教,还让传教士住在这城市,也是这个缘故。内府需要一个不输长崎、可以与另一个遥远国家展开贸易的海港,尤其希望能跟遥远的、海的彼方的墨西哥通商,也因此到目前为止写了几次信给在马尼拉的西班牙人总督。传教士常被叫到江户去翻译那些信，以及把对方回的信翻成日语。

不过，他只见过内府①一次。他在江户城与马尼拉来访的使节见面，在阴暗的谒见室见到疲倦地坐在天鹅绒椅子上的老人。老人没有开口，无表情地听着老中与使节的对话，对使节带来的奇珍异宝也以无表情的眼光望着。可是那无表情的脸与眼睛后来在传教士记忆中苏醒，却唤起一种类似恐怖的情绪。他想那老人是内府，那就是政治家的脸了。

从走廊下传来脚步声时，低着头的传教士耳中听到衣服摆动时发出的干燥声音。

"贝拉斯科先生！"

他抬起头，看到曾见过面的通商顾问官后藤尚三郎往上座坐下，刚才的两个官差并列在铺木板的房间。后藤用日本人特有的沉重表情注视了他一会儿，之后叹一口气，说：

"能出来太好了。这是官差弄错了。"

"我知道！"

传教士很得意。他把眼光投向羞辱自己的两个官差。那动作就像宽恕信徒的告悔。

---

① 内大臣的别称。

“不过，贝拉斯科先生，”衣服的干燥声再次发出，后藤站起来的同时，以苦涩的表情像吐东西般说，“你还是以天主教神父的身份住在江户吧？这一次要不是有某位人士说项，不知结果会怎样。”

通商顾问官指责传教士还偷偷地寻访信徒。在其他藩主的领地还好，从今年起，内府直辖地严禁建教堂、信奉天主教。在这座城市，他不是以神父而是以通译的身份居留。

后藤的身影消失后，两个官差明显表现出不满的脸色，以下颌向传教士示意另一个出口。夜，已开始落幕了。

坐上轿子，他回到浅草的住处。夜空中看来，黑黑的树林是住处的标识。这一带是被人们遗弃的麻风病患群集而成的部落，到两年前为止，传教士所属的保禄会还为麻风病患建造了小小的医院。医院被拆毁后，他获准与年轻神父迭戈和另一个朝鲜人住在残存的小屋。

迭戈和朝鲜人以惊讶的表情迎接突然归来的他，围住他。他贪婪地吃着饭和鱼干。附近的树林里，鸟发出尖锐的叫声。

“要是别人，日本人可不会这么早释放哟！”

迭戈为他盛饭时说。传教士的脸上浮现出微笑，心中慢慢咀嚼满足与得意。

“倒不是日本要释放我，”他浮现出分不清是谦虚或是傲慢的表情,告诉迭戈,“是主对我有所期望。为了要完成任务,主释放了我。”

“主啊!”传教士边吃饭,边在心中祈祷,“你所做的不会白费。因此,你让我活下去。”他没有察觉到自己的祈祷中包含了神父不该有的傲慢。

三天后,为了答谢释放之礼,传教士带着朝鲜人到通商顾问官的公馆。日本大官喜爱葡萄酒,因此他没忘记带几瓶弥撒时用的酒去。

不巧顾问官有其他访客,不过,他并没有让他们在别室等候,马上就让人带他们到房里。他看到传教士只轻轻地点点头,又继续他们的谈话,很显然是要让传教士听他们的谈话。

谈话中不时出现月浦啦盐釜等地名。月浦会变成胜过长崎的海港,顾问官跟微胖的年老男子缓缓交谈。

传教士若无其事地把眼光投向屋前的庭院,耳朵却倾听他们的对话。这三年从翻译中得到的知识让他觉得隐约可以抓住话题背后的东西。

内府这几年希望在日本东部拥有跟长崎相当的良港。因为内政上,长崎距离内府所能控制的东日本太远,万一九州有力的藩主造反,就很容易被夺。而且,在九州有力的藩主当中，也有像岛津、加藤那样心向着大阪的丰臣家的人，内府还无法控制。外交上，内府对从马尼拉或澳门来的船只聚集到长崎并不高兴。他希望不是经过马尼拉，而是直接和墨西哥进行贸易，因此，在他势力所及的东边寻找可以和墨西哥通商的良港。关东虽有浦贺港，但可能因潮流流速快的关系，到目前为止想靠岸的船常遇难。因此，内府曾命令日本距离黑潮最近的有力东北藩主寻找良港。月浦、盐釜或许是候选名单。

（可是，为什么顾问官让我听这样的对话呢？）

传教士偷偷瞄了一下两个日本人的脸。后藤宛如察觉到他的视线，转向这边说：

“你认识石田先生吗？这是以翻译的身份允许留在江户的贝拉斯科先生……”

他向微胖的男子这么介绍。男子微笑，上半身微微弯曲。

“您去过东北吗？”

传教士手放在膝上摇摇头。多年来，他已经了解日本人这时候的礼仪或做法。

“石田先生的地方跟江户不同，”顾问官微带讽刺，“听说不责难天主教。在那里，贝拉斯科先生可以大摇大摆地走路。”

传教士当然也明白这事实。内府在自己的直辖地禁止天主教,但是,在其他害怕禁教会引起信徒和武士叛乱的诸侯封地并未严格禁止,也默许从江户被赶出的信徒逃到西国或东北。

“贝拉斯科先生,您听过盐釜、月浦这些地名吗?”

顾问官突然回到原来的话题,说出刚才的地名。

“在东北,是特别优良的入海口。”

“想建设成像浦贺那样的海港吗?”

“也有这意思。或许在入海口建造跟南蛮船同样的大船。”

一瞬间,传教士停止呼吸。到目前为止,就他所知,这个国家顶多只有模仿暹罗或中国帆船的船只,既无制造可以在大海航行的大型帆船的地方,也没有这样的能力。纵使制造了那样的船,也应该没有能够航行的技术。

“日本亲手制造吗?”

“因为盐釜、月浦面海,而且有许多好的木材。”

传教士忖度,顾问官为什么会把这样的秘密在自己面前明白说出呢?他迅速地比较两个人的表情,想找出答案。

(这么说是想利用那艘船的船员了?)

去年,他以翻译员身份到江户,遇到从马尼拉来的西班牙人使节。他们在途中遭到飓风,漂流到纪州,船只因无法修补而被扣留在浦贺港。使节和船员们耐心地在江户等待前来迎接的船只。日本人或许想利用那些船员制造跟那些大型帆船一样的船吧!

“已经决定了吗?”

“不,不,只是有这样的想法。”

接着,顾问官眼睛望向庭院。传教士了解顾问官这时的心理,那是暗示该退出了,于是马上简短说些感谢释放的话,离开房间。

他弯着身子向在等候室的家臣打招呼,心想:日本人终于开始计划要以自己的力量横渡太平洋、远赴墨西哥了。

(像蚂蚁般的人种,他们什么都做。)

不知为什么,传教士这时想起遇到积水、有一部分会牺牲自己以身子当桥梁让同伴搭过去的蚂蚁。日本人就是具有那种智慧的黑色蚁群。

从数年前起就殷切希望和墨西哥通商的内府委婉拒绝了马尼拉总督提出的要求,因为西班牙人希望独占广阔的太平洋贸易。

如果想利用扣留的西班牙船员造船,日本人为了跟他们交涉时的翻译,自己无论如何是必要的。传教士逐渐明白为什么四天前自己会由后藤手中从牢里被释放出来。那时,后藤隐约说是某位人士的说项,某位人士或许是拟定这项计划的老中。说不定就是刚才名叫石田的老人。神是任何人都差遣,而日本人只彻底利用有用的。日本人认为传教士在这计划中有用,先威胁,再援救。这也是日本人常用的手段。

他没有把今天的事详细对迭戈和朝鲜人说。传教士暗地里瞧不起同样是神职人员、一起从马尼拉保禄会来日本、有着像兔子般红眼睛的这个年轻同事。神学生时代,他遇到纯真但无能的朋友,也掩饰不了心中的轻蔑。他明明知道这种个性不好,可是,老是改不了。

“大阪有信来。”

迭戈从老旧的修道服口袋中拿出念珠和已开封的信函。接着,转过哭肿的眼睛。

“伯多禄会又在责难我们。”

传教士在有如蛾拍翅膀的蜡烛火焰下摊开留有黄色雨渍、墨汁因而渲染开来的信函。那是大阪的上司穆尼奥斯神父大约二十天前写的信。这位上司转达了大阪的情势:对江户内府的憎恨越来越强烈,在关原之战中战败的诸侯的家臣接连被传唤过来。

在这样的开场白之后,穆尼奥斯神父告诉他伯多禄会的近畿管区长寄信到罗马责难保禄会的传教方法。

“伯多禄会的教士们控诉：尽管江户颁布禁教令，保禄会仍继续和日本信徒接触，徒然激起内府和将军的愤怒，最后，连以前可以自由传教的各地也遭到迫害。”

传教士压抑住涌上来的不悦，把信退还给迭戈。

“真是太傲慢了！”

情绪一高昂，传教士的脖子和脸颊就涨红。伯多禄会对自己的责难今天并不是第一次。他们常偷偷地写信给罗马说保禄会的坏话，都是嫉妒引起的。方济各·沙勿略六十三年前第一次登陆日本之后，这个国家的传教都由沙勿略创设的伯多禄会独占。大约十五年前，教宗克雷芒八世的诏书中允许其他修道会在日本的传教，伯多禄会就针对其他新崛起的教会，说他们的坏话。

“伯多禄会忘了他们才是造成天主教在日本受迫害的原因。想想到底是谁惹火了那死掉的太阁？”

迭戈胆怯地以红色眼睛仰望这边。传教士看那眼睛，心想跟这无能的同事讨论什么都没有用。来到日本已经三年了，还说不好这国家的话，对上司的话像绵羊般柔顺地遵从，这就是迭戈每天的日子。

数十年之间，伯多禄会在长崎获得相当于殖民地的土地，以其收益作为传教费用。他们虽然没有军事权，但是在那土地上有税收权和审判权。占领九州的太阁知道这事实时,认为是假借传教之名的侵略,大为愤怒,于是颁布禁教令,这是谁都知道的事情。这也是促使在日本的一切传教都变成黑暗的主因,然而,伯多禄会却忘得一干二净。

“可是,”迭戈为难地说,“怎么向大阪回信呢?”

“给伯多禄会写信,说有关我的事不用担心就行了。”传教士耸耸肩,如唾弃般回答,“因为我不久就要离开江户,到东北去。”

“到东北?!”

传教士没有回答大感惊讶的同事,转过身走出房间,进入称为圣堂的存物小屋,吹灭手中的蜡烛,跪在坚硬的木板上。这是他从塞维利亚的小神学校时候开始的习惯——为了压抑因自尊受损而涌起的愤怒时常采用的苦修方式。蜡烛芯燃烧的臭味刺鼻,黑暗中有蟑螂爬行的轻微声音。

“有人想责难我,你深知我的能力。”他用手撑住额头嘀咕着,“因此,你需要我,从牢里把我救出。你从不担心律法学者和法利赛人的谗言或坏话。我也不在意伯多禄会的中伤。”

蟑螂肆无忌惮地爬过他肮脏的赤脚。林中,鸟儿又发出尖锐的叫声,同时,传出朝鲜人关小屋门的声响。

(日本人想制造大型帆船。)

眼前又浮现出大群黑蚁为寻找粮食渡过积水时的意象。日本人为了追求与墨西哥通商的利益，像黑蚁般想渡过太平洋。传教士心想，应该利用日本人这种贪婪来传教。

（给他们利益，换取我们传教的自由。）

能够高明地做这桩买卖的，不是伯多禄会的家伙，也不是道明会或奥斯定会的教士，更不是像迭戈般无能的修道士。传教士相信只有自己才能做到。这样可以消除日本人的偏见，不会重蹈伯多禄会的过错。

（如果我是主教的话……）

感到可耻的野心的细语经常在耳朵深处响起。他虽感到可耻，却不得不这么想：自己在日本的传教计划如果都能实现，自己被任命为主教的话，就可以挽回伯多禄会在这几十年之间的失败。

枯干成茶褐色的谷户山上，在晴朗的日子有烧炭的烟升起。在漫漫长冬来临之前百姓整天工作。从土壤贫瘠的田地收取稻、稗，女人和小孩敲打稻谷、用簸箕过滤，那是为了缴年贡，并非供自家食用的。农闲时割下的枯草摆在那里晒干，是用来铺马厩的。生稻草在这儿就成为饥馑时的食粮，切碎后放在石臼里磨成粉。

武士也和百姓一样穿着名叫半切的工作服巡视谷户,有时向百姓搭讪,站着聊天,有时和他们一起把薪柴在家的周围堆成墙壁样子。在谷户,用薪柴堆成的墙壁被称为“Kijima”。

有快乐也有悲伤。今年秋天有两个老年人死了,在贫穷的农家,人死了就埋在靠山的田里,在上头摆块石头而已。把死者生前用过的镰刀连柄插在地上,把有缺口的碗放在石头旁边,这就是谷户的风俗。武士常看到有小孩把黄花放在有缺口的碗上,像这样能够埋葬的也只限于在没有饥馑的年度。他曾听父亲说荒年时老年人会突然消失,而对于消失的老人,谁也不过问。这季节,有一节日称“大师讲”①,人们会用茅草插入不含盐分的汤圆,放在锅里煮了吃。这一天百姓们接连到公馆来鞠躬致敬,吃过汤圆后回去。

晴朗的日子,石田先生所说的官方通知来了。需要谷户派出二人。武士一接到通知就带着与藏到叔父的村子去。

“我听到了,我听到了!”

叔父喜形于色。

“听说要砍雄胜山的杉树,制造军船。大概是跟大阪的战事近了吧!”

---

① 阴历十一月二十三夜到二十四日的民俗节日。

"制造军船?"

"是呀!"

武士还没把石田先生的话告诉叔父,因为像往常的夜晚那样听心灰意冷的叔父的无休止的牢骚,心情仍然很沉重。不过,在不会有战事发生的时代,藩主究竟为何要制造军船呢? 武士觉得非常不可思议。在城里的御评定所,或许有他们不知的计划悄悄进行呢!

"阿六,首先到雄胜去打听看看有什么已经开始了。"

叔父的声音充满活力,宛如战事已经开始。武士对于花一天半的时间到雄胜并不起劲,不过对父亲或这个叔父一直是言听计从,这时也默默地点头,心想:以自己的眼睛弄清一切,或许可以让无法理解世事变化的老人死了心。

他从村中挑了两个年轻人当公差,第二天就骑马上路。雄胜是沿着陆前的海、像锯齿状的入海口之一。大清早出谷户,傍晚,他们来到海边时,雪从阴暗的天空飘落脸颊。他们在名叫水浜的荒凉渔村借宿。整晚海啸不停,同行的年轻人都不安地望着武士。听渔夫说,在雄胜的山上已聚集许多当公差的人夫,他们开始伐木了。

翌晨,他们从水浜出发。天气虽然晴朗,但是风大,海面看来很冷,波浪呈白色呼啸。年轻人很冷般地跟在马后。不久,海被岛屿遮住,看得到平稳的入海口。在这半边山有很多盖好的工寮,远处传来砍伐树木的尖锐声音。与波涛汹涌的外海不同,在有岛屿和山挡风的入海口,漂浮着许多竹筏。

到公差看守的小屋登记带来的年轻人的名字时,有一个人慌慌张张跑来,通知说当大官的白石先生马上就到达。小屋里顿时一阵慌乱,官差们整理衣冠到海滨迎接。

武士也加入他们的行列,等候一行人到来,不久,看到骑着马的十几人的行列缓缓朝这边靠近。令人吃惊的是,其中有四五个是武士第一次看到的南蛮人。他忘了把头低下,盯着那些异样的人猛瞧。

南蛮人和日本人一样做旅行打扮,衣服该是日本人送他们的吧!不过,他们脸红红的像是喝了酒,留着栗色的鬓胡,似乎对什么都觉得新奇,往树木倒下发出响声的山的方向看。其中有一个会说日本话的南蛮人,跟左右的同伴在说话。

一行人从公差行列前通过。

“你不是五郎左卫门的儿子吗?”

有人说出父亲的名字,是白石先生说的。武士惶恐地低下头。

“石田先生告诉我许多你的事。你父亲跟我在郡山、洼田会战时并肩作战。”

武士恭敬地听白石先生说着。当一半的公差跟随着行列消失在山后时，留下的人不约而同羡慕武士获得白石先生特别的关怀，因为他是御一门众之一。

武士咀嚼这份喜悦，做回去的准备。到了这里所了解的是：在入海口制造的大船并不是军船，而是为了运送去年漂流到纪州的南蛮船员回国的朱印船①，刚才的南蛮人就是那艘船的船员，朱印船是在他们指示下建造的富有异国情趣的船。

跟来时一样在水浜过一夜，翌日，回谷户。等得焦急的叔父听了侄儿的话，瘦削的脸上不掩失望的神色。他或许认为从白石先生特别关怀的话语中可以找到希望，一再要武士描绘当时的情形。

就这样，秋天结束，冬天到来。谷户在雪的掩盖下，整晚，风在雪上呼啸。白天，围在围炉旁，下人们搓着绳子，搓穿过马的驮鞍、拴住行李的绳子、马的腹带、手绳等。围炉边，妻子里久也会说童话故事给次男权四郎听。这时候，武士手折枯枝默默无语。那是他小时候，从死去的祖母、母亲那儿听过的赶狐狸的故事或被狐狸欺骗的男子的故事。在这块土地上，一切都没有改变。

---

① 江户时代领有红色官印许可证从事国外贸易的船只。

元旦到了,在谷户的人们用年糕供奉年神,也做平常不吃的小豆糕。这一年的元旦没下雪,但是到了晚上,风发出悲伤声音的吹拂却是年年相同。

微暗的大厅上座,藩主的重臣坐成一排,这些严肃无表情的日本人的脸让传教士想起从前在京都寺院见过的佛像,在这个国家住了多年的他,深知这无表情的脸并非什么都不想,脸后隐藏着狡猾的策略。

从江户来的西班牙技师长特别获准坐在旁边的折叠凳上。这个男人跟传教士不同的是不会日本式的坐法。离二人稍远处,城里的书记官两手置于膝上,动也不动地注视正前方的一点。

传教士翻译了冗长的寒暄之后,进入正题。

“首先是船的长度一〇八公尺,宽三十三公尺,高八十五公尺五寸。”

重臣们最想知道的是最后造成的大型帆船的形状。

“主梁两根,二十七公尺,子梁二十三点四公尺。船腹涂漆。”

传教士忠实译出技师长的话,心想日本人打算怎样利用这艘船呢?重臣们希望能了解日本的朱印船与这种大型帆船的不同。为了加强帆的航行力,大型帆船长、宽的比率是三点三比一,除了横帆之外还用三角帆,可以依风向迅速改变航向。技师长的回答一一被翻译出来,重臣们——尤其是坐在正中央的白石先生——似乎为好奇心所驱,竖耳倾听。但是,说明一结束,他的脸有如陷入深深的沼泽般毫无表情。

为了制造这艘大船,藩主已经从领区征召二百名木匠、一百五十名焊工到雄胜来。为了迅速完成,还需要近两倍的技师。技师长说工人也还不够。

“秋天常有暴风,从当地到墨西哥需要两个月的航程,所以希望夏初就起航。”

藩主的重臣们还无法了解大海的广阔。长久以来,对日本人而言海是抵御夷狄的大壕沟。也不知墨西哥到底在哪里,不过,现在他们已知道在海的远处有广阔的肥沃土地,住着各种各样的人。

“我会详细向藩主报告。人数方面也不用担心。”

其他重臣保持沉默,白石先生宽大地采纳了技师长的意见。技师长对他的善意表示感谢。

“用不着谢,如先前说的,我们既然要制造大船,自然就有了希望。”

白石先生带有讽刺味道地笑了。

所谓希望是指和当地的总督约定——今后来自远方的墨西哥船只能到藩主的领地来。藩主已获得内府的许可,准备建造足以和九州的长崎相匹敌的贸易港。而将藩主的意思转达给墨西哥总督,是委托船员们的唯一条件。

技师长的回答自然是乐于代为斡旋。他还讨好地说日本的产物,尤其是铜、银,以及领区内能够开采的沙金等,一定能让墨西哥高兴,墨西哥一定会欢迎满载这些东西的日本朱印船到来。问题在于需要建造能让大型帆船停泊的良港,幸好自己利用这一星期测量过,气仙沼、盐釜、月浦的入海口都没问题。白石先生及重臣们对他的说明满意地点头,后来话题还谈到墨西哥的气候及人种。

今天又下了雪。事情谈完,技师长告退,从折叠凳站起来行日本式的礼,头垂得很低,在走廊下待命的侍童马上将纸门拉开。

“贝拉斯科先生请稍留步!”

重臣之一说。

技师长被侍童带离客厅后,白石先生说:

“辛苦你了!”

慰劳传教士翻译的辛劳后,他露出不同于刚才的开朗笑容,说:

“那些话,是真的吗?”

到底是哪些话呢?传教士不知怎么回答。

“他说墨西哥也希望日本船到来,那是真的吗?”

笑容骤然从脸上消失,白石先生又问了一次。

“白石先生你认为呢?”传教士为了探测对方的真意,反问道。

“我们并不相信。”

“为什么呢?”

传教士故意表现出惊讶的样子,抬头看这个重臣。他深深了解到日本人谈判时会做出与内心不同的表情。

“这是当然的呀!贝拉斯科先生的国家可以获得巨利,是因为具有能横渡这广阔海洋的船,懂得操纵它的技术吧!贵国自然不会轻易地把这利益分给外国人。墨西哥对日本船能横渡广阔的大海不会高兴的。”

这些重臣虽然看穿这点,可是面对刚才技师长随口说的外交辞令,却故意装出对他的回答感到满意的样子。那是日本人谈判的方式。

“既然您连这点都了解,其他的就无须多言了。”传教士不由得苦笑,“不过,既然您了解,为什么又制造大船呢?”

“贝拉斯科先生,我们真的想和墨西哥做贸易。因为从吕宋、澳门、南蛮等地来的船全部聚集到长崎,这陆前就不用说了,连内府所在的江户它们也不来。尽管藩主的领地陆前也有许多良港,但墨西哥的船如果不经吕宋就不来日本。听说经过吕宋的大船因潮流的关系,总是在九州登陆。"

"的确如此。"

"这是怎么一回事呢?"

白石先生为难般地用右手手指轻敲自己的左手。

"神父!为了促成陆前与墨西哥通商,没有好的方法吗?"

传教士面对神父这意外的称呼,不由得避开眼光,不想被看穿内心的动摇。他在江户绝不会被称为神父,获准在江户居留,不是以神父的身份,而是翻译的工作。可是,现在白石先生故意称他神父。外面,雪花飞舞,静悄悄地。

重臣们沉默地一直注视他。他对那些日本人的视线感到疼痛。

"没有什么点子。我……在江户、在这里都只不过是个通译罢了!"

"在江户我不知道。不过,在这里贝拉斯科先生是通译,也是神父。"白石先生静静地回答,"在藩主的领地内天主教并未被禁止。"

的确如此。从江户和幕府直辖地被放逐的许多信徒为了寻找粮食和祈祷之地都逃到东北和虾夷,有许多人在藩主领地的金山工作。在这领地内,神父不必像在江户那样隐匿。信徒们不必伪装。

“啊,贝拉斯科先生,你不想从墨西哥叫更多的神父到这里来吗?”

这时白石先生的声音亲切而诱人。传教士心想不能输给那亲切的声音,紧握着手,微微出汗。自尊心强的他被日本人如此讽刺当然不舒服。

“您是在讽刺吧!我不相信。”

“哦,为什么?”

“内府早晚会下令这领地内也禁天主教吧!”

白石先生和重臣们面对传教士似乎生气的声音,都乐得笑了。

“不必担心!内府已允许这领地永远不禁止天主教。我们现在说的也是内府跟藩主的意思。

“领地内承认天主教,也允许神父来,条件是墨西哥和我们通商。”

传教士比刚才更生气,端正坐姿。生气不是针对这些日本人,而是自己的粗心,他对自己一步一步陷入白石先生巧妙的语言圈套里感到懊恼。

“对这样的贸易,墨西哥不会同意吗?”

“不清楚!”

传教士要让这些重臣们出现不安的神色,即使是瞬间也好的狼狈样子,所以故意摇摇头。

“恐怕不行吧!”

传教士观察有如并列在寺院内堂的佛像般的重臣的神色,对他们内心的动摇感到愉悦。

“江户的天主教徒被处刑的事,从伯多禄会口中已从吕宋、澳门传到墨西哥了。现在即使说只有这领地内允许天主教,我想他们也不会轻易相信吧!”传教士没忘记说伯多禄会的坏话。

被击中弱点的日本人保持沉默。传教士认为刚才的沉默是手段,而现在的沉默是遭到意外一击的狼狈。

“只是……”

他宛如要给遭到打击的对手重新站起来的希望。

“为了要让西班牙认为这通商……能够说动那西班牙的……只有罗马的教宗了……”

白石先生的脸突然变得僵硬。对在东北长大的重臣们而言,这实在是太遥远的事。对天主教陌生的他们,对教宗的存在、教宗的绝对性权威几乎一无所知。传教士必须说明教宗与欧洲诸王的关系就像京城的天子与诸侯,甚至在那之上。

“不过比起京城的天子……我们的教宗受到更高的崇敬。”

白石先生听着他的说明,同时用右手手指轻敲左手,闭上眼睛,静默。外边的雪加深了客厅的寂静,重臣们不时咳嗽,等白石先生决定。

传教士一直“享受”着日本人的困惑。想任意摆弄自己的这些人现在真是困惑极了。

利用这困惑,他要出有利的王牌。

“我们教会……”传教士自信地说,“特别获得当今教宗的信赖。”

“怎么样呢?”

“可以透过我们教会,把藩主的信函送给教宗。如果藩主的领地善待天主教、欢迎神父们到来、允许建立许多教会……”

然后希望让我当日本的主教,传教士把已到喉咙的话硬吞下去。一瞬间,他对这野心感到可耻,同时无意识中对自己说:我不是因私欲想获得地位,而是为了要在打算禁天主教的这个国家建立最后的有力防线,才需要主教的地位。只有我才能跟这些狡猾的异端的日本人对抗……

第二章

三月二十日

天气不佳。下雨。试工具。于鹰屋装配弹药。

三月二十一日

少雨。有三户人家请求盖房子。

三月二十二日

天气不佳。白石、藤田、原田左马助来。讨论派船到南蛮国事宜。

三月二十三日

白石、藤田会南蛮人贝拉斯科于大客厅。高个子、红脸、高鼻,有四十几岁。常以手帕擦拭嘴边。

三月二十五日

天气佳。早上沐浴。有讨论会。白石、石田来。

三月二十六日

天气佳。石田归。

(城内夜宿记录)

突然接到通知,参加城内讨论会的石田先生明天回程要在谷户休息。通知来了之后,谷户的村民总动员在雪上撒土,添埋泥泞,忙着清除屋顶上的积雪。武士之妻里久也指挥女性打扫房间,上下忙碌异常。

翌日,幸好天晴,武士和叔父一起到谷户的入口迎接石田先生及随行人员。石田先生从城里的回程经过武士的领地,这是从父亲那一代起未曾有过的例子。因此,到底发生了什么事呢?武士有着难以言喻的不安,但是,叔父忘不了白石先生所说的有一天会把雄胜赐给侄儿的话,心里盘算着这是否意味接受更换领地的申请,独自兴高采烈。武士对叔父有点埋怨。

在谷户入口接受欢迎的石田先生很高兴地和叔父及武士交谈,在出迎者的前导下进入宅邸,但并不到已准备好的房间,而是要求坐在围炉旁边。

“火是最好的招待。”

或许是为了纾解大家的紧张,石田先生故意开玩笑。不久,用过里久端上来的泡饭之后,他询问谷户的情形,品尝美味似的啜饮汤汁,突然说:

“今天带了好礼物来了哦!”

他又对着一听到好礼物眼睛都发亮的叔父说:

“可不是通知战事。我不认为现在会有战事。还是把想在战事中立功要回黑川土地的梦抛弃的好。”

接着,他注视武士,说:

“不过,有别的路子可以立功,有比作战更好的路子。

“藩主要在雄胜的入海口建造大船。那船是要载被冲到纪州的南蛮人,到名叫墨西哥的遥远国家去。昨天在城中,白石先生突然说出你的名字,指定要派你为藩主的御使者众之一到墨西哥去。”

武士无法理解石田先生所说的话,只是茫然抬起头,做梦也没想过的事突然降临身上,喘不过气,也说不出话。满脸茫然的叔父膝盖开始发抖。这情绪也传染到武士身上。

“怎么样?到墨西哥这个国家去。”

武士心中反复念着至今从未听说过的名字,感觉好像用大笔在脑中一笔一画地写。

“听说白石先生先前在雄胜地方也跟你说过，审核时也说你很不错。所以，如果你这次立了功，归国后，或许会考虑把领地改为黑川。”

叔父发抖，膝盖明显地震颤。武士两手置于膝上，低着头。叔父的膝盖停止震颤时，石田先生说：

“像是一场梦吧！”

石田先生笑了，但是笑容突然从脸上消失，改以严肃的声音说：“但这不是梦！”

武士对石田先生所说的大船啦，墨西哥啦，听来感觉恍如从遥远的世界传来。只记得大船上除了南蛮船员三十余人之外，有四名日本使者及其随从，以及十几名水手头、百名以上的商人等。船比千石船更大，到墨西哥需要两个月的船程。此外，还有当翻译的南蛮人神父，到那个国家之后，为使者众安排各项事宜。墨西哥是西班牙的属地，藩主获得内府的许可要和该国通商，希望盐釜、气仙沼成为下亚于堺市、长崎的良港。

武士不知年老的叔父对这些话能了解到什么程度。对他而言，那些话听来如梦；对生活在这小小的谷户、准备老死这里的武士来说，从没想过要搭乘大船，历经长久的航程到南蛮人的国家去。这种事听来总是缺乏真实感。

不久，石田先生站起来准备回去，侍从赶紧牵马。在将石田先生一行送到谷户出口期间，武士和叔父几乎都没开口，茫茫然随行在后。当一行人的影子从视界消失得远远之后，两人无言回到宅邸。刚才在厨房听到这件事的妻子里久脸都发白，不知跑到哪里去了。而石田先生仿佛还在刚刚坐过的围炉旁边的位子上。叔父在那位子旁边盘腿而坐，沉默了好久，最后总算吐出一句分不清是叹息或吐气的话：

“这是怎么一回事，我怎么都不明白……”

武士也什么都不明白。既然是派遣到远方国家这么重要的使者众，城中有许多家世良好的家臣。藩主的家臣有“御一门众”“御一家”“著座”“太刀上”“召出众”等大小家臣，武士的家不过是召出众的身份。他根本无法理解特别拔擢家世低的家臣当使者的理由。

（是白石先生特别的眷顾？）

如果是这样子，那无疑的是白石先生还记得在郡山或洼田战场上父亲立下的功劳。武士又想起父亲的脸。

里久两次从厨房出来，脸色仍然苍白，在围炉的角落坐下，注视叔父和武士的脸。

“阿六……要到遥远的南蛮国家啊！”叔父好像对自己说

似的,“真是太感激了!太感激了。”

接着突然要祛除自己的不安似的自言自语:“如果能完成这项大任务,或许可以要回黑川的土地……石田先生是这么说的。”

里久站起来往厨房里边去,武士知道妻子强忍着没哭出来。

在黑暗中武士张开眼睛。次男权四郎与里久发出安详的轻轻鼻息。刚才梦中的情形依然历历在目。那是冬日猎兔的梦。雪原上与藏打出去的枪声,撕裂了大地寒冷的大气,如涟漪般逐渐扩散。数只候鸟在蓝空中飞回。蓝空中,候鸟的翅膀洁白。每次冬季来临,武士都会看见来到自己领地的白鸟,可是,不知道那些鸟是从什么国家来的。知道的只是那些鸟是从遥远的土地、遥远的国家来的。或许那些鸟是从自己要去的墨西哥来的。

然而,自己为什么会被选为使者众之一呢?黑暗中,这个疑问又像水泡浮现脑海。我家是属于召出众的地方武士,从藩主父亲的那一代就开始为他们效劳,可是并没立过特别的功劳。他不明白,这样的家的总领为什么赢过别人,被选上呢?单纯的叔父说一切都是白石先生特别的眷顾,可是,既无才能又无口才的自己到底适不适合这项大任务，石田先生应该非常明白。“我的长处是……”武士茫然思考，“顺从父亲和叔父。对什么事都不顶嘴，可以像百姓般忍耐，这是我唯一的长处。或许石田先生是看中了我的忍耐力。”

小孩翻了个身子。武士不喜欢离开这个家和谷户。谷户对他而言不知何时变成蜗牛的壳，现在，自己要被硬生生地从壳中剥离。搞不好——搞不好我会在漫长旅程中倒下，回不了谷户。或许会见不到妻子的不安突然掠过他的心头。

早上，风平浪静的入海口倒映着山影，许多竹筏飘浮着。大量的木材被堆放在岸上。四处传来马嘶声。竹筏和木材里有采自入海口后边砚上山的榉木，也有从牡鹿半岛用船运来的杉木。榉木用来做大船的龙骨，而当主柱的桧木是从江刺、气仙沼运来的。

钉钉声、裁木声不断从入海口的三方传来，几辆牛车载着用来漆船腹的木桶漆，咿呀地经过传教士面前。

木工在浅滩上如风化的野兽尸骸的船骨架上，像蚂蚁附在其上般地拼命工作。

传教士刚刚才为西班牙船员与日本水手头之间无止境的争论做翻译，西班牙船员瞧不起日本水手头，根本不接受他的意见。水手头主张要让船进水,利用斜面用人力推向海里。传教士的日本话讲得很好,可是碰到特殊的争论用语就束手无策了。

好不容易才把歧见调和,疲倦不堪的他一个人走出小屋子。很快就中午了。其他的人各自找到有阳光的地方休息,传教士则非利用这时间探访每一个作业场不可。

在那些作业场,受雇为工人的信徒超过十人,传教士在午休时间为他们做弥撒,给他们圣体,听他们告解。信徒们都是禁天主教的江户的居民,在江户开始迫害天主教之后逃到这东北地方来,无容身之处,就在当地的金山工作。他们像蚂蚁远远就闻到食物的味道一样,嗅到了有传教士到来的消息就聚集到雄胜来。

天晴,风寒。江户那儿可能柳树早已吐出绿芽了吧!这儿,残雪仍覆盖远山,山林的颜色毫无生气。春天尚未到来。

他站在作业场之一,一直等待一个信徒的工作结束。后来有一个用手巾包着脸,衣服褴褛、沾有木屑的男子走过来。

“神父!”男子这么叫他。

传教士心想:是的,现在在这里的自己不是日本人的翻译,而是这些可怜信徒的神父。

“神父,请帮我做告解!”

风,被木材挡住。传教士让男子跪在木材后面,用拉丁语唱告白的祈祷,闭上眼睛听着从对方臭臭的口中泄出的话。

“我听到异教徒的同伴嘲笑天主教徒的信仰也没有回嘴,任由大家瞧不起神和天主教。因为我不想被异教徒排斥。”

“你从哪里来的呢?”

“从江户。”男子畏畏缩缩地回答,“因为江户已不允许信天主教了!”

传教士开始告诉他每一个天主教徒都非当神的证人不可。男子用哀伤的眼睛望着海,听他说。

“放心吧!”传教士的手放在男子沾有木屑的褴褛衣服上,鼓励他,“不再有人取笑你信仰的日子很快就会到来!”

传教士唱完宽恕的祈祷之后,从木材后面站起来。男子道了谢,没信心地离开了。传教士知道他还会犯同样的罪。尽管逃到这里来,天主教徒还是会受到工人同伴的白眼。在这个国家,像从前那样武士和商人争着要受洗的时代早已远去。他认为这完全是伯多禄会造成的。如果伯多禄会不逞强反抗日本的权力者,教会无疑仍会维持良好的状态。

(如果我是主教的话……)

传教士在可以俯视入海口的石头上坐下,又咀嚼自己的梦,就像少年在床铺里慢慢地享受偷藏的食物。(如果我是主教的话，不会像伯多禄会的家伙那样惹日本权力者生气。给予足以让他们高兴的利益，然后尽情撷取传教的自由。在这个地方传教不像在澳门、马尼拉那么单纯，需要谋略和手段。如果谋略和手段能够让可怜的信徒骄傲的话，我会积极去做。）他想起是政治家，也是枢机主教的伯父和亲戚们就感到骄傲。传教士对自己体内流着跟这一族相同的血液毫不觉得可耻。

（狡猾的日本人……）

以日本人为对象，传教的方法也非狡猾不可。在布满竹筏和木材的入海口处，海鸟发出尖锐的叫声，飞得高高的，从水面掠过。传教士描绘出自己戴主教的红帽子、穿红色祭服的样子：想当主教绝非出自世俗的野心，一切都是为了要把神的教义在日本传播，是自己的义务。“主啊，如果……”他吸一口海风，闭上眼睛，祈祷，“这样对你有用的话……”

在雄胜，官吏给传教士的小屋是在距离木匠和工人的饭场相当远的入海口的前端，跟其他小屋一样，是用原木堆成的。那房间像仓库，是他的寝室，同时也是他个别祈祷的地方。从神学生时代起，他习惯睡觉时绑住自己的手腕，是为了不屈服在侵袭他强健身体的激烈性欲之下。一辈子都得放弃的这性欲，虽然不像年轻时候那样让他感到那么强烈的痛苦，不过，现在仍像不知何时会发狂的马一般。在这里，传教士一个人晚祷之后，直挺挺地躺在床上之前，仍未放弃用绳子绑住自己手腕的习惯。

今夜的海啸比平常厉害。传教士拿着官差在小屋递给他的迭戈神父的信，沿着暗黑的海滨，听着海啸刚回到这间小屋。敲打火石，点着蜡烛，火焰摇曳，发出一股黑烟，映出他粗大的影子。火焰下，他用绑着的手剪开迭戈神父的信。这时，他眼前浮现出那个经常像哭肿眼似的年轻而无能的同事的脸。

“你离开江户已有一个月。情势没变坏，但也没变好。”迭戈的字很难看，像小孩子写的，不过，整张纸写得密密麻麻的，表现出他单纯的性格。

“仍然没有传教的自由，我们被默许住在这里，是因为除了我们之外没有其他的人愿意照顾麻风病人。不过，有一天我们也会从这里被赶出去，像你一样非逃到东北不可吧！

“今天，要告诉你一件不愉快的事。长崎的伯多禄会又把责难你的信寄到马尼拉和澳门。据他们说，你明知日本迫害天主教，却鼓动罗马教宗促成日本与墨西哥的贸易。那鼓动对日本的传教是极其危险的冒险，要是做得过火，会让许多对这国家毫无所知的马尼拉和澳门的年轻神父跑到日本来，会惹内府和将军生气。伯多禄会已经把对你的弹劾文送到澳门。请了解这点，谨慎行动……”

蜡烛的火焰使传教士扭曲的脸变得更丑陋。他压抑得了自己的性欲，可是这与生俱来的容易激动的性格至今仍然改不了。家族特有的强烈自尊心有时使他痛苦，甚至受伤。比四十二岁的实际年龄看来年轻的那张脸因生气而涨红。（伯多禄会因远离内府和将军，无法博取欢心，因此嫉妒我。他们不希望这个国家的传教权被我们夺走。）

对信仰同样的神、属于同一教会的神职人员，只因为所属的会不同而产生丑陋的嫉妒、撒播坏话和谗言，他无法宽恕。伯多禄会对自己和保禄会的做法，不是男子汉堂堂正正的战斗方式，很像使用中伤与阴谋的中国宦官式做法。

海啸宛如煽动他的怒气似的，听来比刚才更加强烈。传教士把迭戈的信挪近烛火。字体幼稚的书信在火焰的舔食下变成褐色，如飞蛾扑拍着翅膀被燃烧殆尽的样子。尽管引发怒气的东西就这样消失了，然而心情仍然无法平静。双掌交叉，做出祈祷的样子，他低声说：“主啊！您认为在这个国家，他们和我哪边对您有用？为了可怜的日本人信徒，请把我当础石，就像您把一个弟子唤作石头般！”然而传教士没有察觉到那不是祈祷,而是自尊心受伤的人的叫骂。

“神父!”

黑暗中有人叫他,传教士睁开眼睛,有一个男子像影子似的站在小屋门口。对穿在身上的褴褛衣服还有印象,是自己今天中午才在遮风的木材背后宽恕他罪的那个男子。跟那时一样,他还是一副悲伤的脸,一直注视传教士。

“请进!”

传教士挥掉落在脖上的信灰,站了起来。男子悲伤的脸让人想起迭戈哭肿似的眼睛。男子靠在门口,唠唠叨叨地拜托说如果那艘大船可以搭载日本人,希望能雇他们当杂工。他说,被从江户赶到这里来,自己就因为是天主教徒而受到大家的嘲笑,找不到工作。

“这是我们大家的愿望。”

“不行。如果你们都舍弃了这个国家,以后的神父要靠谁?谁来帮神父的忙?”传教士摇摇头。

“已经很久都没有神父来这个国家了!”

“不,不久会有许多神父从墨西哥来到藩主的领地,你们还不知道,藩主一定会那么做的!”

(将来,为了这个男子和我自己,我会带许多神父来。那时,我会被任命为许多神父之上的主教吧!)

男子一只手抚摸门口的柱子，比刚才更悲伤地听传教士的话。蜡烛变短，火焰更炽烈地照着转身向后的男子的背部。

“回去吧！回去后把我的话告诉大家。不用再忍耐很久，这一点我可以保证。”

男子的肩和背跟白天一样沾着作业场的木屑。他的身影在黑暗中一消失，传教士马上把松开的双手又紧紧绑起。这样即使恶魔想鼓动性欲，绑起的手也无法配合……

土间里，几个百姓在等待武士的到来，他们是谷户三个村子的代表，有时咳嗽，有时擤鼻涕，很有耐心地蹲着。

终于，在与藏的随侍下，叔父和武士出来了，咳嗽和擤鼻涕的声音都停止了。

武士坐在围炉旁的横座，对着百姓。百姓们的脸和他一样眼睛凹下、颧骨突出、带有浓浓的乡土气息，那是在长久的岁月之间，忍耐风雪、忍受粗菜淡饭、辛勤工作的脸，那是早已习惯了忍耐和舍弃的脸。他必须从这些百姓中挑选侍从，渡过大海，到做梦也没见过的墨西哥。

“有一件值得大家高兴的事哟！”在武士开口之前，叔父得意地说，“有关雄胜大船的事，大家多少都听到一些吧？那艘大船依藩主的指示，准备开到遥远的南蛮国度去。”

之后，叔父得意地回过头看侄儿。

“六右卫门要搭那艘船，以藩主的使者身份。”

可是百姓们既不惊讶也不动容，以迟钝的眼光仰望两人，宛如对人类所做的事毫不感兴趣地望着的老狗。

“六右卫门的侍从，”叔父用下颔指着跟百姓不一样，不是在土间，而是特别被允许坐在围炉房屋角落的与藏，“已经跟与藏说好了。剩下的三人从各村子挑一个带去。”

蹲着的百姓在那瞬间，僵硬的脸绷得更紧。不只是今天，每年为了公差非派人不可时，聚集到这里来的百姓在武士念名字的瞬间，身体都变得僵硬。

“因为是长途旅行，有妻子、小孩的人比较不方便。关于这点也好好考虑，你们自己挑选吧！”

叔父身旁的武士心里想着从三个村子里被选出的三个男人的痛苦。这些人也跟自己一样，与谷户紧紧结合在一起，如蜗牛与壳。不过，就像他们低头抗拒大风雪，对这指示尽管失望，但仍会接受吧！

百姓们像笼中的鹌鹑，头碰头小声商量。压低声音的交谈持续了很久，在这之间，武士的叔父默默无表情地看着他们。他们从谷户的三个村子选出没有太太、孩子的清八、一助、大助三个年轻人。叔父口中嗯嗯地点点头。

“在六右卫门回来之前,这三个人的家人我们会好好照顾的!”

百姓们对自己没被挑中像松了一口气似的。他们又开始擤鼻涕、咳嗽,个个低着头走出土间。混合着附在工作服上的泥土和汗水的臭味久久不散。

“哎呀! 哎呀!”

叔父装作开明,用拳头敲敲肩膀。

“转达这种事是很痛苦的。不过,这跟战争一样,关系到黑川的土地能不能要回来。里久从今天起也要为准备旅行和打包行李而忙碌吧! 使者众什么时候到藩主的城里报到呢?”

“十天之后,自有各种指示。”

“啊,阿六,”叔父突然很亲密地说,“旅途中要多保重身体呀!”

武士低着头,仍然有点厌恨。叔父脑中只有死去的祖先传下的土地。在有生之年把土地要回来,是叔父活着的意义。然而,武士和刚才的百姓一样无意获得新的土地,迁移到那里去。他们只希望活在谷户、死在谷户。

“我去看看马。”

武士向与藏使个眼色,下到土间,走出去。在马厩的马知道主人接近,发出踩步子的声音。武士闻着湿稻草味,靠着棚子回过头看这男仆。

“辛苦了!”武士亲切地对与藏说,“陪我一起去吗?”

与藏用指尖搓弄一根稻草,缓缓点头。比武士年长三岁的与藏,已开始有了白发。看着那头发,武士无意中想起少年时教他骑马、装兔子陷阱的这个下男。教他打仗时保养枪,以及游泳等的也是这个下男。与藏跟其他百姓一样,有着乡土气息的凹下眼睛与突出的颧骨,小时候一起除草、砍伐冬天用的木材时,常教武士种种东西。

“为什么我会被选为使者呢?我还是不明白。”

武士抚摸把脸伸过来的马的鼻子,喃喃自语。仿佛是说给自己听,而不是给与藏听。

“不知是多么艰难的旅行,会到什么样的国家去。因此……有你做伴可以壮壮胆。”

武士对自己的胆怯腼腆地笑了。与藏压抑着上涌的情绪把眼睛转向一旁,进入马厩后默默把脏污的稻草弄到角落里,把干的稻草铺在地板上,仿佛是为了冲淡对旅途的不安与恐怖。

十天后,武士带着与藏,骑马到藩主的城里去。因为白石先生有话要传达给使者众。从谷户到藩主的城里是一天半的路程,二人经过几座和自己村子一样贫穷的村子,来到广阔的平野。平野已有了春天的气息，温暖的阳光照耀，杂树林中，辛夷树上白花点点，在尚未翻土的旱田上，小孩以莲花做成装饰物嬉戏。武士看到这幅光景，想起要去的陌生的遥远国家。

平野的前方，浮现出藩主如军舰般黑黑、高高、尖锐的城。位于城山山麓的城下镇在春光中扩大。到了城下镇的入口，刚好市场开市，商人在地面上摆着锅、釜、油、盐、棉、容器等，对来往行人吆喝叫卖。已习惯谷户宁静生活的武士他们对这里的人潮感到惊讶。渡过白鹭飞回的河川，进入城山，在坚厚的铁城门前有荷枪的警卫固守，必须下马进城。

不过是召出众的武士如无许可，没有资格登上本丸①。一到指示的城内建筑物，已有使者众在中庭。坐在折叠凳上的松木忠作、田中太郎左卫门、西九助三人跟武士一样是召出众。彼此互道姓名，遮掩不了紧张与不安的脸色。

庭院中并列着六张折叠凳。在大家等候之间，不一会儿传来脚步声，官差带着三个奇装异服的南蛮人来了。他们每一个脸都像乌鸦，在使者众对面的折叠凳上坐下。这时白石先生从建筑物后边出来，在两个重臣陪同下就座。

就座前，白石先生瞄了一下恭谨的武士的脸，满意般地点

① 城中心部分。

点头,然后慎重地介绍南蛮人。南蛮人是两年前漂流到纪州的西班牙船的乘客。武士对坐在角落的南蛮人还有印象。那是那一天,在雄胜的海滨,在白石先生一行人里与日本人交谈的通译。

“为了维持藩主的体面,在墨西哥不能太寒酸,因此,枪、小旗帜之类、随从的衣服都得充分带去。到达那个国家之后,”白石先生眼睛往通译看,“一切依这位贝拉斯科先生的指示进行。”

被称为贝拉斯科的南蛮人唇角浮现出充满自信的微笑,同时俯视武士们。那微笑仿佛告诉日本人,这些日本使者如果没有自己,在墨西哥什么也办不成的。

使者众与随从们奉命于五月五日出发的两天前在月浦集合。大船被拖到月浦,从那里出航。

就这样子,大家接受一项又一项的指示之后,在别室接受酒食招待。白石先生在大伙儿准备退出中庭时,只对武士说:

“六右卫门!”

示意他单独留下来。

“六右卫门,这次任务大概很困难吧?不过,要好好完成。选你当使者,是石田先生和我的主意,也考虑到黑川的土地。完成使者的任务回国之后,评定所或许会重新考虑。不过,这件事情,不要向你叔父吐露。”

武士恭敬地听他说,深感白石先生的好意,有股冲动想两手贴地向他道谢。

“南蛮的国家,”白石先生突然说出不可思议的话,“生活方式与日本不同。为了达成任务,无法按照日本的常规行动。若在日本是白的,在南蛮是黑的,就得当它是黑的,心里不同意,也要装出同意的脸,是这次的任务。”

那一天,出了城,武士让与藏慢慢参观城下镇。近城的富豪人家的宅邸相连,大町、南町、肴町、荒町是商家聚集处,街上到处可见寺院。与藏在每一座寺院拼命合掌。武士深深了解合掌的与藏的心情。

武士为小孩买玩具马,为妻子买梳子。买梳子时,他眼前突然鲜明地浮现出里久的脸,在与藏面前脸不由得红了。

一日过去,翌日到来,武士心中如压了块石头般沉重。漫长的船旅、远渡陌生南蛮国家的忧虑,现在已是无可避免地充塞胸中。跟这里的百姓一样,他对离开谷户生活感觉比什么都痛苦。不过,每次想起白石先生的话,他就压制住胆怯的心。

已可感觉到春的气息。笔头草从土里吐出如茅嫩芽,蜂头菜开始从四处露出茎来。武士心想在船上一定会怀念、会回忆起自幼即已熟悉的谷户的一草一木。今后会有很长的时间看不到这里的风景。

晚上,在团炉旁边,他看着妻子和小孩的脸,心里想着和白天同样的事。把次男权四郎抱在膝上,他对他说:

"爸爸要到遥远的国家去。"

小孩什么也不懂。

"要到很远,很远的国家去哟!我会买礼物回来给勘三郎、权四郎。"

他把从前妈妈说的故事说给膝上的权四郎听。

"从前,"他摇晃膝盖,恍如说给自己听,"这村子的青蛙和山阴村子的青蛙,心想春天来了、雪融化了,可以到野外游玩,于是爬到山顶上。在山顶上——"权四郎已经睡着了。然而他仍继续说下去:"从前,有个地方的青蛙想到上方①去,就跟在牲口后面……"

名为鹰之间的这客厅既暗,又冷。要说有引人注目的,只有四块画着锐利眼睛的老鹰的拉门。到今天为止,传教士多

① 指东京、大阪。

次到过江户城和其他权力者的宅邸的客厅，它们和这里一样阴森寒冷，不过，在阴暗背后常使人觉得隐藏着日本人的某种阴谋。

“呈全世界的圣主，罗马教宗保禄五世①陛下。”

担任城中右笔的老人念着书信的草稿。这老人跟以白石先生为中央居上座的重臣们不同，他穿着像和尚的黑衣服，理光头。

“保禄会神父贝拉斯科来到我国，讲述耶稣教义，过访敝藩，对我述说有关天主教的精神。因此，我第一次了解该教要旨，决定奉行天主教。”

右笔偶尔停顿，念自己拟的信函。

“总之，我敬爱教会的神职人员，建立教会，极力施与仁德。陛下圣裁，如认为有必要扩大圣务，希望有幸设于我国。至于所需经费与教会用地，理当优先捐赠，陛下无须忧虑。”

传教士听着嘶哑的朗读，同时偷瞄白石先生和重臣们的脸，他们凝重的表情下想着什么、思考着什么，他全然不知。

“墨西哥虽与我国相隔甚远，余殷望与之往来，恳请以陛下之威遂其志。”

---

① 本书中凡涉及《圣经》的内容，或与天主教有关的人名、地名、建筑名等，均采用天主教惯用的翻译。——编者注

右笔把信函的草稿置在膝上,像等候判决的被告般抬起头来。白石先生把拳头置于嘴上咳嗽两三声。

“贝拉斯科先生,没有异议吧?”

“没有。不过,有两件事要说。第一是向教宗致意时请加上惯用的句子,请写上‘敬吻教宗足下’的敬语。”

“写上藩主亲吻教宗之足?”

“这是惯例。”传教士的声音强硬。重臣们生气般地抬起头来,白石先生因苦笑而脸颊扭曲。

“另外,有关让神父渡海到您的领地内这一条,”传教士趁着白石先生一瞬间表露出的退却表情逮住机会,“希望能加上只有保禄会的神父。不这样,我们的教会无法把这信函转达给教宗。”

传教士其实想说的是把伯多禄会赶出日本,在这国家的传教由保禄会独占,不过,到底没说得那么露骨。

“这是非常重要的。”

“加上去吧!”

白石先生同意了。在他来说,跟其他日本人一样,无论伯多禄会士或保禄会士,都是天主教的神父,他对于他们的不同毫无兴趣。

“这封信函一定可以送到教宗手上?”

白石先生高兴地问传教士。的确,如果没有这个传教士,重臣们要达成这目的是一筹莫展。大船抵达墨西哥之后,言语、习惯都不通的使者众就英雄无用武之地。只有传教士一人可以帮他们。

“可以送到。必要时,我到罗马送给教宗。”

“你一个人去吗?”

“我带使者众当中的一个人去。”

“从墨西哥去吗?”

“是的。这样大家可以放心了吧?”

传教士早就认为由他所属的保禄会送这封信函到罗马教廷,不如自己带日本人去罗马才是上策。把心里想的事说出来,表示做了决定。是的,带日本人到罗马去。市民对从遥远国度来的人会稀奇得眼睛睁得圆又大吧!借此向罗马教廷的神职人员证明自己在日本的影响力,对自己当主教……

“嗯!”白石先生把拳头按在另一手掌心咳嗽,似乎在考虑某件事,“那时候,就带使者众当中名叫长谷仓六右卫门的去好了。”

“长谷仓先生!”

这时,传教士想起上次在城中的中庭见过的使者众中的一人。那是跟百姓一样眼眶凹下、颧骨突出,是逆来顺受、忍耐力很强的脸。不知为什么,他直觉那张脸的主人就是长谷仓六右卫门。

白石先生又讨好传教士似的夸奖即将完成的大船很精致,并笑着说如果自己还年轻的话,也要搭那艘船到墨西哥参观。

谈话结束。重臣们嘴唇边浮现出微笑,目送由走廊下待命的侍童引导退出客厅的传教士。等到脚步声一消失,白石先生就以讽刺的眼光看着右笔。

“好臭啊！南蛮人的身体。”

“是食物的关系。”

“不,那是压抑性欲的男人臭味。那个男的在日本已住了几年?”

“十年。”右笔恭敬地回答。

“十年啊！那个男的准备玩弄我们……”

他默默地继续用右手按摩左手手掌。

出发的日子接近了。从几天前起,谷户又恢复往昔父亲和叔父们出战时的忙碌。不仅在谷户的亲戚陆续回到总领的家中向他道别,百姓也轮流帮忙。几件打包好的行李排列在土间。

这天早上，宅邸的庭院很早就传出热闹声。武士从马厩把马牵出，在背上绑上行李，像元旦一样在马厩的门边摆饰门松，室内也放了栗子。一切准备妥当的武士在团炉旁，喝下三口妻子里久倒给他的加了茅叶的神酒，然后把杯子递给叔父，叔父又递给里久，里久再递给长男勘三郎，最后叔父把杯子往土间扔碎。在武士家，出战的早上有这种习惯。

外边马嘶声声。武士向叔父点头致意，注视里久的眼睛良久，同时把手轻放在两个小孩的头上。在外面已准备妥当的与藏拿着武士的矛，村中年长者挑选的清八、一助、大助三个年轻人站在三匹驮着行李的马旁，从门口到路上挤满了来送行的百姓。

武士跨上马再次向叔父点头。后面站着的是强忍着悲伤难过的妻子。武士对下女抱着的权四郎和旁边的勘三郎强作笑脸，大大地点个头。那一瞬间，他突然想到从遥远的国度回到谷户的日子，那时两个小孩会变得怎样？“好好保重身体啊！”叔父大声喊叫。武士拉着缰绳。

天晴。谷户已是春天。杂树林中白花开放，田里云雀啭啼。武士从马上眺望着，忘不了今后很长时间看不到的这光景。

跟那天去雄胜走同一条路。大船出发的事在领地内已众所周知,途中有许多人前来问候,也有给茶水慰问的。那时还是冬天景色的这条路现在处处繁花盛开,田里,百姓牵着牛缓缓而行。翌日,他们看到远处春天的大海有温暖的阳光照拂,天空的云像棉花般柔软飘浮。

不久,武士看到海平线上有大船漂浮。

“喂——喂——”

他们叫着,不自觉地停下脚步。船让人联想到巨大的城寨。两根高高的大柱上,鼠色的帆因风鼓起。前端像尖锐的矛刺向蓝空,波浪在船四周泛起水泡。

在沉默的漫长时间里,大家的视线投向大船。那艘船比起至今所知的藩主的任何军船,更像力量强大的男性之船。后天,大家就要搭那艘船。决定大家命运的真实感觉强烈地侵袭武士心头,谷户的平静人生,现在就要被剥夺。跟出战时一样,武士感到兴奋和激动。

(了不起,真了不起……造这样的船。)

属于召出众的武士只从远处看过几次在本丸深处的藩主而已。藩主常在他遥不可及的地方。但是看到这艘大船的瞬间,他脑中浮现出的是黑黑的三个字——“御奉公”。对武士而言,这艘大船就是藩主,就是藩主的力量。柔顺的他,心里涌现出对藩主鞠躬尽瘁的喜悦。

月浦的入海口跟那天的雄胜一样挤满人潮。在三面被山包围像小谷底的海岸,工人把众多行李搬运到小船上,几个官差手持手杖指挥他们。武士们穿过人潮时,官差向他们点头致意。

武士宿处的寺里有步卒警卫。松木忠作、田中太郎左卫门、西九助等使者已先来了。他们从步卒那儿听说西班牙船员住在附近村中的寺里。分配给使者众的房间的正下方是入海口。大船被山包围,从这里看不到。在喧嚷的入海口,载着行李的小船往大船藏身的海岬角前进。

“好多货物啊!”

最年轻的西九助说:

“听说这艘船载了过百的商人、掘金者和工匠。”

武士和田中太郎左卫门畏缩地听西九助以得意的脸孔说出藩主这次壮举的真意。松木忠作没跟大伙一起,双手交叉胸前俯视入海口。西得意地说,让商人搭乘大船是为了要把日本的商品、家具之类卖给那个国家,是为了今后的贸易,而派出掘金者、锻冶师、铸物师是为了学习南蛮的采矿技术和铸造方法。武士当然知道藩主领地内的金山也藏有矿石,不过和这些人同行的事倒是第一次听到,他在心里对自己说:我的目的跟他们无关,是把藩主的信函送到墨西哥国王手中。然后他就寝,由于浪啸和高昂的情绪,久久不能成眠。

出航的早上,张挂在入海口的幔幕在海风中发出声响。使者众向自盐釜搭船而来的白石先生和两位重臣行礼后上了小船。就座后,白石先生向每一个人说些勉励的话,最后,武士带着与藏以下的四人向白石先生等人敬礼。

“六右卫门,”白石先生从折叠凳站起来,两手拿着用锦缎包着的盒子,递给武士说,“这是信函。”

声音坚强有力。武士感到身体颤抖,恭敬地接过沉甸甸的盒子。

使者众上了船,小船缓缓离开岸边,沿着入海口峭立的山崖静静往大海前进。捧着用锦缎包着的盒子的武士等五个人什么也没说,也无法说,注视着白色幔幕,以及两侧站成一列的官差、步卒等。武士脑中突然有一个念头闪过,几年后我们活着回国,回到这入海口时,是否还会有这么多人迎接呢?

离开入海口的瞬间,武士前天第一次看到的大船又跃入眼帘。那不是武士以往见过的任何日本船所能比拟的:像城寨石垣的船头耸立眼前,船头前端的龙骨如矛刺向蓝空,有无数的帆网,呈十字架形状的主柱上牢牢地绑着大帆。早就在船上的西班牙船员和日本水手在甲板上排成一列,俯视聚集过来的小船。

大伙沿着绳梯接连登上甲板。甲板有三层,上甲板有蚂蚁般的日本水手晃动。第二层甲板,在船舱部分有入口,大家从那里进入分配好的船室。使者众被分配在靠近船头的小房间,房间弥漫油漆味。随从必须到商人住的大房间,那里堆放船货,天花板上有柱子突出。

使者众进入房间后,静悄悄地听一阵子甲板上的声音。在他们之后,昨晚在牡鹿过夜的商人上了船,一阵喧哗。从船室的小窗看得到小岛,那是田代、网地等岛屿,但是看不到入海口。

“重臣们是否已经回去了呢?”

西把脸贴在小窗上问,然后准备出甲板,其他三人紧跟在后,因为只留下自己在第一次搭的船内会觉得不安。

武士也夹在众多商人之间与与藏、清八、一助、大助等随从并列,注视着非离开不可的牡鹿群山。五月的树木颜色已浓绿,掩盖群山。这是他在相当时间内将见不到的日本风景。突然,谷户的丘陵、村子,以及自家的宅邸、马厩、里久的脸,一一浮现眼前,怀念的小孩子现在在做什么呢?上甲板发出喧闹声,是西班牙船员以奇妙的曲调唱起像小调的歌。几个日本水手爬上主柱,在西班牙船员的指示下降下如大旗的船帆。帆网咿呀,白色海鸟发出猫般的声音。没多久,不知不觉间船缓缓改变方向。在波浪拍打船腹声中,武士心想:新的命运现在开始了。

第三章

五月五日，从牡鹿的小港月浦出航。日本人称“六丸”、西班牙船员叫“圣胡安·巴普蒂斯塔号”的这艘大型帆船在寒冷的太平洋朝东北方向缓缓前进。帆鼓胀如弓。出航的早上，我在甲板上一直眺望着十年之间已住惯的日本岛屿。

十年——很可惜神始终没在日本扎根。据我所知，日本人不比欧洲乡村的国民差，而且有智慧与好奇心，但是只要跟我们的神有关，他们就闭上眼睛，把手指塞进耳中。有时，我甚至认为这个国家是“不幸的岛屿”。

但是，我并不气馁，我想神的种子在日本已经撒下，只是栽培方法不佳。长久的岁月中，独占传教权的伯多禄会没考虑这个国家的土质，没有挑选适当的肥料。我反而从伯多禄会的失败中学到教训，也更了解日本人。如果我被选为主教，绝不会重蹈覆辙。

从三天前已看不到日本岛屿的影子。很奇怪的是海鸥不知从哪里飞来，掠过波涛，停在帆柱上。船朝向北纬四十度线前进，或许距离日本的虾夷不远吧！风向平稳，潮流有助于圣胡安·巴普蒂斯塔号的航行。

一出了外海，波浪的确比较汹涌。虽说如此，比起十三年前，我到东洋时袭击我的暴风，或者印度洋的汹涛骇浪，这根本微不足道。但是，在船室的所有日本人都为晕船而苦，可怜得连饭都吃不下。尽管日本四面环海，但日本人一向把海当成是保护日本的要塞，自己是生活在陆地的人。他们知道的只是近海。

使者当中也有为晕船所苦的人。长谷仓六右卫门和田中太郎左卫门二人看来从未出过海，我到他们的船室看他们，他们脸上勉强挤出痛苦的微笑，已经是最大的努力了。

使者在藩主的家臣中属于中级武士，不过他们在山里各有领地，也是地主。这次藩主没有选城里有力的重臣而挑选这些中级武士当使节，或许是因为日本贵族们不看重使者的习惯所致。不过，依我看这样反而好，因为我不必什么事都依他们的指示，可以按照我的想法行事。伯多禄会的巴利尼亚诺管区长曾经把跟乞丐差不多的少年伪装是贵族的小孩，以使节的名义送到罗马，没有人怀疑，后来，才受到大家的指责。

不过,我个人就巴利尼亚诺管区长的这种才能很想给他正面的评价。

今后跟我一起的使者名字是:西九助、田中太郎左卫门、松木忠作、长谷仓六右卫门。共四人。

除了西九助外,其余三人出航之后都跟我保持距离,可能是日本人特有的警戒心和认生的缘故吧?只有年轻的西像小孩般充满好奇心,对第一次搭船旅行感到很兴奋,有时问我船的构造或罗盘针的机能,要我教他西班牙语,等等。对年轻武士西毫不掩饰的举止,年长的田中太郎左卫门却以鄙视的眼光相待。这个微胖男人似乎万事审慎,在西班牙人面前不可失去日本人的威严。

身材瘦、脸上有着阴影的是松木忠作。我跟他只说过三四次话,但可以看出他是四个人当中头脑最好的。跟其他使者不同,他有时单独在甲板上不知思考些什么,对被选为使者似乎不认为是件荣誉事。长谷仓六右卫门是位与其说是武士,还不如说是百姓来得适当的好男子,在使者当中最朴素。尽管还没有决定是否去罗马,可是,身为重臣的白石先生为什么推荐长谷仓,要我到罗马时带他同行呢?这一点我老是想不通。这个男子既貌不惊人,头脑也不如松木那么好。

日本商人跟使者的房间隔开,另有合住的大房间。他们脑中只想着贸易与利益，对他们的贪婪我感到吃惊。几个商人才搭上船就频频问我，在墨西哥哪些日本的东西好卖。我举出绢布、屏风、武器、刀刃等物品，他们马上露出满足的表情，接着又问墨西哥的生丝、天鹅绒、象牙价钱是否比中国便宜。

“不过，在墨西哥，”我故意讽刺地回答，“只相信天主教徒。只要是信徒，就能让他安心做买卖。”

于是，他们脸上马上浮现出日本人在困惑时常见的浅笑。

今天也跟昨天一样，仍然是单调的日子。飘浮在海和海平线上的云，以及帆网的咿呀声也没什么两样。圣胡安·巴普蒂斯塔号顺利地继续航行。每天早上望弥撒时，对于奇迹似的这么平稳的船旅，我认为是主支持我这次意图。我猜测不到主的意志，但我想主也跟我一样，希望难以传教的日本能成为主的国度。

但是，船长蒙塔尼奥、副船长孔特雷拉斯对我的意图不表赞同。虽然没有明白说出口，但可以确定的是他们对我的意图反感，因为他们两人被扣留在日本期间，对日本和日本人印象不好。除非必要，否则他们不与使者和其他日本人打交道，也不喜欢西班牙船员和日本水手交谈。我两次向船长提议邀请使者们吃饭也被拒绝。

“被扣留在日本期间,受不了日本人的傲慢与性急。”两天前船长在餐桌上说,“我想没有人像那个国家和国民那么不坦率,认为掩饰心意不让他人了解是美德。”

我辩护说那个国家政治秩序良好,甚至让人觉得是异端。副船长紧接着说,所以那样的国家是可怕的,不久会独霸太平洋吧！他主张如果想让它成为天主教的国度,用语言不如用武力简单。

“用武力?”我不由得大喊出来,“您二位把那个国家看得太简单了。那个国家不是墨西哥或菲律宾。他们熟悉战事、善于战事。你知道吗？以前伯多禄会也是这种想法,最后失败了。”

尽管他们露出不悦的脸色,我仍然一一数落伯多禄会传教的失败。例如,伯多禄会的科埃利奥神父和弗洛伊斯神父计划把日本当作西班牙的殖民地传播天主教,触怒了日本的权力者。一提到伯多禄会我就控制不了情绪。

“因此要在日本传播神的教诲,”我很激动地做出结论,“只有一个方法:笼络他们。西班牙把在太平洋的贸易利益分给日本人,借此取得传教的特权。日本人只要有利可图,其他的任何东西都可以牺牲。如果我是主教的话……”

船长和副船长互看一眼,突然静默下来。那不是同意的沉默,而是认为我是神职人员中不该有的谋略家。在世俗人面前,这样的言论应该保留,而我却疏忽了。

“神父认为,在日本的传教,”船长话中带刺,“比西班牙国家的利益更重要?”

他说了这句话就闭口不言。这两个人无疑将我说的“如果我是主教的话”的希望当作是卑贱的追求成名的欲望。(可是,只有主才能看穿人心、审判人。你深深了解我不是出自个人虚幻的虚荣心说的。我选择那个国家作为埋骨之地。我认为自己是为了在那个国家能听到赞美你的歌声而活的。)

有一件趣事。我在甲板上边走边吟唱身为神父有义务做的日祷时,有一个日本商人悄悄走过来,而且感觉很稀奇似的看我祈祷。

“通译先生,你在做什么呢?”

他仿佛看到奇怪的东西而发问。愚蠢的我还以为这个男子对祈祷有兴趣,其实不是。谄媚的微笑之后,他马上压低声音说希望自己能够取得在墨西哥贸易的特权。我好像被臭气喷到,转过脸,但他仍然笑嘻嘻地说:

“那时候我会奉上厚礼的。我有好处一定少不了你。”

我明显地露出轻蔑的脸色,明确拒绝他。自己是通译,但也是抛弃世俗的神父。

船行大约两个月，以神父而言，过的是无为的日子，我感到可怕。每天在餐厅为西班牙人做弥撒，但是，日本人连一个也没偷瞧过。在他们来说，所谓幸福似乎只是获得现世的利益。如果是以现世的利益——获得财富、打胜仗、治愈疾病——为目的的宗教，日本人会扑过去；然而对于超自然的永恒，他们有时甚至毫无感觉。话虽这么说，但在这船旅之间，没有对船内百人以上的日本人传播神的教义，也不能不说是自己的怠慢吧！

晕船真是难过。西九助和松木忠作还不怎么样，田中太郎左卫门和武士从月浦出航数日之间，就像死人般趴着，只听帆网和帆柱忧郁的声音。现在通过哪里呢？既不清楚，也无暇理会。船，不停地摇晃，帆网的声音单调，又让人慵懒，有时会有钟声撞破这种单调。即使闭上眼睛，也一直觉得有一股强大的力量缓缓把自己抬起、放下。想吐、不舒服、无力，武士睡睡醒醒，醒着时模糊想着妻子里久的脸和小孩的样子，以及坐在围炉旁的叔父。

送餐食是随从的工作。与藏脚步摇晃地捧着餐盘来，脸色因晕船而苍白、憔悴。尽管对任何东西都没食欲，为了要达成这项重大任务，武士鼓励自己非吃不可。

"不必担心!"

到客舱来探望的贝拉斯科看到武士和田中这样子,同情地安慰他们。贝拉斯科靠近身旁,从他身上发出的强烈体臭冲鼻而来,晕船的武士更觉难过。

"晕船很快就习惯的。四五天后,就算遇到大风浪或暴风雨也能适应了。"

武士对他说的话不以为然。不过,年轻的西九助有时问贝拉斯科外文,有时在船内晃来晃去,对许多事物都有兴趣,武士觉得很羡慕。

不过很奇怪的是,三四天过后,真的像贝拉斯科所说的,难过开始减轻。到了第五天早上,武士第一次走出充满油漆和鱼油臭味的房间,登上甲板。走到无人的甲板上时,强风突然扑打额头,武士屏住呼吸看向四面八方扩散的波浪。

第一次只见大海,不见陆地,也不见岛影。波浪宛如千军万马厮杀、践踏般发出呐喊。船首如矛刺向灰空,眼看着船体激起高高的水烟往浪谷下跌,突然又浮上来。

武士感到一阵晕眩,在迎面而来的强风中连呼吸都感到困难。东边是波涛汹涌的大海,西边也是波浪缠斗的大海,南边、北边还是一望无际的大海。武士这辈子第一次体会到海是多么广阔,也了解到在海的面前,他长居久住的谷户只不过是一粒麦子大小。这个细瘦而阴郁的男子一直注视这壮观的光景。

“这世界真大啊!”

但是风切割了武士的声音,把它像纸般吹到海的远处。

“这样的海……一直延伸到墨西哥,真令人难以置信。”

松木或许没听到这句话,仍背向这边。凝视着海,久久之后,他回过头来,脸的影子落在帆柱上。松木说:“要航行两个月。”风吹散了松木的声音,武士又问了一次。

“长谷仓先生,你对这次的任务怎么想?”

“任务? 我是不胜感激。”

“不是那么一回事!”松木生气似的摇摇头,“给我们召出众赋予这么大的任务,您认为如何呢? 从船驶离日本之后,我一直想着这件事。”

武士没回答。他们对家世低的自己为什么会被选为使者众,从出发时就一直想不通。御一门众不用说了,连一个重臣当正使也没有,真是怪异。

“松木先生……”

“我们是弃卒!”松木望着海自嘲般地说,“被评定所当成弃卒呀!”

“弃卒?”

“本来应该是哪位重臣负责的这项大任务，却挑了我们这些召出众——因为身份低的召出众要是在途中溺毙，或在陌生的南蛮国家病倒了，对藩主、对评定所都不会有影响。”

松木看到武士的脸色变了，似乎对武士内心的动摇高兴。

“说好听是使者，其实我们话也不通，什么都要靠贝拉斯科一个人，我们不过是送信函的信差罢了。藩主、重臣脑子里想的是只要和墨西哥通商，南蛮的船只到盐釜、气仙沼等海港来就行了，至于我们葬身在哪个海、哪个地方都无所谓，不是吗？”

在风吹拂下，水花溅湿了二人脚底。头上，帆网发出咿呀声。

“白石先生……并没有这么说。”

武士呻吟般地说。不善言辞的他对无法义正词严地反驳松木的话感到懊恼。如果自己真的是弃卒，白石先生、石田先生为什么要说保重身体回来，考虑在归国的早上把领地更换为黑川呢？

“白石先生不可能这么说的。”松木哧哧地笑，“仔细想想，十二年前藩主分领地时，被评定所分配贫瘠、荒芜土地的地方武士相当多，代代相传的旧领地被没收，虽然提出归还领地请愿，但没有获得满意答案的召出众因此闷闷不乐。我、长谷仓、田中、西等都一样。因此,从这些不满者当中选了我们四人,命令我们加入这次痛苦的旅行,如果在途中倒下,就把那一家废了。以使者而言,如果无法达成任务要受处罚。这是做给不满的召出众看的。反正,评定所并没有损失。”

“我不相信!”

“信不信由你。长谷仓先生,你知道在派出这艘大船之前,评定所有两派意见。”

松木脚踩在通往船腹的梯子上,说出谜样的话。

“不!够了!反正,我是这么推测的。”

松木走后,只有武士一人站在甲板上,面对着波涛汹涌的大海。

“这次任务跟战争一样。在战场,召出众率领士卒在枪林弹雨中冲锋陷阵,但是,重臣们在后方的军营里运筹帷幄。跟战时一样重臣不上第一线,这么想就行了。”武士这么解释之后,忧郁的心情得到纾解,只是松木的话仍残留内心深处,闷闷不乐。

一下到船舱,即使那么强烈的风声、大浪的狂啸都听不到。武士不想回到使者众的房间。柱子裸露在外的船腹部,油漆的臭味特别强烈。他到商人住的大房间瞧瞧,因为在那个角落里有他的随从与藏、清八、一助、大助。

大房间里混杂着包裹船货的草席臭味和汗臭味。应有百人以上的商人,有些横七竖八躺着,有的围成圆圈玩骰子。在船货旁边,与藏他们仍躺着,看样子身体不舒服,察觉到主人站在枕边,慌忙想站起来。

“没关系,就这样子躺着。”

武士安慰恭敬的四人。

“晕船,很难过吧?在谷户长大的我们对海更难适应。”

哪一天回国时,彼此都不要说出晕船的丑态,这么一说与藏他们才露出笑容。看着他们憔悴的脸,武士深深觉得只有这四个人才是往后漫长而艰难的旅途中不可缺少的同伴。自己回国之后应该会有什么赏赐才是,可是,他们有的仍然是艰苦的生活而已。

“谷户,现在大概下着雨吧?”

这时期,谷户每日细雨绵绵。在雨中,百姓们裸露上身,全身沾满泥巴地工作。现在,武士他们对这么痛苦的光景也怀念起来……

“索摩斯,哈波涅薛斯,意思是我们是日本人。”

西九助回到房间,对姿势不同、正在写旅行日记的田中太郎左卫门和武士说出奇怪的话。武士惊讶地抬起头来。

“不想出去吗?贝拉斯科通译正在教商人们南蛮话。”

田中难过般地小声说：

“西，使者和商人混在一起，哪天会被那个西班牙人瞧不起。”

西被骂得有点变脸。

“可是，到了那里，一句话都不通。”

“不是有通译吗？有通译啊……”

武士看被骂的西，内心很羡慕这个不管跟谁、在哪里都很快就能打成一片的男子。在谷户长大的他跟田中一样，个性都认生，可是，这个年轻人每天走遍船内的每一个角落，对船的构造表现出强烈的好奇心。把西班牙船员说的话记在纸上，告诉大家船长叫卡比汤、甲板叫克比埃鲁塔、帆叫贝拉的也是他。

“可是，”西的脸涨红，“松木先生也和商人们混在一起，学着呢……”

田中露出不高兴的脸。这个年长的男子经常害怕日本使者的威严受到伤害。因此，尽管第一次接触船内各项事物，但在南蛮人面前他也不露出惊讶状。

“松木先生也……？”

武士吃惊地问西。

“是的。”

不知道那个脸色苍白、阴郁的男子在想些什么？今天他又脸朝大海沉思。那个男子吐也似的说，大家是藩主和评定所的弃卒，说评定所为了压制召出众对新领地的不满，把我们送上这艰难的旅途。武士没把松木的话告诉田中和西，因为不知怎的，总觉得要转达这样的话很不安。

武士为了驱除松木的话站了起来。船舱的通路很长，一边呈弓形后仰的是船腹，另一边并列着存放许多东西的房间、商人的大房间，还有食粮保存室、日本人用的厨房。从货物间传出尘埃和草席的臭味，从厨房传出味噌的味道。

"长谷仓先生！"

从后面追上来的西像少年似的露出洁白的牙齿。

"我学西班牙语没关系吧？"

武士的表情严肃，点点头。

往大房间一瞧，在货物之前商人分成四列而坐，手上拿着笔和纸很认真地记通译教的西班牙语。

"'值多少钱'念'库旺特，克埃斯达'。"

贝拉斯科缓缓地把这句话念三次。库旺特，克埃斯达。商人中没有人偷懒，都认真地抄写。随从们发出轻笑，看着这幅奇妙的光景。

"再念一次。库旺特，克埃斯达。"

西在武士旁边小声重复念这句话。跟谷户完全不同的世界,现在在这儿展开了。双手交叉的松木小小的头在商人们低低的黑压压的头中,动着。教了一句简单的问候语之后,“光学语言,在墨西哥还是做不了生意的。”贝拉斯科掏出布块擦拭嘴巴时说。

“如我常说的,在那个国家如果对天主教完全不了解,什么事都不会顺利的。就说你们看得到的,这艘船上的西班牙船员以唱歌的方式唱出彼此的祈祷。每天从甲板上听到的赞美天主教神的歌声,那是彼此工作的信息,你们可曾察觉到?”

经他这么一说,想想的确如此。出航时,南蛮船员以节拍奇妙的歌曲互唱彼此的心意。他们每天在甲板上做这种活动。

“我并非要你们学习天主教的教义,不过,在这里我要讲一个主耶稣的故事。”

商人之间的窃窃私语像涟漪般扩散,不过很快就停止了。松木站起来,离开行列。他看到了武士,走过来。

“看,商人们很注意地听哪!那些人为了生意可能还打算当天主教徒呢!贝拉斯科很了解商人的贪婪,趁机推销天主教教义。那个通译,老奸一个!”

朴实的武士从怒气冲冲走回船室的松木瘦削的背部，感受到松木直率的性格、不愉快的心情。武士认为凡事都往坏处想的松木有小聪明。

半月之间，圣胡安·巴普蒂斯塔号在连岛影也不见一个的大海中向东前进，庆幸的是没遭遇到无风状态，也没碰上暴风。本来，在北方航线上很少会出现像赤道附近那样的无风状态，但是常有暴风来袭，因此连船长蒙塔尼奥都说像这么幸运的航行是少有的。以前，到日本时，碰上无风状态，船员很讨厌吹口哨的人，因为有人迷信吹口哨会增加痛苦。圣胡安·巴普蒂斯塔号的早上从洗甲板开始。洗甲板或白天点检帆网、刮锚锁的铁锈、掌舵、传达船长与副船长命令，以及操纵室的工作，都是西班牙船员做的。

每天，每天，不，即使是同一天的早上、中午和晚上，海的颜色也千变万化。由于云朵微妙的形状、闪烁的阳光、气压的变化，大海会产生让任何画家都会发出惊叹的有深度的颜色、喜悦的颜色、悲伤的颜色。光是这景致，对创造大海的主的智慧，想赞美祂①的难道只有我一人？这或许是连海鸟也追随不

① 对耶稣的敬称。——编者注

了的旅行。成群的银色飞鱼掠过道道波浪,令人目不暇给。

今早的弥撒意外地有几个日本商人偷偷来瞧一瞧。正好是领圣体时,我手持圣杯,把面包送到跪着的西班牙船员口中。我意识到日本人畏缩、不可思议般地看这幅光景。到底是因为对船中每天无聊的日子感到厌烦而偷偷来瞧弥撒呢,还是在我六天前教西班牙语之后,被译成日语的圣经故事所感动呢?或者是把我吓唬他们——在墨西哥不是天主教徒就无法做买卖——的话当真了呢?

不管怎么样,对我而言,这是值得高兴的结果。弥撒结束,把祭服、祭杯收到架子里,我急忙向还在走廊上晃来晃去的他们搭讪。

“你们觉得怎么样?想不想知道弥撒的深意呢?”

几个人当中,曾在甲板上向我表示希望能取得贸易特权、牙齿黄黄的男子也在。他浅笑着回答:

“通译先生,日本商人只要有益的,什么都学习。所以,在这次旅途中认识天主教教义也没什么损失。”

我对这么露骨的回答不由得笑出来。这多么像日本人的回答,不过,实在太坦率了。他们还谄媚地拜托我今后要继续讲基督的生涯。

了解天主教也没有损失。黄板牙男子的回答充分表现出日本对宗教的看法。在日本长久的生活中,我目睹日本人即使在宗教中也追求现世的利益。甚至可以说为了获得更多的现世利益,他们才有他们所说的信仰。为了逃避疾病、灾害,他们拜神佛。领主们为了获胜才许愿,捐钱给神社或佛寺。和尚也深深了解这情形,让信徒们膜拜像恶魔的药师如来,认为比药更有效。没有别的佛像像如来这般受日本人崇拜。而且,不只为了逃避疾病和灾害,日本人的宗教里还有许多号称可以增加财富的邪教,也吸引了许多信徒。

从宗教中只追求现世利益的日本人!每次看到他们就让我感受到在那个国家,像天主教所说的追求永恒或救赎灵魂的真正宗教是无法生根的。他们的信仰和我们天主教徒所说的信仰之间存在着相当大的隔阂。我只有用以毒攻毒的方法。日本人对宗教追求的是现世利益,那么,如何把它导向神的教义是非常重要的。对这一点,伯多禄会曾有一段时期做得很好。伯多禄会让领主们见识枪等新武器和南方的奇珍异宝,以这些东西取得传教的许可。不过,后来他们做出太多让日本人生气的行为:破坏日本人崇拜的寺庙、神社,抓住处于战事中的领主的弱点,为了确保自己的特权,建立了小殖民地。

出发前,我写了几封信,那是给伯父唐迭戈·卡瓦列罗·

莫利纳、唐迭戈·德·卡夫雷拉神父、塞维利亚保禄会修道院的院长等的。在那些信中,我提到也许我会从西班牙带日本人到塞维利亚去,届时为了向西班牙人证明神的荣光降临东洋的小国,我请求能有盛大光荣的场面。对塞维利亚的人们来说,日本人是很稀奇的,当然,会有很多人来看热闹是可预料的,不过效果非弄得更大不可。我说这效果跟神的荣光,以及在日本的传教有关。这些信准备从阿卡普尔科①用特别的马车送到韦拉克鲁斯②,再以特急件尽快送到塞维利亚。

昨天,教了实用的会话和简单的单词之后,我向大房间的日本人介绍耶稣的生涯。"你的信仰治愈你自己。"我向他们介绍主一个接一个治愈患病教徒的故事。我大声说:"跛脚的会走路,瞎子睁开眼,癞者身体变干净。"日本人的表情极为感动。我知道他们对宗教的企求往往是治病,所以我故意强调这些奇迹。

"主的力量不仅能治愈身体的疾病,还能治好心病。"

我以这句话结束谈话。我想我对日本人说的话说得很漂亮。不过老实说,往后的发展,路途还是非常遥远。我为什么知道日本人喜欢听奇迹呢?因为我从长期经验中了解,只要

---

① 墨西哥港口城市,是太平洋沿岸重要的出口港。——编者注

② 墨西哥港口城市,位于墨西哥东岸、墨西哥湾西南侧。——编者注

一谈到基督本质的复活或者牺牲自己一切的爱,他们会突然出现索然无味的表情。

晚餐席间,蒙塔尼奥船长说气压降低,可怕的大风从南方逐渐接近。难怪从下午开始,波涛升高,昨天还是很美的蓝色大海逐渐转变为冰冷的黑色,波涛撞击溅起白色水花,船头溅起的水花冲洗着甲板。船长说为了把船驶出暴风雨圈,大概要把右舷拉到尽头。

半夜,暴风雨急速逼近。最初还没摇晃得那么厉害,我在和副船长孔特雷拉斯相对的这个房间写日记。孔特雷拉斯和所有西班牙船员及日本水手都进入非常警戒状态,在甲板上系着安全带待命。不久,摇晃逐渐强烈。桌上的蜡烛倒下,发出巨大响声,书架上的书本滑落。我感到不安,走出房间准备登上甲板。脚踩在阶梯上时,船受到强烈的撞击,变得倾斜,我差点从阶梯上掉下来。就在这时候,第一道大浪袭击过来。

急流蹿入阶梯。我想站起来,却被这股急流冲倒,一屁股坐到地上,挂在腰间的念珠掉了。从水中爬着站起来,以墙壁支撑身体,好不容易才稳住身子。船左右摇晃得很厉害。大房间里似乎也进水了,听得到叫喊声,十个左右的日本人争先恐后从房间跑出来。黑暗中我大喊不可以到甲板上,他们没有救命索,如果登上甲板,一定会被越过舷侧的波浪冲到大海里。

由于我的喊叫,田中太郎左卫门拿着刀跑到走廊下。我大叫着要他阻止商人们。田中拔出刀子,大声叱喝朝着阶梯冲过来的商人们。商人们后退,停住脚步。

船身前后摇晃,偶尔左右摇晃,我使尽全力利用墙壁稳住身子。甲板上传来巨大的波浪撞击声,有如大炮,船内不断传来东西掉落的破碎声,以及人的惨叫声。想回房间却走不了,我在浸水的走廊像狗一样爬行。好不容易回到房间,费了很大力气一打开门,架子上掉下的东西就在我脚边摔破。我躺下来,抓住壁上的握把支撑着身体。每次船身摇晃,架子上的东西就左右移动,响声一直持续到清晨。清晨,船内的声音总算平静下来,摇晃没那么厉害了。

当黎明的阳光从窗户照射进来时,我才知道我的书和行李散落在地板上。幸好我们的房间比日本人低一层,没浸水,我想这是神的保佑。受害的是商人的大房间,尤其是堆放行李旁的睡铺浸了水,东西都不能用了。食粮存放室里也进了水。

我拿自己的衣服和部分寝具给在大房间外束手无策的一个男子。男子不是商人,是使者的随从,有一张和长谷仓六右卫门一样乡土味浓厚的百姓的脸。

“你拿去用吧!”

我这么说,他以不可置信的表情注视我。

“你的东西干了之后,再还我就行了。”

我问他名字,他怯怯地回答“与藏”,听说他是长谷仓的随从。

过午,总算逮到从甲板上匆忙下来的孔特雷拉斯。他说昨晚的暴风雨把辅助柱吹断,有两个日本水手被冲到海里,行踪不明。他禁止我们到甲板上去。

大浪仍然继续。午后,船总算驶出暴风圈。船内脏东西的臭味和日本人晕船吐的秽物的臭味令人难耐,我在获得孔特雷拉斯许可后爬到甲板的出口。波浪狂啸,海,仍然是黑色。甲板上,日本水手忙着修理帆绳和折断的辅助柱。

晚饭时,总算能跟蒙塔尼奥、孔特雷拉斯好好谈一谈。一整天几乎都没合过眼的两人眼眶深黑,脸上是极度疲倦的神情。听他们说,被冲到海里的日本水手想救也救不了了。二人感到悲伤,但这也是神给的命运。

摇晃停止之后,我到甲板上唱圣务日祷,看到四天前的暴风雨之后我借衣服给他的那个男子,但他很快就消失了。没多久,他陪伴主人长谷仓到甲板来。长谷仓弯腰,就照顾他的随从一事向我道谢，他说在船上没什么可以答谢的，拿了日本纸和几支笔给我。我注视拼命向我道谢、口齿笨拙、乡土味十足的这个男子的脸，甚至觉得虽说是藩主的命令，但要这个男子到遥远的国度去的确让人感到悲哀。名叫与藏的随从站在远处也一直点头。这一对主仆让我联想到西班牙淳朴的乡村，使我露出微笑。

他们走开后不久，松木忠作在甲板上出现，一直眺望海。这是他常有的习惯。他在甲板上即使和我碰面也只是点点头，从不向我搭讪，今天他从远处注视着在甲板上唱着圣务日祷走来走去的我。在炽烈的阳光下，从他的视线中我感受到某种强烈的憎恨与敌意。

（在使者安然抵达墨西哥之前，我不能松懈。）

松木依然沉默如石头，我正想再唱圣务日祷时，“贝拉斯科先生！”他叫我，声音中隐含责备的味道。

“我有件事想问你，贝拉斯科先生。你真的是以通译的身份搭上这艘船的吗？或者别有目的？”

“我本来就是来当通译的，”我感到奇怪，“你为什么会这么问呢？”

“那么，跟商人们讲天主教的故事也是通译的任务吗？”

“这是为了大家好。在墨西哥，纵使是外国人，只要是天主教徒，就会像兄弟般受欢迎。但如果不是天主教徒，一件生意也甭想谈成。”

“那么日本商人只是为了生意而皈依天主教，”松木嘲讽地说，“贝拉斯科先生你也同意吗？”

“是的！”我点点头，“上山的路并非只有一条。从东西方向有路，从南北也有路，无论从哪一条路上去，都会到达山顶。通往主的路也一样。”

“贝拉斯科先生，你是个策士，利用那些人的贪欲让他们成为天主教徒。你是否也对评定所的重臣们玩弄同样的计谋呢？协助和墨西哥通商，交换的条件是允许信奉天主教吧！”

我注视着他的眼睛。他的眼光跟幼稚、充满好奇的西的眼光不同，也跟田中顽固的眼光、长谷仓忠诚的眼光不同。我发现这个日本使者不是糊涂虫。

“松木先生，那么你要怎么办呢？放弃使者的任务吗？”我平静地回答。

“我不放弃。只是我要先声明，船内的那些商人如果可以从墨西哥获得利益，他们纵使当天主教徒也无所谓。但如果发现无利可图，他们马上就会放弃。评定所允许天主教传教也一样，只限于和墨西哥做贸易期间。贸易一停止，南蛮船不来领地内的港口，他们马上就会禁止天主教。这件事，贝拉斯科先生也很了解吧?”

“我知道。这么说,只要有利可图,维持贸易,一切顺利就行了。”

我开玩笑地说着。

“不过,即使和墨西哥的贸易断绝,一旦撒下种子,就是撒下种子。神的想法是我们凡人无法洞穿的。”

“贝拉斯科先生!”

松木这次的语气跟刚才不一样,不是责问,而是认真的语气。

“我不明白。依我看,贝拉斯科先生你不是简单的策士。然而你为何越过波涛万里来到日本,只为了那个神而让自己受苦呢?贝拉斯科先生,你真的认为神存在吗?你为什么会认为神是存在的呢?”

“从理上我无法说明神的存在,因为神是透过每一个人的生涯显示出自己的存在。如果在松木的眼中我只是策士,那么或许神是从我是策士的生活方式中显示出自己的存在。”

对冲口而出的话,连自己都感到吃惊。宛如有某种力量促使我说出这些话。神透过每一个人的人生证明祂的存在。

“真的是这样子啊!”

松木也恢复刚才嘲笑的表情。

“在那些日本商人的生涯里，神无法证明自己的存在吧？”

“为什么呢？”

“因为那些人认为管他有没有神，一切都一样。不！不只是那些人，大部分日本人都是这样的。”

“那么松木先生你呢？”我靠近他，“你希望过那种淡淡的人生吗？我一直认为生存是激烈的事，就像男人与女人的关系。女人向男人要求强烈的感情，神对我们的要求也是强烈的。人不能活两次。松木先生你希望过不冷不热、淡淡的人生吗？”

松木在我尖锐的声音和视线下开始畏缩。他似乎对自己狼狈的表情感到羞耻，结结巴巴地说：

“这是没办法的，不是吗？我生长在日本……日本不喜欢激烈的东西。我对贝拉斯科这样的人甚至感到奇怪。”

然而在那瞬间，从松木的脸上我看到了无可言喻的浮躁。那不是针对忘了通译的身份固执地反驳的我，而是针对他自己的浮躁。我甚至认为这个男子也许讨厌我，但却憧憬着我所拥有的某种东西。

我看到鲸鱼群！那是船内恢复宁静的午后。无论在使者的房间或随从的大房间，日本人都贪睡午觉。割破慵懒寂静的是帆网规则的咯吱声，以及报时的钟声。

“鲸鱼！鲸鱼——”

看守帆柱的水手大叫。恍惚听到声音的几个人把大家都叫起来。船内所有人都聚集到甲板上来。

几头鲸鱼在黑暗的波浪中沉下、浮起，呈一直线在海上前进。它们往波浪的谷间沉下去，瞬间消失了踪影，但很快露出宛如抹了油的黑亮背部，喷出高高的水柱。有一头躲入海里，旁边马上有另一头背部扬起水烟浮上来。它们无视船的存在，嬉戏着。每次看到鲸鱼，无论西班牙人还是日本人都会大声起哄。

“尽是一些新鲜事！”

在武士旁边的西九助高兴地笑了。

鲸鱼影子消失在海平线之前，武士的身子一动也不动。从云间射出如箭束的阳光，在鲸鱼消失的地方发出特别耀眼的银光。武士没想到会遇到这么多新奇的事，也不知道世界是这么广阔。住在小小的谷户、在那里成长的他，只有那儿是他的生活场所，心目中的世界就是藩主的领地。但是，现在武士心中开始产生微妙的变化，那是莫名的不安与些许的恐怖。一脚已踏入了新世界，然而心里不安的是至今为止支撑自己的东西已有裂缝，它会不会像沙子散落般完全崩溃呢？

鲸鱼群远离视界，聚集到甲板的日本人又回到大房间。钟声响起，午睡结束。等待他们的是直到晚上都无所事事的漫长时间。

“到大房间去，”下阶梯的西邀请武士，“你不想学西班牙话吗？”

在嘈杂的大房间里，贝拉斯科像往常一样微笑着出现了。那微笑就像大人看到什么也不行的小孩时那种充满自信的微笑。贝拉斯科经常以微笑表示船上的日本人如果没有自己，往后的旅途什么也做不了。

“马斯，巴拉特，波尔，赫波尔。”

他的手放在一件行李上，口中念着，拿着笔的商人老实地把他的话记在纸上。

“诺，奇耶洛，昆普拉鲁洛。”

奇妙而认真的课今天也上了一小时左右。结束后，一如往常，贝拉斯科又开始向大家说基督的事。

“有一个女人多年来患血漏，家财悉数散光，看过无数的医生都无效，病情不见好转。这时候，耶稣乘舟而来，许多人都聚集过来。女人听说耶稣来了，在人群背后犹豫，她的手指碰到了耶稣的衣角。她认为如果碰到祂的衣服就能把病治好。耶稣回过头来说:‘女儿,放心吧!’女人的病马上就痊愈了。”①

武士迷迷糊糊地听着贝拉斯科的话。到今日为止,天主教的教义是遥远世界的东西,而且现在听到的这些话也跟自己无关。

武士由贝拉斯科故事中的可怜女性突然想起谷户的女人们,以及像被压碎似的谷户村子。那里住的是比生病的女人更凄惨、更可怜的人。父亲常告诉他饥荒时不得不将老太婆或其他女人丢弃到路旁的故事。

只有商人没笑,很奇妙地仰望贝拉斯科,武士知道他们不是真心倾听。像松木忠作所说的,商人只认为了解天主教的故事对不久的将来在墨西哥的贸易会有帮助而已。

贝拉斯科合上《圣经》,似乎为了探察朗读让日本人产生的感动程度,脸上又浮现出微笑,环视商人。他发现在所有觉得奇妙的表情当中,有一个愤怒地瞪着自己的男人。他是武士的随从,名叫与藏。

贝拉斯科一走出大房间,商人们就把笔收回笔墨盒里,哈欠连连,用拳头敲敲酸疼的肩膀。刚才正经八百的表情完全

---

① 出自《圣经新约 · 玛窦福音》第九章 20—22 节。——编者注

消失了,义务完成之后的懒散气氛充斥着大房间。在刚刚贝拉斯科站着的行李堆旁,有人已开始玩起掷骰子的游戏了。

“在这次旅途中,我打算好好学西班牙语。”

西和武士并肩走出大房间,自个儿说出自己的希望。

“将来,当南蛮船抵达藩主领地的海港时,重臣们需要通译吧? 我想做那样的工作。”

武士跟往常一样,对这位年轻人有点羡慕和嫉妒。不过,在学习外语方面,他年纪比西大得多,头脑也比较迟钝。

吃着各自的随从送来的早餐,田中太郎左卫门又对西九助说悄悄话。当西愉悦地说透过贝拉斯科的翻译跟副船长学习罗盘针的用法时,不意竟被责备。

“你能不能庄重一点? 要是被南蛮人看轻,有损我们使者的体面。”

西很惊讶,一瞬间愣住了。但是——

“为什么呢?”他反问,“即使是南蛮人也有许多值得学习的。把枪、火药传给只会拉弓射箭的我们的就是南蛮人。既然是以使者的身份前往,就要了解该国的优点、学习他们好的智慧,我认为是很好的。”

“我没说不好!”田中不意被年少者抢白了一顿,明显露出不悦的表情,“我是说像你这样在船内晃来晃去,看到南蛮人的船具等等大惊小怪,就太轻佻了。”

“我看到新的东西感到惊讶,也考虑到如果能把南蛮人的船具拿回藩里大概会有用吧!”

“要不要采用新的东西关系到政治,评定所会考虑的。你年纪轻轻,什么时候竟然开始插嘴政治了?如果以为新的东西就是好的,你还太年轻啊!”

田中生气的侧脸让武士想起围炉边的叔父。认为面子比什么都重要、受他人羞辱是最大的耻辱,对旧的习惯毫无更改之意,讨厌新东西,这些是藩内地方武士的特征,叔父和田中都明显地有这种特征。武士也有同样的想法。不过,武士对充满乡土味的自己在船上有时会感到厌烦,甚至羡慕起充满好奇心的西。

此时,在武士的对面,用完餐盖上饭盒盖子的松木对西说:

“你去过南蛮人住的房间吗?”

“去过。”

“南蛮人的体臭你觉得怎么样?”

“会臭吗?”

“我从搭上这条船开始就很讨厌那股强烈的臭味。例如贝拉斯科每次到这房间时，都会带来强烈的臭味。那是南蛮人的体臭！"

自从在甲板上谈话之后，武士对松木的伶牙俐齿感到不快。自己对天主教或天主教的传教士没兴趣，不过看到借衣服和寝具给与藏的贝拉斯科时，武士感到惭愧。在自己心中，与藏是男仆，是随从，可是在贝拉斯科心中，似乎没有这样的区别。

"认为什么东西都不好，又怎么样呢？"武士从旁插嘴，"我也不喜欢……"

"贝拉斯科的体臭代表着南蛮人的强悍。"松木压抑地说，"就是会发出像那种体臭的男人，才会到遥远的日本来吧！不只是贝拉斯科，南蛮人制造大船环绕世界各国，也是出于这种强悍的个性。西没察觉到南蛮人的强悍，盗用他们制造的东西不过是猴子的模仿罢了，而且不要忘记那种强悍对我们是有毒的。"

"不过，我觉得，"西困惑般地嘟囔，"贝拉斯科是平和的人……"

"为了掩饰自己的强悍，贝拉斯科让我们看到平和的一面。我总认为那个男的相信天主教，是为了压抑自己的欲望。白天，看到那个男的独自走在阳光下时，不知怎的我感到很可怕。"

松木因察觉到自己太大声而露出苦笑。

“贝拉斯科并非为了评定所才担任我们的通译,而是为了满足自己强烈的欲望才搭上这条船的。”

“你说他会有什么企图呢?”田中问。

“我还不知道。总之,重要的是不要被他扯进去。”

“如果妨碍到任务,”田中望着刀,“虽说是通译,也要斩!”

“傻瓜!”松木笑了,“杀了通译,在语言不通的墨西哥如何执行使者的任务?”

几天前,船驶进经过这大海之北一定会碰到的浓雾,广阔的波浪隐入灰色雾中。站在甲板上,前方宛如薄暮,朦胧不清,只有船员和水手如亡灵般移动身子。每隔两分钟就听到不知哪里传来的守卫的敲钟声。船内恢复一片宁静,雾从阶梯涌入大房间和使者的房间,寝具不用说了,连衣服、每天记录的旅行日记都湿了,感觉很不舒服。

一天供应一次的水,从几天前开始减量了。本来给使者四人两桶水,现在变成一桶。幸好没有暴风雨再度侵袭,也没驶进无风地带,船,在雾中单调地往东前进。

撕裂单调时间的事件发生了。西班牙船员在船长蒙塔尼奥房间偷了表和几块金币。船长带着贝拉斯科到使者众的房间,涨红着脸说明必须处罚这个小偷。

蒙塔尼奥说船上订有规则,而依章办事是船长的义务,例如当班的人打瞌睡,要把手绑起来淋水,还说如果老毛病还是改不了,会采取鞭打的处罚,这是船上长久以来的习惯,要在所有搭乘这条船的人面前处罚犯人。蒙塔尼奥要求日本人也到甲板上来。

他们在浓雾笼罩的甲板上行罚。日本水手和商人都集合到甲板上,西班牙船员在与日本人有点距离的地方看着被拖出来的同伴的手被帆绳绑着。为了避免因疼痛而咬到舌头,犯人口中被塞了布条,跪着,背部裸露。雾,随风漂流,转淡,又变浓。贝拉斯科也站在船长旁边,一直注视着这次处罚,像黑色的塑像。

雾中,鞭声扬起,有呻吟声传出。鞭声继续响了好几次,不久,雾被风吹散时,受处罚的男子像一团烂泥般瘫在地上。众目睽睽下,只有贝拉斯科跑到男子身旁,抱起他,用自己的衣服擦拭血迹,然后,把他扶进船内。

武士感到无可言喻的厌恶。让他产生这种感觉的不是鞭打,他眼前浮现出行刑时在甲板上、在雾中,每次鞭声扬起时皆无动于衷地凝视,像塑像的贝拉斯科。可是当刑罚结束,用自己的衣服擦拭那男子的血迹,扶他进船室的这个南蛮人的脸,如松木所说的那样让人感到可怕。武士无论如何无法相信那个贝拉斯科跟把衣服给与藏的贝拉斯科是同一个人!

雾,五六天之后仍然不散。帆和甲板都因湿气而发出腐烂似的臭味。每隔两分钟,在乳白色幕中就能听到钟声。有时,如白色圆盘的太阳才刚刚露出脸来,马上就被下一波浓雾掩盖。阳光一出现,西班牙船员急忙架起六分仪测量位置。

进入浓雾圈的第七天,从东北来的波浪逐渐变大。船只在风吹拂下倾斜,摇晃得厉害,这表示暴风雨再次接近。西班牙船员和日本水手在甲板上忙得团团转,开始张挂起船头和船尾的辅助帆。

气压逐渐降低。雾一散去,暗黑的大波浪就从四面八方涌现。风把帆吹得嚓嚓作响,斜斜打在工作者身体上。上一次受到暴风雨侵袭的大房间里,商人和使者们把架子上的行李搬到货物堆上。为了避免寝具和衣服被水浸湿,他们把它们也紧紧绑在货物堆上。

不久,波浪夹杂水花开始越过甲板了。波浪强烈地打在倾斜的船腹,船骨咿呀作响。使者们为防万一,在柱子和柱子之间系上握绳,武士也把装有藩主信函的盒子绑在背上,刀牢牢插在腰间。为了防止发生火灾而熄灭所有用菜籽油的灯,因此还不到晚上房间已微暗。

向左右的摇晃变得剧烈了,连货物堆的位置也移动着。大房间里似乎有水流进来,商人们叫喊着往后退。抓住行李的粗绳,四处传来向龙神祈祷的声音。每次船倾斜时,武士们就抓住握绳避免倒下来。房间里的暗黑开始转浓,从大房间传出低声的对龙神的祈祷。声音停止了,不一会儿,突然传来分不清是惨叫还是怒吼的叫喊。船腹的窗户破裂,波浪涌进来。波浪把窗边的两个男子冲倒,他们撞到货物堆上。被波浪卷倒的人伸长手臂拼命抓住货物、随着船倾斜的同时,房间的水向走廊流出。他们有的彼此互撞,有的身体碰到货物,或者倒下来。这时,又有巨响从走道的深处响起。

船长、副船长的指示都听不到了。波浪高耸如山,向船袭击过来。

奔流卷走甲板上的所有东西,碰到帆柱,形成旋涡,向通往船底的阶梯狂奔。被波浪吞噬的水手靠着救命绳好不容易才站起来,下一道怒涛马上又袭来。瞬间,水手的头在怒涛中消失了。

无论使者的房间或大房间,水都淹到膝盖,日本人摔倒、爬行、站起来,大声喊叫。沉重的货物如魔鬼附身般左右移动。商人们忘了船长发出的禁令,往甲板寻找逃生的地方,刚跑到阶梯处,马上就被如瀑布般涌入的海水冲倒。

四小时过后,船总算驶离暴风雨的圈子。波浪仍然汹涌,但已不会越过甲板。甲板上,被波浪冲过来的船具、折断的柱子散落满地。几个水手行踪不明,船内到处传出呻吟声。在水未淘干之前大房间无法使用,力气用尽的商人们像被雨淋湿的老鼠般在下一层西班牙船员的行李间、餐厅、走廊下胡乱躺着过夜。谁也没有帮同伴的力气,在大家像死人般倚着墙脚或趴着的当儿,只有贝拉斯科一个人到处为受伤的人治疗。

清晨终于到来。暴风雨离开后的海平线奇迹般地从粉红色转变为金色。天空的颜色逐渐扩大,整个海面也变得明亮。除了波浪碰撞船腹的声音之外,什么也听不到。晨曦中,有一片帆裂开的圣胡安·巴普蒂斯塔号像漂流的幽灵船,不见人影,也听不到钟声响起,在余波犹存的海中漂荡。筋疲力尽的船员和水手横七竖八躺着,仍在熟睡中。

中午之前,武士鼓起余力起床,为了探寻与藏等四个随从,爬也似的走出房间。使者的房间由不同的阶梯分开,位置比通道高,因此水流进来后马上就流出来,受害并不那么严重。藩主的信函没被浸湿是老天帮忙。走过浸水仍到足踝的通道到下一层时,商人躺得满满的,连踏脚的空隙都没有。看到武士来了,他们连起身打招呼的力气都没有,有的仍然呼呼大睡,也有人眼睛睁开一线缝隙茫然注视着某一点。

存放货物的房间里,人也塞得满满的,武士在当中找到趴着睡的与藏等人。跨过身体、头部后,他出声叫他们,与藏、一助、大助痛苦地起身,只有清八仍然俯卧,动也不动。昨夜,他胸口被货物强烈撞击,在浊流中昏过去。三个人把他给拉出来。

“贝拉斯科先生帮他治疗,”与藏说,觉得对不起主人似的低下头来,“到清晨为止看护着清八。”

武士还记得上次暴风雨来袭时,贝拉斯科借衣服给与藏。与藏深受以往完全陌生的南蛮人给予自己的关怀,这时,武士也觉得不好意思:原本是身为主人的自己应该做的事,却让贝拉斯科做了。

与藏身旁有像小念珠的东西。与藏说是昨晚贝拉斯科留下来的天主教的念珠。

“贝拉斯科,”与藏好像做坏事被逮到似的,吞吞吐吐地说,“用这个为清八和其他的人祈祷。”

“我先说清楚,”武士的音量稍微加大,“我很感激贝拉斯科先生,但是不可信天主教的教义!”

因为与藏没作声,武士明白地说,没让周围睡着的商人听到。

“商人们听天主教的故事是为了和墨西哥做生意。他们为了贸易,不了解天主教教义不行。但是你们不是商人,只要是我长谷仓的随从,就不可以接触天主教的教义!”

这么说的当儿,他突然想起松木忠作所说的话。松木说过贝拉斯科心中有着某种可怕而强烈的东西,还说为了不那么强烈,他故意表现得温和,一定不要被那南蛮人牵扯进去。武士并不十分明白那话的意思,但是自己的随从崇敬贝拉斯科,他感到可怕。

“好好照顾清八,不必担心我。”

虽然向清八说了两三句安慰的话,可是他没有回应。武士从许多人的身上跨过去,走到通道,爬上艳阳高照的甲板。

海上早已风平浪静,帆柱露出黑影。微风吹在脸上,让慵懒的身体感到好舒服。在西班牙船员的指示下,好不容易起床的水手们修理被吹断的帆网,换下撕裂的帆。波浪发出耀眼的亮光,有时可见飞鱼穿梭在波浪间。武士坐在帆柱影下,才发觉不知何时竟将念珠带了出来。多颗树种子串联而成的念珠的另一端系着十字架,十字架上刻有瘦削的裸体男子。看着无力地张开双手、低着头的那男子,他不明白所有南蛮人,包括贝拉斯科在内,为什么称他为“主”。对武士而言,能称为主的只有藩主,然而藩主并不这么寒碜,也不可能是这般软弱无力的人。光是拜瘦削的这个人的行为,就让武士认定天主教是奇怪至极的邪教。

做了一个难为情的梦。那是在谷户潮湿黑暗的房间里，没让睡着的小孩发觉，偷偷和妻子重叠在一起的梦。“不去不行了！”明天是评定所决定的起航日，使者当中只有自己还留在谷户，对自己离不开妻子的肉体，武士感到可耻，“不走不行了！”他从刚才起就一直重复着这句话。可是，胸膛下方里久满是汗水的脸向他压过来。“即使起航也没用。”妻子喘息、嘀咕着，“回不了黑川那地方了。”他离开妻子的身体，急促地问道：“叔父知道这件事吗？”看到里久点点头，他狼狈地起来。这时武士醒过来。

由于暴风雨的关系，身子脏脏的。从残留海水湿气的船室角落传出高高低低的打鼾声，那是田中的鼾声。“是在做梦吧？”武士叹了口气。他了解会做这样的梦，是因为松木的话仍留在意识底的缘故。武士没把松木的话向现在鼾声平稳的田中说，也没有对西提过，因为说了就等于承认松木的话。“白石先生、石田先生不可能做出这样的事。”武士换下脏了的兜裆布，对自己这么说。

再合上眼睛，但是睡不着。武士眼前鲜明地浮现出在庭院中游玩的小孩，以及披晒布匹的里久的侧脸，家中的房间一一浮现上来。为了再度入睡,武士回忆着谷户的每一幅风景:残雪覆盖着的山啦,旱田啦……

圣胡安·巴普蒂斯塔号在第二次暴风雨中受到相当严重的打击,失去一片帆和一只小舟,船内浸水很深,甲板上被暴风雨打坏的船具横七竖八。我的额头受了伤,不过没什么大碍。西班牙船员、日本水手一整天都充当淘水的大孩子。不过,比起九十三年前麦哲伦船长和那艘船在太平洋遭到的苦难,这真是微不足道。听说麦哲伦他们没有食粮,水也腐臭,吃船内的老鼠,连木屑也拿来充饥。幸好我们还有水,食物也不缺乏。不过,昨夜的暴风雨中,有几个日本水手丧身海中,大房间里有人受伤,也有人生病。到黎明为止,我不是以通译身份,而是以神父身份四处为呻吟的日本人包扎、治疗。

伤者当中,特别严重的是名叫弥平的年长商人和长谷仓的随从清八两个人。他们都是胸部被货物压到,弥平吐血,清八准是肋骨折断了。我让两人喝葡萄酒,给他们敷上湿布。他们几乎都说不出话,逐渐衰弱。我担心他们能否活着到达墨西哥。

虽然从日本出发只经过了一个月,但感觉上好像已有几个月之久。跟十三年前初次到东洋来时的船中生活相比并无两样,但心情却不踏实,或许是我迫切希望能早一天实现我的计划吧!

晚上,在风平浪静的甲板上结束祈祷之后,跟平常一样,我好像连他人内心深处都要看透般思索着:自己为什么想再回到日本?那个国家的人为什么这么固执?那并不是因为日本人拥有比东洋国家的其他民族更虔诚的宗教信仰、更高的领悟真理的能力,正好相反,日本人虽然拥有较他国人民更高的理解力和更强烈的好奇心,可是日本人却拒绝对现世无益、无用的东西。他们纵使暂时装作倾听主的教义,其实不过是想从教义中获得有益于战争或财富的东西罢了!我好几次在那个国家尝到绝望的滋味。日本人对现世利益的感觉已到了过分敏锐的程度,毫无永恒的观念。尽管如此,这样的日本和日本人反而挑起我传教的欲望。我把再回到日本当成是一种使命,因为我想如驯服猛兽般一一克服在那国所遭遇的困难。我体内流着征服西印度群岛、受到唐·卡洛斯国王宠爱的祖父的血液,还有母亲的大伯父、当过巴拿马群岛总督的巴斯科·巴尔沃亚的血液。建立起家族荣誉的祖父用船和剑征服了这些岛屿,我想以主的教义征服日本。我体内有着来自祖父和母亲的大伯父的血液,希望主让我的血液流在日本……

月色皎洁,夜晚的海发出亮光。十点,除了必要处,其他的灯都熄灭了,不过在月光挥洒的甲板上,每一个船具都清晰可辨。(主啊!为了那个国家,请让我当指挥者。像主的血为人类而流,也让我的血为日本而流吧!)

半夜,两个伤者的情况恶化。大家总算把大房间的大部分水淘出去,使之勉强可以用于起居了。住在中层的日本人有一半回来了,但是他们两人仍然不能动弹。

过午,商人弥平过世。长谷仓六右卫门的随从清八宛如追随弥平似的也断了气。日本人围着他们两人,在旁边念经文,让死者在临终前能了解到相当于我们的天国的极乐世界的模样。这是他们的习惯。看护清八的男仆悲恸异常,主人长谷仓含泪用衣服盖在死者身上,继续念经。在使者当中毫不显眼的这个男子,对随从们而言似乎是个好主人。

他们在船长的指示下把两人的尸体丢到海里。跟上次处罚时一样,所有日本人都到甲板上,连西班牙船员也排成列。午后的海是平顺的,甚至让人感到忧郁。一般会由船长或同船的神父唱祈祷文,但是船上的日本人都不是天主教徒,因此蒙塔尼奥和我都随他们依自己的仪式进行祷告。

其中的一个商人似乎有佛教的知识,唱着我不懂的似咒文的经文,大家跟随他唱,两人的尸体被丢进海里。尸体被波浪吸入,消失了,忧郁的海若无其事地仍然沉默着。其他的人离开甲板之后,只有长谷仓及其随从站在船边默哀良久。最后只有与藏一个人留下。等其他的人也下到船底之后,与藏由于好奇心的驱使,向正在眺望的我靠近。

“请为清八念佛。”与藏胆怯地小声说。

我感到惊讶。为了试探这男子的真意,我故意说:

“天主教的祈祷是为了天主教徒,对你们来说,反而为难吧!”

与藏寂寞般地注视着我。我察觉到他有话想说,却不能。为了死者,我用拉丁文唱祈祷文。这个男子手指交叉,注视着海,双唇嚅动。

请给死者平静的休息
主与你,与你的灵魂同在
请赐给他永远的安息

吞噬死者的大海若无其事地平静依旧,飞鱼在波浪间跳跃。帆网发出单调的响声,海平线远方的金色云团逐渐扩散。

“我想听天主教的故事。”与藏小声说。

我吃了一惊,注视他的脸。

这一天,我们的船总算航行了旅程的一半。

第四章

船，受伤如漂流船，日本人都很疲倦。由于水不足，又缺乏蔬菜，有人罹患坏血病。

大约在第六十天，两只像鹬的鸟飞来，停在帆柱上。西班牙船员和日本水手发出欢呼声。因为有鸟飞来，表示陆地已近。黄嘴巴、白褐色羽毛的这两只鸟，掠过船端消失了踪影。

傍晚，左边可见山影点点，是门多西诺海岬。由于海岬无港，船远远停在海上，五个西班牙船员和五个日本水手搭乘小艇，补给饮水和食粮。蒙塔尼奥船长以危险的理由拒绝其他日本人上陆。

翌日，继续南行。补充了水和蔬菜的船客宛如复活般地精神奕奕，重新享受波浪平稳的船旅。离开门多西诺海岬的第十天早上，他们看到远处在树木掩盖下的陆岸相连着。那是日本人第一次见到的西班牙陆地①。聚集到甲板上的日本人发出欢叫声,甚至有人掉眼泪。离开日本虽然不到两个半月,但是却有着经过漫长旅途的感慨涌上心头,他们拍拍彼此的肩膀,分享着平安的喜悦。

翌日,船接近陆地。暑气逼人。强烈的阳光照射在纯白的海滨,海滨后面的丘陵上整齐种着从未见过的树木。问西班牙船员,大家才知道这树叫橄榄树,果实可榨油食用。被太阳晒黑、上半身赤裸的原住民男女从橄榄树林中跑出来喧嚷着。

小岛看来比实际的小。随着船逐渐靠近,可见波浪拍击在茂密树林掩盖下的海崖。海鸟飞来,缓缓地绕行过这个岛。背后的海岬露出来了,海岬四周长着茂密的橄榄树。

"阿卡普尔科!"

狂喜的叫声从帆柱上传来。爬上帆柱的西班牙船员指着峡湾,这当儿,聚集到甲板上的西班牙人和日本人也一起发出喜悦的叫声。被欢叫声吓到的海鸟群飞上空中。使者众站成一列,凝视峡湾和左右的海岬:这是有生以来第一次看到的异国海港,是有生以来第一次踩上的异国土地。田中太郎左卫

---

① 本故事发生时,墨西哥处于西班牙统治之下,故此处一行人到达墨西哥,称"西班牙陆地"。——编者注

门和武士的脸紧张而僵硬，西九助眼中发出泪光，松木忠作双手在胸前交叉，表情似乎在生气。

峡湾寂静，风平浪静。海湾虽然比起航时的月浦更宽广，却不知怎的看不到其他船只。峡湾的前方是广阔的沙滩，深处有一栋白色建筑物。白色建筑物四周，有枪眼的墙壁围绕着，然而不见人影。船，停止了。

西班牙船员跪下。贝拉斯科爬上甲板，朝他们画十字。日本商人之中也有人学他们，把双手手指交叉。

“贺三纳①，愿因主之名而来的人能得到祝福。”

在贝拉斯科的祈祷声中掺杂着海鸟的尖锐叫声。海风吹在脸颊上，感觉很舒服。祈祷完毕，船长、副船长、贝拉斯科三人放下小艇，向海滩而去，请求准予上陆。

在他们返回之前，船客茫然眺望闷热的风景。阳光沉重地压着峡湾和海滨。静寂让日本人感到极度不安：不知怎的，感觉到自己似乎不受欢迎。

过了好久，船长他们都没回到海滨，两个船员搭乘另一艘小艇去打听情况。阳光火辣辣地照在甲板上，忍受不了的日本人又退回船内。大约过了三小时，来了通知，只允许西班牙

① Hosanna，赞美上帝之语。

人上陆。阿卡普尔科的要塞司令官对这突然来访的日本船里的人,没有允许他们上陆的权力,派人向墨西哥城的墨西哥总督请示。

大家不约而同发出不满的声音。使者众和商人们自然而然地以为一到这个国家,一切都准备就绪,会受到盛大的欢迎,万事顺利。他们不明了为何只让日本人留在船上。

傍晚,酷热的阳光有了阴影,就在好不容易有微风吹到甲板、小鸟成群飞来之际,船长他们回来了。日本人要求代表使者众的贝拉斯科说明原委。

“不要担心!”贝拉斯科露出常见的微笑。不要担心,这是他的口头禅。“明天大家都一起上陆吧!”

“藩主为了西班牙人造大船,送大家到这里来,”田中太郎左卫门不服气,“怠慢我们,也就侮辱了藩主和评定所。”

“不过,藩主和评定所,”贝拉斯科的微笑消失了,“不是已经向各位说过到达墨西哥之后,要听从我贝拉斯科的指示吗?”

翌日,西班牙船员先上陆,司令官要印第安原住民划小船送日本人和行李到海滨时已是过午时分。海滨有持枪的要塞士兵并列,他们以可怕的表情瞪着依次下船、形态怪异的商人和使者众。

使者四人在船长、副船长以及贝拉斯科陪伴下，整肃仪容前往种满橄榄树的山围绕的要塞。要塞以灰泥巩固，四周的墙壁设有枪眼。在墙壁的凹下处摆着形状不一的盆栽，火焰般的红花争奇斗艳。

穿过有士兵把守的门，就是中庭。中庭四周有建筑物围绕，重要位置有两人一组的警卫站岗。使者众默默踩着回廊的石阶，不知从哪里飘来花香，也传来蜜蜂的拍翅声。当然，和藩主的城相比，这简直是小巫见大巫，说是城塞，其实感觉像堡垒。

司令官的年纪相当大，在办公室前迎接使者众。他叽里咕噜地说了四人不懂的一长串的话，而贝拉斯科翻译时，以不怀好意的眼光直盯着四个日本人。贝拉斯科翻译之后，这个男子又说了一大堆夸张的感谢话，不过武士们从他困惑的视线清楚地知道自己并不受欢迎。

说完话，司令官招待大家吃午餐。餐厅里有司令官夫人和几个军官等候着，以宛如看珍禽异兽的眼光盯着船长和贝拉斯科陪伴下的日本人，暗地里交换眼色。田中太郎左卫门不愿受辱，耸耸肩，似乎有点生气。西九助第一次使用小刀、叉子，不小心把它们掉落到地上。餐桌上，司令官夫妇出于礼节透过贝拉斯科的翻译询问四个使者日本这个遥远国家的情形,但是不一会儿就只顾自己谈话。这期间,言语不通的四人寂寞地被冷落一旁。

回到船上,疲惫已极。在阿卡普尔科没有可供日本人住宿的宿舍或修道院,因此上岸的商人又都回到大房间。使者众由于自尊心受损,心情不快。夕阳从船室的窗户强烈照射进来,房间很闷热。一进入房间,田中就斥责西举止轻率,接着一再大骂被南蛮人怠慢的责任在贝拉斯科。

"贝拉斯科是否确实转达了评定所和藩主的意思呢?"

"骂贝拉斯科也无济于事,"松木如往常般带着一副明理的表情,"一开始就知道的事。"

"知道什么?"

"贝拉斯科的企图呀!你想一想,如果一切都很顺利,他就不妙了,因为通译的作用变小了。可是,如果一切踬碍难行,那么贝拉斯科出面的机会就多了。如果因贝拉斯科使使者众完成任务,那么评定所对他的要求就无法轻易拒绝。那个男人是策士!"

田中拿人出气是因为压抑不了无可言喻的不安。武士也和田中一样感受到那种不安。虽然明白这里的司令官无权接受藩主的信函、允许当地人和日本商人通商,但是在这半天的气氛中,他已推测出墨西哥这个国家对日本人渡海而来并不欢迎。在这种情形下,即使到总督所在的墨西哥城,也许他们所受的待遇会跟今天一样。如果藩主的信函被退回,商人们或许又得把货物搬回船上,回国。如此一来,使者众的面子尽失,要回旧领地的希望也就泡汤了。不!或许如松木所说的,藩主还可能以此为理由严厉处罚所有的召出众。

翌日中午之前,贝拉斯科和船长、副船长以及使者众骑上司令官准备的马,各自的随从带着枪和旗子,跟徒步的商人走在驮着行李的马车后面,往阿卡普尔科出发。在要塞士兵打着空包弹的送行下,这支异色的队伍开始前进。

第一次看到的墨西哥风景是耀眼、炎热、白色的。远处有像撒了盐般零散分布的花岗岩山脉相连,眼前是有四株巨大仙人掌的广阔荒野。看得到糅合泥土、用树木的枝叶盖屋顶的简陋农家,那是印第安原住民的家。几乎赤裸的少年一看到队伍,急忙躲入家里。日本人对少年带着的几头黑色长毛的野兽感到吃惊,他们不认识这种动物和仙人掌。

花岗岩的山脉仍然向前延伸,阳光还是很强烈。武士在马上摇晃,想起了谷户。谷户也贫穷,但是这里的贫穷却又不同。谷户有绿意,有田地,有小河流水,然而这里没有水,只有带刺、满是瘤的植物。

“这样的景色,还是第一次看到。”西在旁说。

武士点点头。自己渡过无垠的大海,然后在这陌生的荒野旅行,一切如梦。自己真的来到父亲不知,叔父不知,妻子也不知的国家,是否身处梦中?

第十天近午时刻,看到了村子。在山的斜面,泥屋子如撒米般零散分布,正中央有教堂的尖塔突出。

“那个村子,”贝拉斯科从马上指着,“是符合神心意的村子。”

依贝拉斯科的说明,那是为印第安原住民建造的新村。印第安人在这村子里跟西班牙神父学习天主教教义,过着包括土地在内一切共有的生活。这样的村子在墨西哥称为莱德克西昂,目前在四处大量营建中。

“村长由村民选出,没有官吏也没有军队。神父有时来访,除了教他们神的教义之外,还教饲养牛马的技术、织布的方法、西班牙文等各式各样的东西。”

贝拉斯科说到这里环视大家,仿佛要探查日本人的反应。这样的村子是贝拉斯科在墨西哥想让日本人看的东西之一,因为贝拉斯科希望有一天能够在日本建造没有身为统治者的官吏、军队,只遵从神的教谕,在清贫与劳动中度日的村子。

然而,一早就出发的旅行中,疲倦的商人对白色村子投以既不感兴趣也不好奇的眼光。不久,他们进入村子,发辫垂肩的村民胆怯地站在石堆旁,注视侵入的日本人。狗吠叫着,山羊群发出咩咩叫声,一哄而散。日本人喝着广场上的泉水,擦擦汗,这时贝拉斯科带来一位老年人,向大家问候。

“我带村长来了。”

贝拉斯科推印第安老人的肩膀,让他到日本人面前。只有他戴着与其他村民不同的宽缘草帽,身体僵硬如紧张的小孩。

“这村子的所有人都是信徒吗?”贝拉斯科神父像要小孩复诵公教要理般问他。

“是的,神父。”

“你们舍弃了祖先错误的邪教,听到真正的神的教义,幸福吗?”

“是的,神父。”

贝拉斯科把自己的问题和村民的回答一一翻成日本话,继续问答。

“你们自来此的神父处学些什么呢?”

“是的,神父。学读和写、学用西班牙语说话,”村长眼光朝下,背书般小声回答,“还有播种、耕田的方法,鞣皮的方法。”

“对那一些，你们都很喜欢吗？”

“是的，神父。”

村中某处有鸡叫，身体裸露的小孩怯怯地从广场的角落注视这宛如审判的光景。

“我们在墨西哥，”贝拉斯科转向日本人，霎时，从他腋下发出强烈的甜酸臭味，不过贝拉斯科并未察觉，“建造了许多这样的神的村子，成为天主教徒的印第安人，大家都很幸福！”

接着他把手放在老人的肩膀上，表示自己的友爱与慈悲。

“你是第一次看到日本人吧？”

“不，神父！”

这句话引起一阵喧嚷。不必等贝拉斯科的翻译，日本人对“不，神父！”这句话也能明白，无法相信还有日本人比自己更早来到这遥远的国家。无论正擦拭身体的人还是喝水的人都不约而同注意贝拉斯科与老人争执的对话。“村长也分不清是中国人或日本人。或许是中国人。”贝拉斯科耸耸肩，“不过，他说两年前西班牙神父和日本修士到这村子。那个日本人教他们种稻……”

“问他名字。”有人出声，“问名字就知道是日本人还是中国人。”

村长有如被斥责的小孩般摇摇头，再问下去也无济于事。老人对那个日本人属于哪个修会，甚至连他是否是从墨西哥城来的都记不得。

在阳光还没暗下来之前非出发不可。村长请日本人吃名叫托尔提亚①的东西，那是在类似煎饼的玉米面包中夹着像豆腐的乳酪。吞下有异样恶臭的东西是很难过的。

他们又列队下山。跟刚才一样的单调风景又出现了。龙舌兰、仙人掌在强烈的阳光下直立在干枯的地面上，宛如被舍弃的墓碑。远处有秃山朦胧不清，小虫发出振翅声，往流汗的脸上飞过来。

“日本人到底在哪里呢？”西九助用手拂去小虫，问田中太郎左卫门。

“我也想见见他们。”武士环视广阔的台地，“不过，这次旅行并非单纯游山玩水，不能节外生枝。”

大约前进了两个小时，从近旁的秃山有黑烟垂直升起。船长和贝拉斯科举起手让队伍停下，注视了一会儿黑烟。这时，另一角也同样冒出黑烟。有一个长发扎辫、上半身裸露的印第安人像野兽般从岩石之间逃走，越逃越远越小。

---

① Tortilla，墨西哥薄饼，系墨西哥传统食品。——编者注

队伍开始缓缓移动。绕过秃山,面前出现十几间屋顶被烧、只剩下泥墙的小屋。发生过火灾?墙壁被烧焦,留下被烧得光秃秃的树,黑黑直立。不见半个人影。

“我们已经来到了塔斯科镇,”贝拉斯科望着荒凉的光景向日本人说,“今晚投宿在下一个新村。”

接着,他脸上浮现出惯有的充满信心的微笑。从他的身体上又发出强烈的体臭。

“刚才的黑烟,是西班牙少见的印第安人的暗号。七天后大概就可以到达墨西哥城吧?”

因为途中看到山上有印第安人打暗号的烟雾,所以在伊瓜拉村过一夜。印第安人憎恨我们西班牙人,是不知道神的野蛮部族。为了避免有事发生,我们没在塔斯科镇停留,一星期之后,才进入雨后放晴的墨西哥城。

从山丘上看得到墨西哥城时,日本人沉默着,连好奇心强的商人也没有喧哗。在阿卡普尔科受到的冷淡待遇使他们完全沮丧,我感觉到他们心中的不满逐渐扩大。即使如此,使者们仍要随员拿着枪和旗子,重新整理队伍。

进城时,雨过天晴。我们遇上城门前广场的市集,来买东西的男女聚集过来。他们第一次看到日本人队伍,感到惊讶,连买卖、购物都忘了，紧跟在后。

我们遇到了欢迎我们的教会兄弟，他们带领我们到圣方济各修道院。日本人从炎热的低地爬到这高地已疲惫不堪，有的因墨西哥城氧气稀薄、感到呼吸困难而叫苦，也有人头晕，用过餐（西班牙餐似乎不合他们口味，避开佛教禁止的肉类，他们只吃鱼和蔬菜）后，很快就回各自的寝室。使者们满脸倦容，晚餐后，恭恭敬敬地向瓜达尔卡萨尔修道院长和我们的兄弟鞠躬后就回到房间。

“那——”他们一离开，修道院长迅速使了个眼色，“我有话要说。”

一进入只有祈祷台和草垫子，墙上挂着十字架的房间，他露出那么为难的表情，这是我第一次看到。

“我们为了你已尽了最大的努力，但是阿库尼亚总督还没答应接见日本的使者。”

他依我托给阿卡普尔科司令官的信，向议员和墨西哥城有力人士展开活动，希望日本使者能获得相称的待遇。然而，总督对使者的正式谒见还犹豫不决。

“这是……”修道院长深深地叹了口气，“有人反对你的看法。”

“我知道。”

我不用问也知道反对者是谁。那是与马尼拉的西班牙商人做买卖的贵族和贸易商。因为他们害怕日本不经马尼拉，直接和墨西哥做贸易，自己就无利益可图。不！在背后还有不希望我们的教会在日本发展的伯多禄会，修道院长应该早已知道的。

“他们说你提出的请愿书……谎话连篇。”

“哪一点？”

“你写着日本的王欢迎传教士。但是，根据从马尼拉来的报告，日本人不喜欢天主教，你歪曲事实……”

“那个国家政情不稳定是事实，”我不由得大声说，“发生过大内乱，远征朝鲜的权力者一族失去了势力，新的将军开始掌权。如果没有那位将军的保证，我们根本无法航行到墨西哥城来！”

“日本这方面……”修道院长安慰我般地露出微笑，“你比我们了解。既然你这么说……我们就相信它吧！”

好脾气的修道院长担心我被嘲笑、被讽刺。他懦弱的脸，使我想起留在日本的同事迭戈神父。经常像哭红着眼睛的那个迭戈神父现在还在江户吧？

我走出修道院长的房间，回到他们安排给我住的房间，点上蜡烛，为了不向肉欲屈服，绑上手腕。我预料到反对派的计谋。我一开始就不认为一切都会很顺利。在日本，的确如伯多禄会的家伙所说的，当权者对天主教徒进行迫害，内府和将军不欢迎我们传教。但我们不能因此就后退，让恶魔和邪教侵袭那个国家。传教就跟外交一样，也像征服异邦，要玩弄计谋，讨价还价，有时恫吓，有时妥协——我认为如果因此能传播神的教义，不一定就是肮脏的行为。为了传教有时也要闭上眼睛。征服者科尔特斯在一五一九年登陆墨西哥，也以少数的士兵捕杀了无数的印第安人。从神的教义来说，没有人会认为那是正确的行为。可是，因为那样的牺牲，现在许多印第安人才能接触到我们的主的教义，从野蛮的风俗里被拯救出来，开始步上正道，我们不能忘记这事实。是任由印第安人沉溺于恶魔的风俗呢，还是对于恶魔睁一只眼闭一只眼，把神的教义传给他们呢？谁也无法轻易判断。

总督怀疑我请愿书的内容，因此对日本使者的谒见犹豫不决，我不得不玩弄计谋让他放心，用船准备了一张王牌。

我玩弄计谋。这三天，我带着使者遍访墨西哥城的有力人士，不过，也像讨东西的乞丐。吃得太好而痴肥的总主教很客气地欢迎我们，以充满好奇心的眼睛看静默的、有日本人特有的郁闷面孔的四个使者。心脏不好的他有时用肥厚的手掌按着胸口问一些形式上的问题,不过,显然他对这个东方国家并无兴趣。

我宛如辩士般替语言不通的日本人极力陈述跟日本做贸易对墨西哥是多么有利。例如,每年从塞维利亚运到阿卡普尔科的船具、弹药、钉子、铁、铜,可以从日本以极低廉的价格取得,日本人也希望以高价购买在墨西哥很便宜的生丝、天鹅绒、羊毛。再者,墨西哥矿山所需的锡可以从日本的长崎、平户、萨摩大量取得。而且,如果与墨西哥的通商遭到挫折,日本的贸易将会被荷兰、英国所独占,我极力陈述不利的地方。

“可是,”笑容从总主教的脸上消失,他的手按着胸口,“日本十七年前开始迫害天主教徒,听说现在也是。我们能把传教士送到那个国家吗?”

我也知道,一五九六年长崎有二十六人殉教的事连墨西哥都传遍了。

“情况已有了改善。”我辩解,“新的日本权力者了解到切断贸易和传教的错误,派遣的这些使者的主子在领地内承认天主教。如果他的领地内贸易繁荣,其他的贵族也会仿效欢迎传教士吧！事实上,和我一起渡海的日本商人很认真地听神的教义呢!”

我这么说着,偷偷留意总主教的反应。

“他们准备受洗吗?”

对我打出的王牌,总主教似乎是第一次产生兴趣,从椅子里站了起来。

“我相信他们会受洗的。”

“在哪里? 什么时候?”

“在墨西哥城,不久之后。”

四个使者不懂我们的谈话,一直面无表情直立着。他们不懂我们墨西哥话的交谈,对我而言是幸运的。

“也请祝福这些使者!”

总主教举起肥厚的手为日本人祝福,使者什么也不懂地接受了祝福。我希望这个因美食而痴肥的总主教,明天能把日本人受洗的事向墨西哥城有力人士宣传。这件事一旦传开,无疑对日本不好的批评也会缓和。在这意义上,我布下伏笔。

访问结束,回到修道院之后,我召集商人们。

“你们要运到阿卡普尔科的货物,最近会送到墨西哥城来。”

我明白地告诉满心欢喜的他们,要卖掉那些货物是困难的。我说这是因为日本迫害天主教的事,这里的人也听到了,墨西哥城的有力人士对日本人印象不好。接着我不理会心生动摇的他们，转过身回房。

我离开后商人们彼此还在谈论一些事。谈话的内容我想也知道。我祈祷他们的回答，是的，我祈祷，也一直等待着。不久，那个黄牙的商人——在船内向我要求把跟墨西哥做贸易的特权只交给他一人的男子——和几个同伴畏畏缩缩地来到我房间。

"神父！"黄牙的男子浮现出阿谀的浅笑，"神父，大家都说要皈依天主教。"

"为什么？"我的声音很冷淡。

"因为我们了解到天主教的教义很宝贵。"

他有口吃，结结巴巴地说明他们的想法。如我所料！我知道自己使用的这个计谋会遭到许多善良的天主教徒责备，但是，为了让日本成为神的国度，使用一般的手段无法达成目的。纵使这些商人是为了利，为了贸易、买卖而利用主和受洗，然而，神不会抛弃受洗的他们吧？因为主对于说出祂名字的人，决不会放弃。我这么相信。

如我所预料的，不，如我所算计的，日本人受洗的消息从总主教传到有力人士，从修士口中传开，整个墨西哥城都传遍了。这几天，我碰到的每个人都问我这件事。我现在有如蜘蛛等待饵食触网，等待这传言传到总督耳中。然后，在墨西哥人充满的好奇心与满足之中，日本人风光地接受洗礼吧！接着，更进一步……教会不得不了解到能创造出这般成绩的我是最适合当日本主教的人。

（主啊！我的行为是卑劣的吗？为了有一天，在那个国家能播放赞美你的歌曲，信仰的花朵能够开放，我才撒下这样的谎言，玩弄这样的计谋。日本，那样的土地坚硬得如果不使用这种计谋，你的种子就无法萌芽。需要有人把手弄脏。既然没有人愿意把手弄脏，为了你，我即使满身泥泞也决不推辞。）然而，我为什么对那个国家以及那个国家的人这么执着呢？这个世界上有许多更容易传教的国家。尽管如此，我执着于日本，是因为在我体内有与族人想征服遥远的岛屿、遥远的大陆的野心相同的血液流动的关系吗？（日本啊！对我而言，你越是厉害的国家，我的斗志越高昂，我对日本的执着到了这世界独一无二的程度。）

那么追寻神的国和祂的义吧！圣米额尔节的星期日，在这墨西哥城的圣方济各修道院附属教会，三十八位日本人由瓜达尔卡萨尔修道院长主持受洗仪式。十时，钟楼的钟声高高响起，响彻墨西哥城的蓝空，人们为了观赏这仪式，都聚集过来。日本人排成两列，各自手里拿着蜡烛，站到修道院长之前，对“你相信我们的主及其教会、无终的生命吗？”这样的问话大声发誓：

“相信。”

挤满圣堂的群众听到这声音，有的人跪下，有的人流眼泪，一起感谢给予这些外邦人的神的爱，赞美主。那时，钟楼的钟声又高高响起。我当修道院长的辅祭，胸中也充满无以言喻的感激。因为这三十八个日本商人受洗即使是为了利、为了贸易，洗礼这圣事也会超越他们的心而产生作用。日本人在修道院长之前一个接一个跪下，让洗礼的水淋到额上，以顺服的表情回到座位。我衷心为他们祈祷。

瓜达尔卡萨尔修道院长为他们说了如下的话：“在墨西哥，许多印第安人现在也在西班牙的保护下，抛弃了野蛮的风俗和邪恶的宗教，走在神的道路上。同样地，这三十八个日本人也从邪恶的宗教脱出，获得正道的手的欢迎。我与聚在这圣堂的人一起，为日本早日成为神的国度而祈祷。”他画十字时，圣堂的喧哗消失，所有与会者跪下，低下头来。

我从祭坛处窥视使者。从祭坛算起，第三排座位让给他们，但是不见松木的影子。西带着好奇和兴趣看仪式进行，田中与长谷仓双手交叉于胸前，以眼睛捕捉我的动作。只有松木的座位是空的，从空位很明确可以看出松木忠作拒绝这次洗礼。

仪式之后,“你们认为那些商人很痛苦吗?”我指着被群众包围、收到许多赠花的商人,问田中和长谷仓,“但无论如何,他们被墨西哥城人当成朋友欢迎。他们的贸易,今后会很顺利。”

我接着对默默无语的两人说:

“不仅如此,为了让墨西哥总督同意跟日本的贸易,今天这个仪式我想不是没有用的……”

对我的讽刺,田中移开眼光,长谷仓露出困惑的表情。

阿库尼亚总督和使者们的会谈有因日本人受洗而心情舒畅的总主教的美言,比预料的决定得早。一接到通知,使者们——连松木——都露出我第一次看到的笨拙的笑脸。

会见的星期一,使者们搭乘总督派来的马车,各自的随从拿着枪和旗子。我也搭马车从修道院陪同他们到总督官邸。由于前些日子洗礼的事传遍了整个墨西哥城,路上的行人都挥手欢迎他们。不过,或许使者们太紧张,在欢呼声中他们仍然维持日本人特有的生气似的表情。

当有车队保护的马车穿过墨西哥市中心总督官邸的门、从庄严的卫兵行列中进入时,他们的紧张更为高昂,年轻的西甚至膝盖微微震颤。在有黑亮的甲胄和枪装饰的接待室中,似乎是墨西哥贵族的高个子总督和两个秘书已经等候着。他瘦瘦的脸上,嘴边留有胡须,在自己伸出手而日本人仍然行日本式鞠躬礼时,尴尬地耸耸肩。

即使如此,使者的日本式问候与总督的墨西哥式的夸张演讲,看起来滑稽有趣。双方尽管国民性本质完全不同,形式上的尊重与夸张却很相似。总督对日本的王善意保护、送还漂流到日本的墨西哥船员表示感谢,祝贺日本船平安到达墨西哥,并希望日本与墨西哥能共富共荣。长长的话语之后,使者当中的长谷仓恭恭敬敬地把藩主的信函捧在头上走向总督之前。两人都未察觉到自己的滑稽,都一本正经。

“我们会尽力让日本使者在墨西哥城获得充分的休养。”

总督对我说。重要的问题他却避而不答。随着时间消逝,就连使者们也露出困惑的表情,头脑敏锐的松木忍不住问给藩主信函的回复。

“我自己——”总督困惑地说,“没有回答这信函的权限。当然,我保证把你们的希望转达给马德里。”

使者们吃惊地看着我的脸。他们的脸上充满宛如小孩向大人求助的不安。

“我想日本人是希望能知道马德里的回复什么时候可以送到。”我代替使者们询问。

“问题是光是协议时间就需要半年吧!”总督耸耸肩,“神父,你当然知道吧,墨西哥的东洋贸易和传教是不可分开的,我也不能不考虑教宗的想法。”

这样的事,我当然了解。我深知墨西哥总督无权承诺与日本的贸易,也因为深深了解才跟日本使者一起到墨西哥来。不过,我做出宛知第一次知道的夸张的惊愕表情,把内容转达给日本人。我的目的是让日本人狼狈、不知所措,然后按照我的意思行事。因此——

“总督说从西班牙本国来的回复,”我撒谎,“需要一年。”

“一年,还要等到一年?”

使者们似乎被击垮了。我不理会它,向总督做出极为难的样子。

“使者们说半年太长了。如果这样,他们从墨西哥到西班牙,向西班牙国王传达日本王的希望……”

“没什么问题……”

我看穿总督的本意是希望这些麻烦的日本使者远离墨西哥城,他肯定会顺水推舟。

“能否麻烦您斡旋呢?为了让他们到西班牙。”

“如果是使者的希望,也不能拒绝。不过,也希望你向他们转达,从墨西哥城到墨西哥之东是相当危险的。”

“危险是指……”

“你不知道吗？在韦拉克鲁斯附近有印第安人叛乱，而且我们没有余力派兵保卫日本使者。”

这是我第一次听到的。从墨西哥渡大西洋到西班牙，首先非到韦拉克鲁斯港不可。在韦拉克鲁斯的附近，印第安部族烧毁村庄、破坏地主的住宅，连神职人员都杀害，这样的事我现在才知道。

“我们不能停留到一年。”毫不知情的田中推推我，“评定所命令我们冬天要回去。”

“我向总督说吧！”

当然我并没把田中的话向总督翻译。我马上考虑到，这次旅行的目的是为了使在日本的传教权由我们教会独占而不是伯多禄会，以及我被任命为主教。因此，不管冒什么危险我都有必要到西班牙。这是因为能任命我当主教的只有西班牙的枢机主教。

“他们说知道很危险，还是想去韦拉克鲁斯。责任自己负。”

我又向总督撒谎。

“不过，我有一个请求。尽管在墨西哥城有人反对和日本做贸易，墨西哥和日本的贸易绝非毫无意义。因为我们的敌人英国和荷兰一直企图和日本通商。”

我对总主教说同样的内容——日本大量出产的锡和银价格极为低廉,新教国英国和荷兰现在也注意到了,不过比起和西班牙属的马尼拉,日本的王更希望和墨西哥做贸易。伯多禄会已提出要和马尼拉做贸易,今后由我们教会做中介则比较有利——我极力向总督陈述。

“还有,我们教会在墨西哥城为日本人施洗礼的事,也希望尽快传达给国内。”

到目前为止一直很冷淡的他的眼睛,这时才出现少许亮光。

“我不会讲坏话。”他轻拍我的肩膀,“神父似乎选错行了,当传教士还不如当外交官更适合你。”

我同情满脸颓丧退出官邸的使者们,可是,我感谢神,也相当满意。可怜的日本人可能以为到了墨西哥会受到热烈的欢迎,藩主信函里的要求也马上会被接受吧?

在近午的墨西哥城路上,行人对使者和我的马车欢呼。

“没有其他的方法,”我对落寞的使者们说,“我一个人去西班牙,希望能带回好的消息。”

他们没说话,不是生气,只是不知如何是好。他们正一步一步地踏向我所预料的……

颓丧的使者们从总督官邸回到修道院，下马车时，在欢呼的人群中有一个印第安人走向前用力拉武士的袖子。是发辫垂到背部、只有眼睛发出异样光辉的男子。他对因吃惊而止步的武士匆促地不知说些什么。在喧哗的群众声中，武士听不清他的话，他又重复了一遍。

“我是……日本人。”

武士惊讶得连话都说不出来。虽然已听说从阿卡普尔科到墨西哥城途中的村子里有日本人，但没想到在这意外的地方，这么快就遇到。男子紧紧握住袖子动也不动，宛如要在武士的脸上、武士的衣服上嗅取日本的味道，过了一阵子，才发出“喔喔、喔喔”的像呻吟的声音，眼泪从眼眶溢出，垂到脸颊。

“我住特卡利村。”男子又说得很快，“不过，这件事还请对神父们保密。因为我是背弃天主教的修士。”

他发现从后徒步回来的贝拉斯科，慌忙地抛下话语：

“特卡利村，在普埃布拉附近。是特卡利村。”

他在人群中消失了踪影。茫然的武士总算恢复正常，在人群中寻找他。在人群之中，被泪水沾湿的那张脸一直注视这边，微笑着。

回到房间之后，西九助听武士说刚才的事，眼睛发出光辉。

“我们到特卡利吧！说不定他愿意当我们的通译，对我们有帮助呢！”

“不让贝拉斯科知道，去得了吗？”田中太郎左卫门像往常一样哧哧地笑，“我们没有贝拉斯科什么也做不了。只有听那家伙的！”

“既然如此，除了贝拉斯科，我想我们也需要只属于我们的通译。”

“没用的！”松木忠作摇摇头，“他本人不也说了吗？因为背弃天主教，所以希望神父那儿能够保密。”

如往常碰到这类议论，武士总是在角落默不作声。不说话的原因之一是他拙于言辞，再加上谷户人特有的谨慎，常考虑到跟人发生口角、跟对方闹得不愉快会对自己不利。除非万不得已，否则不说出自己的情绪、想法，这是谷户百姓的性格，而武士也跟百姓一样。

“那么，就这样子让贝拉斯科牵着鼻子走吗？”

田中、松木对西的问话都没作声。没有人能拿定主意怎么做。

“我们要留在墨西哥城到那时候吗？”

西不知是常被田中斥责而泄愤呢，或者是讽刺？他反复提出同样的问题。

“贝拉斯科说他一个人去西班牙。”

“贝拉斯科并无意单独去西班牙哟!”松木摇摇头,“那个家伙心里盘算着我们会跟着去。”

其他三个人看着松木。武士们并不喜欢松木瞧不起人的调调和讽刺,却不能不承认他脑筋的敏锐。

“你知道为什么?”

“站在贝拉斯科的立场想一想吧！带着日本使者到西班牙,风风光光地进城,让上司、同事瞧瞧自己的功绩,是好计策吧！把他在这墨西哥城由于让商人成为天主教徒而产生的得意样子联想一下,就可以猜到那家伙的算盘。西班牙是贝拉斯科出生的国家。在自己出生国家的都城,带我们日本使者给国王、高官、天主教的神职人员看,会受到尊敬吧！这就是那个男子的企图呀!”松木回答田中的问题。

“那么,我们不上贝拉斯科的当,不要去西班牙。”西环视大家的脸。

“不过,”平常像这种时候都不插嘴的武士,好像说给自己听似的说,“到西班牙要是对评定所和墨西哥的贸易有帮助的话……”

双手交叉着的田中也点点头。

“如长谷仓所说的,不管贝拉斯科打什么算盘,我们以完成任务为第一优先。”

“这还得仔细考虑。”松木脸颊上浮现出浅笑，“首先，评定所的命令是尽可能早点完成任务回国。到西班牙的话，回国的时间就会延后许多。”

“纵使回国得晚……如果需要两年，还是完成任务最重要吧！”

“那么要是认为有助于任务的完成，田中先生也会照贝拉斯科所说的当天主教徒吗？”松木讽刺讨厌天主教的田中。

“不可以吗？”西也插嘴，“商人们为了买卖成为天主教徒。如果对自己的任务有帮助的话……”

“不要说蠢话！”这时松木的声音让大家都吃了一惊，嘲笑似的浅笑从他脸上消失了，“西，即使是方便之计，也不可以当天主教徒。”

“为什么呢？”

“你什么都不知道，”松木捉弄似的注视西，“你不知道评定所的争议，没考虑过这次旅行把我们召出众诜为使者众的经过。”

“我不明白。松木先生您知道吗？”

西、田中都注视着松木，等他的回答。

“我在船中一直想这件事，想到了几点。”

“是什么呢?”

“其中之一是为了堵住我们召出众要回旧领土的要求。这次艰难的旅行派出几个召出众,如果我们途中成为海藻喂鱼那就太好,或者无法完成艰难的任务时,他们以失职的罪名处罚我们,作为对召出众的警诫。这就是评定所的想法。”

“乱讲!”田中从床铺上坐起,双手抱膝,“白石先生明白地跟我说这次使者们如果能完成任务,旧领地的事会好好考虑。”

“白石先生呀?”松木脸上又浮现出嘲弄的笑容,“可是,评定所又不是只有白石先生一个人。不!重臣之中也有不同意白石先生意见的人,鲇贝先生等就是。鲇贝先生跟白石先生不同,讨厌天主教,讨厌贝拉斯科,从一开始就反对让贝拉斯科当通译。鲇贝认为在领地内,天主教势力扩大将来会成为祸源。”

“既然如此,这次为什么连内府和将军都许可呢?”

“鲇贝先生认为这是将军家拿来对付藩主的陷阱。对江户而言,藩主拥有和其他大藩一样不可轻视的势力,故将军设下陷阱,以便有一天能够取消封藩。鲇贝先生等因此反对采用被逐出江户的贝拉斯科。不过,议论的结果是依白石先生的意见,取消以重臣为使者。因此我们这些身份低的召出众才得以被挑选出来。”

松木宛如目击了评定所内部的争论般清楚说出事情的经过。对如此思路清晰的分析，不仅是武士，连拙于言辞的田中、年轻的西都无可置喙。不过，尽管惊讶，三个人的喉咙中仍有无可信服的东西缠绕着。

“这是……”田中忍不住说，“你个人的推测吧？”

“本来就是我的推测。”

“不可能的事！”

“相信与否，随你。”松木正颜厉色，“不过，我不能不对长谷仓先生和西说。不要被贝拉斯科利用！虽说是任务，如果中了那家伙的计谋，回国时说不定身败名裂。回国之前，如果白石先生在评定所失去权势，由鲇贝等取得主流地位，评定所对待我们将会不同。我们在旅途中也要顾虑到领地内的变化。”

松木和田中的争辩仍在继续，武士头痛，想一个人静一静。他悄悄走出房间，从仍在午睡时间的修道院宁静的走廊走到中庭。水池背后，瘦削的男子被钉在十字架上，垂着头。水发出轻微的声音，喷出来。在男子立像的四周有在日本没见过的花，如火焰般开放。

在谷户长大,以为那小小的地方就是世界的身为召出众的他,不懂松木所说的政事,想也没想到评定所内有他所不知的复杂的暗斗。他在旅途中心里一直想着白石先生的话。然而松木说我们这些召出众会被选为使者的原因之一是为了让召出众对更换领地的不满谱下休止符,另一个原因是这是白石、鲇贝等重臣斗争的结果。

他用手指揉揉眼睑,茫然眺望中庭如火焰般的花,耳听细微的喷水声。"或许要从墨西哥……到遥远的西班牙也说不定。"他想起妻子里久的脸,自言自语,"可是,我除了相信白石先生的话之外,又能怎样?"

然而,不只是这样。武士内心也对小聪明的松木予以反驳,掺杂着反对松木——对评定所意图的猜测——的情绪。

武士听到背后的脚步声,是西站在那儿叹着气。

"好累!"

"松木,"武士点点头,"经常把事情往坏的方面想。我不喜欢那样子。"

"松木先生说,让使者众之一和商人一起回国向评定所报告事情的经过,其他的人应该留在墨西哥城。光是把信函亲手交给墨西哥的官员,也算是完成任务。其余的人留在这里等去西班牙的贝拉斯科的通知。"

“任务还没完成！白石先生说要有始有终，那句话我还记得。我不赞成松木的意见。”

“那么，您去西班牙吗？我也想去。这是我们的任务，同时陌生的国家、陌生的城市也吸引了我。我想了解世界到底有多大。”

波涛汹涌的海——眼前浮现的是一望无际的大海，不见陆地的影子。年轻的西想看看那广阔的世界，武士则担心进入广阔的世界。很疲倦，想回谷户的心情突然涌上心头，他羡慕似的看着西。

田中出现在中庭。他把小石头踢进水池里，是愤怒未平？他骂松木：

“小聪明……”

可是，他似乎下不了决心，无力地往中庭的椅子里坐下，发现了武士和西。

“长谷仓，任凭松木怎么说，我们除了完成这任务之外，还有其他出头的希望吗？我呀，对评定所的内部毫无所知……不过以召出众的身份想要回旧领地……只有参加这次的旅行了。”

低着头的田中脸上有悲伤掠过，他的声音震颤如泣。

傍晚，武士前往与藏等三个随从的起居处。说是起居处，那里并非如商人、侍卫住的那样的修道院房间，而是在走廊上铺上草垫的地方。

三人看到他来，都站起来，武士用手招呼他们，带他们到走廊的角落。他们从主人严肃的表情上已意识到有什么事发生，像狗一般等待主人开口。

“我们非继续旅行不可，”武士眨眨眼，“又要渡海到遥远的国家。”

武士发现一助和大助的身体在颤抖。

“现在是松木先生和商人们留在这里，他们年底搭大船回月浦。”武士一口气把对随从难以启齿的话说完，“不过，我们和两位使者……往西班牙去。”

与藏只是默默地看着武士。一助和大助姑且不论，武士知道与藏不会抛弃自己。武士知道与藏跟自己一样无法抗拒命运。

第五章

该做的事都做了,墨西哥城已没有可留恋的。我所属教会的修道院长本来就是人很好的总主教,他把我传教的功绩和许多日本商人因我的教化而受洗的事写成信,寄到马德里,而且阿库尼亚总督也向王室的秘书报告,和日本做贸易具有防止新教徒向各国发展的意义。这两封信对压制伯多禄会的计谋,比任何推荐函都更重要。我停留在墨西哥城可说是成功的。

接近出发的日子,连续几天是晴天。我在修道院主持弥撒,给刚受洗的日本商人们圣体。他们的确是为了利益而成为天主教徒,但是无论动机为何,他们和神发生了关系。只要是和神有关的人,终究脱离不了神。由于这些日本商人受洗,他们的货物得以卖给当地的业者,另一方面,他们也大量买进墨西哥的羊毛和呢绒。

“神父回到日本时，”商人们露出笑容道谢，“期待能够建立神父的教会。”

太好了！特别是那个牙齿黄黄的男子，他偷偷拉住我细声说，如果墨西哥的羊毛买卖能够由他一手包办，愿意把利润的一成捐赠给我的教会。我的计划无误！眼前浮现出藩主之城变成比长崎更为华丽的天主教都城的场景，我为此而高兴。

可是，并不是一切都很顺利。如我所预料的，使者们向我说要跟我到遥远的西班牙，不过，松木忠作一个人留在墨西哥城，和日本商人回国。我猜他在使者面前说我的坏话。那个男人和其他同僚分道扬镳，中途放弃使者的任务，是奇怪的事。他的行为会受到评定所的处分，急着回国一定有什么理由。我甚至觉得松木其实不是以使者的身份被派遣出来，而是评定所命令他监视、报告我的行动，日本人在所有地方都会使出这么狡猾的手段。

不过，松木不在，也有方便之处。如果只有忠厚老实的长谷仓六右卫门、如雄鸡般威风凛凛但不像松木那么锐利的田中太郎左卫门、年轻的西九助的话，往后的旅途很容易按照我的意志行事。我转念这么一想，再看到田中对松木生气，就出面调停。

我担心的不是这些事,而是到韦拉克鲁斯途中瓦斯特克族[①]的叛乱。总督曾说不能派兵保护我们。

这是因愚蠢的西班牙农场主人的过错而引发的叛乱。本来移居到墨西哥的西班牙地主,国王准许他们跟贵族一样拥有私人农地和牧场,但是他们利用这特权,强迫印第安佃农过分劳动,或者掠夺工人微少的土地。我们的教会一直反对这样的地主,而这次的叛乱也是由于他们的蛮横而引起的。瓦斯特克族本来是温和的部族,他们的武器只有石块,可是如今,他们却也拿起枪。

在任何被征服的地方都有跟这里的农场主人一样的愚昧者。这里的农场主人没有"施与印第安人小惠,自己也能获利"的智慧。极端地说,这跟在日本传教的失败非常相似:那是只强迫推销自己的意见,无视日本的立场和心态的传教缺陷——在墨西哥形式不同,变成农场主人与印第安人的斗争。

不幸的是我们的旅行非经过叛乱区不可。但是,这件事我丝毫不透露给使者们,还拜托修道院的修士保持沉默。因为万一使者们因此退缩,事情就麻烦了。

几天来,我翻阅《格林多书》,想体悟圣保禄传道之旅的艰

① Huastec,墨西哥原住民,属于玛雅印第安人,但在文化和地理上独立于其他玛雅民族。——编者注

辛。圣者写着“又多次行路,遭遇江河的危险、盗贼的危险、由同族来的危险、由外邦人来的危险、城中的危险、旷野里的危险、海洋上的危险”①,这是为了把神的教义传给所有外乡人。像圣保禄一样,我对“失眠的夜晚、饥渴、寒冷”都不惧怕。为什么呢?因为我心中有日本。那有如独角兽的岛正是主赐给我的有待征服之地,是我战斗的战场。这种情绪在我到了墨西哥之后,每次祈祷时都变得更为强烈。

我们将在后天的夜晚出发,善良的修道院长为日本人举行欢送宴。如加纳的飨宴②般,商人们喝葡萄酒、唱歌。日本人的歌声在我们耳中听来如无抑扬、节拍缓慢的乐曲,同席的修士们说有如印第安歌曲。微醉的日本人在宴席上第一次表白在这位于高地的墨西哥城呼吸困难、食物的气味难闻、橄榄油辛辣等,继而发笑。使者当中,田中酒力特别强,不过毫无乱态,使者们谨守日本的礼仪用餐,使修士们大为感佩。

宴会结束,我和修士们双手合十要往圣堂做晚祷,松木拉住我。我们互探心意,表面上不露声色,彼此道别。

---

① 摘自《圣经新约·格林多后书》第十一章26节。——编者注

② 典故“加纳婚宴”出自《圣经新约·若望福音》第二章1—11节,据之记载,耶稣和他的门徒被邀请去加里肋亚加纳参加一场婚宴,并在此行了第一个神迹。——编者注

"神父!"他亲密地说,"可能无法再见面了。"

"为什么呢? 这项任务完成时,我也要回去。"

"不! 不要再来日本了。"

"为什么呢?"

我用力地摇头。

"神父,"低着头的松木哀求似的抬起头来,"神父为什么要搅乱我们领土呢?"

"搅乱? 我不了解。"

"我们……不,不只是我们。到今日为止,我们过着平静的生活,神父们为什么要来把它弄乱呢?"

"我不是去捣乱的呀! 只是去传真正的福音。"

"真正的福音?"松木像哭又像笑的脸扭曲了,"神父们的真正福音对日本而言太剧烈了。猛药对某些人的身体来说会变成毒药。来到墨西哥之后,我才深深了解神父所说的幸福对日本而言是毒药。如果墨西哥、西班牙的船不来,我们可以过平静的生活吧! 神父们的幸福只会搅乱这个国家。"

"这个国家……"

我猜得出松木想说的。

"的确流了很多血。可是,我们也做了补偿。印第安人学会了许多事……尤其是了解到迈往幸福之路。"

“那么神父是否也准备把日本弄得跟墨西哥一样?”

“我？我不会那么愚蠢。我只想给日本利益,取得传播天主教教义的许可而已”。

“日本很愿意从神父们的国家学习高明的智慧和技术。但是,其他的,我们不需要。”

“只学习技术有什么用？只接受智慧又能怎么样？创造技术和智慧的是追求主的真正幸福的心。”

“神父所说的真正的幸福……”松木重复同样的话,“对我们小小的岛屿只会造成困扰。”

我们对自己的主张皆毫不退让。最后松木嘴巴紧闭,憎恶地注视我,转过身子离开了。那时,我感觉如他说的,今后我们不会再见面了。

出发的日子天气晴朗。

聚集在修道院出口的商人们依依不舍地道别,祝福我们旅途平安。三个使者各自把要给家人的信函和礼物托给早他们一步回去的商人。

武士昨夜也写信给叔父和长男。

纸短情长,这里没什么特别事,与藏、一助、大助都平安无事。只有清八可怜,死在船上。要好好侍奉母亲。本应详细报告这里的情况,时间匆促,只能一笔带过。

武士恨无法表达心情于万一,眼前浮现出一定会把给勘三郎的信反复阅读的妻子的脸。

使者们和贝拉斯科骑马,随从牵着驮着行李的驴。修道院长和修士们夹杂在商人之中挥手送别。在明亮的阳光下,当武士的脚踏上马镫时,松木突然跑到他身边。

“注意!”他用力抓住武士的大腿。

“保重身体,不要忘了保重身体!”松木对吃惊的武士说。

“评定所不会庇护召出众。从当了使者的那一刻起,我们已经被卷入政治斗争的旋涡。在旋涡之中,我们别无依靠!”

武士对小聪明的语气反感,想大吼“我相信评定所”,不过还是忍住了。

武士从马上向挥手的修士和商人们点头。松木双手交叉在胸前,站在人群当中。想到他们能够早一步回到日本,羡慕的心情充塞胸中,不过,在谷户也顺从一切的武士,马上接受了现在自己被赋予的命运。与藏和一助、大助牵着驴默默跟在后面。

跟从阿卡普尔科登上墨西哥城的时候一样,现在呈现在一行人眼前的也是龙舌兰和仙人掌繁生的荒野。从墨西哥城高地再下到平原,越近平原暑气越强。耕旱田的印第安人停下手边工作,追赶绵羊和山羊的小孩也停下脚步,一直眺望日本人异样的队伍。

在强烈的阳光下闪烁着云母色的天空,有一只鸟乘着气流缓缓飞翔,那是第一次看到的秃鹰。荒野转换成贫瘠的玉米田和橄榄田,延续了一段,又恢复成仙人掌和荒野。田里有几间屋顶用树叶、树枝盖成,墙壁用泥土砌成的印第安人小屋,几只秃鹰停在屋顶上。

日本人去过几座位于花岗岩遍布的丘陵一角、只剩下断垣残壁的废村,村里的广场空旷无人。一行人每次走到废墟旁边时,几乎一定会听到干燥的风在石头广场中弄出声响。听到那响声,武士突然想起松木控诉般的叫喊——在政治旋涡中,除了自己别无依靠。

田中太郎左卫门询问,变成废墟的村子是否是饥馑造成的。

"不是饥馑,"贝拉斯科反而有点骄傲地说,"我们的祖先科尔特斯以不到百名的兵力,取得这些印第安人的土地。"

"担心又有什么用?"武士在摇晃的马上说给自己听,"没什么才能的我只需考虑如何完成任务就行了。如果父亲还活着,也一定会这么说。”

河川出现了。河水干涸。有花岗岩散布的秃山出现了。爬到秃山顶,在地平线的前方有白云覆盖的巨山傲然耸立,这座山跟使者众所知道的藩主领地内的任何一座山相比较,都高大得出奇。年轻的西九助在马上“哦、哦”地叫着。

“比富士山还高呀?”

贝拉斯科露出怜悯似的微笑,回头看这个年轻人:“本来就是。山名叫波波卡特佩特①。”

“世界真是广阔啊!”西似乎无限感慨,重复曾经说过的话。

巨大的山耸立在如蚂蚁下山的日本人队伍之前,远远都看得到。巨大的山令他们再怎么走都靠近不了。巨大的山似乎一直沉默着,凝视人的世界。武士注视高山,甚而觉得松木的疑惑等等在广阔的世界中其实微不足道。自己已朝向那广阔的世界前进,开始往连松木都不知道今后会发生什么的世界前进。

第五天黄昏,满身大汗、疲惫已极的日本人来到一座城

---

① 位于墨西哥城东南、墨西哥州与普埃布拉州交界处的活火山,今海拔超过5 400米,系墨西哥第二高峰。——编者注

市，远远就看到城墙。接近城墙的时候，空气总算变得清凉，还混杂着树味、花香、生活的气息等等。花费漫长时间从阳光炽烈的无人荒野走来的使者众如喝水似的深深吸入这味道。

“是普埃布拉城。”

守卫城门的士兵们一看到日本人，慌忙消失了踪影。贝拉斯科举起手阻止队伍前进，下马拿总督的许可证给士兵看，并未觉察到三个使者彼此交换了眼色。普埃布拉，他们听过这城市的名字。不错，是那个跟印第安人一个模样的日本人说出的名字。特卡利村，靠近普埃布拉城。特卡利村，男子随即又念了一次这名字。

总算获得准许，一行人通过城门，跟墨西哥城一样，这里也有市集。发辫垂肩的印第安男女抱膝坐在地上的姿态宛如石像。他们把蔬菜、水果、名叫塔拉韦拉的陶器①、长长的披肩、宽帽缘的帽子并列贩卖，山羊群弄出铃响声从中间通过。印第安人或许以为日本人是从某处山岳来的种族，并不感到惊讶。武士突然对谷户产生乡愁，甚至感到胸口疼痛，心想妻

---

① 一种墨西哥和西班牙的传统锡釉陶器，命名自来自西班牙的塔拉韦拉-德拉雷纳陶器。此种陶艺在白色底上绘有彩色装饰，常见配色为蓝色、黄色、黑色、绿色、橙色和淡紫色。——编者注

子和小孩现在在做什么呢？或许因为走过长长的、无人的荒野，好不容易才来到有人烟的地方吧？

日本人被贝拉斯科带往普埃布拉的圣方济各修道院。在墨西哥城已习惯此地生活的日本人和出门迎接的修士握手，即使言语不通，也在脸上堆出笑容，颔首。一伙人被安置在窗户敞开的大房间，花香从窗户流入。

“怎么样？”西九助脱下满是尘埃的绑腿，小声问武士，“要不要找那个日本人？”

“我想去找他，可是任务在身。”武士压低声音，连田中都听不到，“不过，对方也知道我们到达普埃布拉吧！我总觉得他会再出现。”

入夜，用过晚餐，他们躺在卧铺上，这里跟墨西哥城一样，也听得到钟声。那是三十年前建在这城市广场的大教堂的钟声。在荒野中已疲倦至极的日本人在钟声中进入梦乡。不久，走廊上传出脚步声，是贝拉斯科拿着蜡烛台来探视房间。看人家都睡得深沉，他又蹑手蹑脚地离开。

梦中，谷户又出现了。细雪仿佛要飞舞下来，低低的灰色天空覆盖在沼泽上。武士和与藏用在谷户被称作“Kera”的蓑衣裹身，穿着草鞋在四处结冻的水边屏住气息。从枯萎的芦苇叶子后面看得到黑色的水面与聚集在水面上的小鸭群。与藏拍拍武士的肩，指着沼泽深处的树下把长脖子伸入水中的一只白色鸟，那是被百姓称作天鹅的候鸟。

武士点点头，听着与藏吹火种的“呼——呼——”的声音，茫然想着那白鸟是从哪里的国家渡海而来的呢？每年一到冬天，那鸟群一定在空中飞舞，来谷户探访。那是从遥远的陌生国家渡海而来的鸟。

武士在与藏的信号下，急忙用手指塞住耳朵。枪声实在太大了，几十只小鸭都跳了起来。跳起来的白鸟又一次接触水面，拍着翅膀滑行，水面出现几道波纹。枪声在寒冷的空气中如波纹般扩散。武士心想，还好没打中。耳中有枪声的余韵，鼻内有硝烟的味道残留……

武士的预感没错。翌日黄昏，当使者众与陪伴的人参观修道院附近的印第安市集时，那个日本人在近处看着他们。

市集的印第安人也有学西班牙人戴着大缘帽子、穿着皮凉鞋的，大都裸露上半身，长发垂在宽厚的肩上。无论排列在地面上的东西，或是收拾货物准备回家的奇妙声音，对日本人而言都是稀奇的。大助扮怪相把大缘帽子戴在头上逗大家笑时，武士抬起头，发现不远处挂着满是尘埃的麻外衣的大树旁,那个日本人以羡慕的眼光一直注视这边。

“哦——”武士快步靠近,“还是来了,为什么不到我们的宿舍来呢?”

“不方便去探望。所以过午时候就在这里等。”

田中和西也朝武士和还俗的修士旁边靠过来。

“特卡利在附近?”

“在镇郊的沼泽旁边。”

他跟上次一样抚摸武士和西的衣服,似乎回忆什么般地闭上眼睛。

教堂的钟声又响了。那是通告祈祷的钟声,也告诉日本人晚餐准备好了。贝拉斯科告诉他们钟声响了就要回来。

“该回去了!”田中命令大家,“迟到的话,会被人说不懂规矩。”

“请告诉我日本的情形。你们什么时候离开这里呢?”

“听说是明天过午时分。”

“特卡利就在附近。明天早上,我找印第安人向导早一点在这广场上等候。”

“那不行……”田中毫不通融地摇摇头,“我们是有任务才到这个国家的。要是在陌生的地方发生事情,对任务会有妨碍的。”

还俗的修士寂寞似的点点头,然后在麻外衣旁目送日本人回修道院。

因寒冷而醒过来,月光下,西九助边探看周遭的动静,边打绑腿。他察觉到武士的视线时,不好意思地露出白齿。武士从那笑容知道了这个年轻人要到哪里去。

“不会增添你的麻烦,早上就回来。”

“语言也不通。”武士偷偷看了一眼熟睡的田中太郎左卫门,“怎么办呢?”

“那个男的说会派人来带路。”

武士眼前浮现出已还俗的修士边说“请告诉我日本的情形”边抚摸自己衣服的影子。话虽如此,武士也深深了解认为任务比什么都重要的田中的心情。

“请原谅我!”

西悄悄站起来。

武士很羡慕西强烈的好奇心和不怕事的年轻人个性,那是告诉他在这次任务中不要横生枝节的田中和自己所缺少的东西。

“非去不可吗?”

“是的。”

“等等!”武士起身,看了一下打鼾的田中。这时,他被反抗田中的想法或自己身上某种冲动所控制。“一起走吧!”

他站起来。

他们悄悄准备,蹑手蹑脚走出房间。二人都没拿手烛,借着从廊下的窗户泻入的月光找到出中庭的门。修道院夜深人静,中庭为白蓝月光沾湿,充满南国的强烈花香。

他们神不知鬼不觉地逃出修道院,镇上如死亡般沉寂。在系驴的树根下,几个印第安人像破布堆般横七竖八。其中的一人醒过来,以完全听不懂的话对武士他们说了些什么。

“特卡利。”西把印盒给这个男子看,重复地说,“特卡利,特卡利。”

男子接过印盒,不知为什么闻闻味道,回答:

“巴莫斯。”

他解开系在树根的牵三头驴的绳子。三头驴走过夜深人静的普埃布拉城,走出黑而高的城墙。

当驴渡过干涸的河川时,黑夜总算逝去,地平线被染成玫瑰色。在玫瑰色逐渐扩大时,他们到了沼泽。沼泽的水面赤红如血,水鸟从四处的芦叶中展翅飞起。这时远方连绵的山峰浮现了。

“巴利,阿奇,”印第安人使吐白气的驴停住,“特卡利。”

朝阳下，用芦苇叶覆盖屋顶的小屋有十户左右。其中一户的门口有发辫垂肩、狮子鼻的印第安女人用水桶洗身。“哈波涅斯（日本人）！”西大声叫喊，她转过脸来。“哈波涅斯！”可是女子如太古时代的人，毫无表情，也没有回答。紧接着，强烈的阳光照射到小屋背后贫瘠的甘蔗田和玉米田，让人感受到今天的炎热。裸露上半身的印第安人从四处的小屋里出现，其中一人发出声音。那是还俗的修士。

“来得太好，来得太好了！”

他跑过来，口中含着唾液，宛如在长久岁月中被禁止说话的人终于获准说话似的不停地说着。

他说，他出生在肥前，横濑浦。少年时，父母死于战争，他被下乡传教的神父收养，当用人，跟着神父在九州各地方跑。天主教遭到迫害，传教士决定潜伏日本时，拜托朋友让他搭船，送他到马尼拉的神学院。他虽然获得了修士的资格，却从那时候开始讨厌起神职人员。认识的船员邀请他搭上驶往墨西哥的船，他认为墨西哥是新天地。经过长途的痛苦之旅后，他来到墨西哥，在修道院做了一阵子杂务，但在这里也和神父合不来，一切都幻灭了。他逃到印第安人的族群，现在在这部落和他们一起生活。他一口气说完自己的遭遇。

“不想回日本故乡吗？”武士问。

还俗的修士寂寞般地笑。

“没有家人。即使回去也没有人欢迎。而且,天主教……”

“放弃了天主教吗?”

“不,不,我还是天主教徒。只是……”

只说了“只是”,他就闭口,眼中浮现出不知该如何谈自己心情的绝望。

“只是——我不相信神父说的天主教。”

“为什么?”

“神父们来到墨西哥之前,这个国家发生了悲惨的事。这些印第安人的土地被南蛮人抢夺,他们自己被赶出故乡、被残杀,活着的人被卖掉。到处都是被舍弃的村子,现在也没有人住,只剩下石头、房子、石墙。”

武士和西想起从阿卡普尔科到墨西哥城、从墨西哥城到普埃布拉的荒野所目击的石头废墟。它们被埋在沙中,埋在杂草丛生的废村广场上,只有风发出悲伤的声音吹拂着。

“不过,战争就是这么一回事。”武士嘟囔,“任何国家,战败时都是这样子吧?”

“我没说战争,”男子的脸扭曲了,“只是较晚来这国家的神父们,大多忘了印第安人的苦难……不!并没有忘记。他们是装作不知道。装作不知道,却又以若有所知的口吻说什么神的慈悲、神的爱,因此更让人讨厌。从这个国家的神父嘴中说出的经常只是美丽的话语,神父们的手都不愿意被泥巴玷污。”

“所以你放弃天主教?”

“不!不!”

还俗的修士转身向后。几个印第安人站在背后的小屋前向这边凝视。

“不管神父们如何,我相信我的耶稣。我想——耶稣并不在如琼楼玉宇的教会,而是活在凄惨的印第安人当中。”

对于一口气把长久之间默默积在心中的话说出的这个还俗的修士,武士宛如眺望遥远的东西般望着他。他茫然地想到,从离开月浦到今天,几乎每天都听到天主教的事。自从登陆墨西哥之后,到处都能见到跪在教会的男女、在蜡烛光映照下又丑又瘦的男子裸体像,仿佛这些人有生以来第一次接触到的广阔世界只是由相信或不相信那丑男而决定的。然而,在小小的谷户长大的身为日本人的他,对耶稣这个男子没兴趣也不关心。那不过是一辈子无缘的国度的习俗罢了。

男子说完话,用手指摸西的衣服,一次又一次地抚摸着,大叫着:

“啊——是日本的味道!”

“喂,你不回去吗?”武士觉得这个分不清是印第安人或日本人的男子是悲哀的,“同行的商人年底要搭船回日本,有没有意思和他们一起回去呢?”

“要回去的话,现在年纪太大了。”还俗的修士把视线移到地面上,“我……到印第安人去的地方,停留在可以容身之处。他们需要我这种人,生病时帮他们擦擦汗,死亡时抓住他们的手。印第安人和我都是丧失故乡的人。”

“那么我们就无法再见了?”

“这些印第安人也不会一直住在这里,等土地贫瘠之后,就迁移到别的地方。一切靠主的安排,或许我们还能再见也说不定。”

还俗的修士问西和武士今后要往哪里去。

“韦拉克鲁斯。”天真的西告诉他东海岸的目的地,“听说从那里再搭船。”

“韦拉克鲁斯?”男子满脸讶异,“很危险呀!”

“危险?”

“那一带瓦斯特克族焚烧西班牙人的村子,放火烧房子、作乱,你不知道吗?”

“农民暴动吗?”

“被虐待成那样子……连温和的印第安人也忍受不

了吧！”

这是第一次听到，贝拉斯科什么也没告诉他们。武士看一眼西愕然的脸，紧紧握住发汗的手。从墨西哥城出发之后，贝拉斯科在马上说话时充满自信，露出瞧不起人的微笑。

“这是真的吗？”

“大家都知道的。瓦斯特克族连炮弹、火药都用上了。要到韦拉克鲁斯，希望多考虑！”

“不去不行。”

武士鼓励自己似的一再重复，语气坚定。“不去不行！”很奇怪，自己毫无折返墨西哥城之意。因松木忠作的话而动摇的心，如今似乎已完全稳定下来。

“西回去吗？”

“如果长谷仓先生去的话，我没有异议。”

还俗的修士送两人到耕地的边界。满是尘埃的玉米叶子在从沼泽吹来的风中慵懒地摇晃。在旱田的边境上，竖立着木雕的男子十字架像，宛如部落的守护神。瘦削的男子如被卖给西班牙人的印第安人，有着发辫、狮子鼻、阴郁而有耐性的眼睛。在他的脚下融化的蜡如男子的眼泪。

“黄昏，印第安人来这里祈祷，无论男女都会把自己的悲伤向耶稣说。”

他把手伸向脏了的胸前，拿出用树种子做的天主教念珠和纸边破碎的小册子。

“这东西不登大雅之堂，但无论如何请收下来。这是我写的主的故事。”

没有拒绝的理由。在沼泽的芦苇丛旁，带两人到这里的男子和驴很有耐心地等待着。不知怎的，武士总觉得驴的眼睛像还俗的修士的眼睛。还俗的修士以武士们不懂的话命令男子。

回到普埃布拉时，阳光高照。印第安男女发现从驴上下来的两人，便停在路旁往这边注视。两人悄悄进入修道院的中庭，往分配给他们当卧室的房间一瞧，田中正默然擦拭刀鞘。

“去了特卡利吧？我不是说不要去吗？”

田中不只是针对西，连对武士也投以责备的眼神。西说出从还俗的修士处听到的印第安人的作乱情形。

“贝拉斯科可能以为我们会害怕吧！”

田中对这句话感到愤怒：

“以为我们像印第安人一样缩头缩尾吗？我去问贝拉斯科。”

田中放下刀，站起来。

“等等!”武士摇摇头,“贝拉斯科先生只会用巧妙的话搪塞吧? 不管那个男的怎么说,这是非去不可的旅行。”

武士跟刚才一样,觉得这次旅行似乎是对自己命运的挑战。只知道在谷户的时候,只要考虑在那里的生活就行了,现在他发现自己变了。小小的谷户、叔父、围炉旁叔父的唠叨、评定所的指示,这些无可动摇的东西构成了他的命运——他从墨西哥城出发之后,第一次对此产生反抗的情绪。

日本人如搬运食物的蚂蚁般前进,不过,与其说前进,不如说在恒久不变的广阔高原中缓缓移动来得适当。贝拉斯科和三个使者骑着马,带着几头驮着行李袋的驴,随从们拖着脚步默默跟着。他们看得到北边的山岳地带,天空中,秃鹰乘着气流盘旋。

贝拉斯科和三个使者都知道距离印第安人作乱地还远。眼前尽是泛白的岩石丘陵和被艳阳晒得干裂的大地,有枯木如白骨横躺的河床。这般干燥的风景结束后,出现的是尘埃覆盖的玉米田。一切都跟日本柔软而体贴的风景不同。武士眼前浮现出稻田清凉的水、有水车旋转的谷户。不只是他,其他的使者,以及随从们,相信也有同样的感慨吧? 不过,他们没有说出口,表情也未显露出来。因为炎热和疲倦,大家都默默无言，不舒服。

在离开普埃布拉第五天的下午，大家总算越过了花岗岩质的小丘陵，正下方有意外的风景映入眼中。自从到这个国家以来，他们第一次看到松林围绕的印第安人的泥土小屋，旁边有耕种的旱田。和日本的松树不同，这是针叶柔软的种类，不过，松树还是松树。

“哦——”

日本人一起叫喊，跑进松树林，摘取松叶，贪婪地嗅着松树味。也有人用出汗的手紧紧握住松叶，享受那种触感。松树有让人忘不了的日本味道。

“在谷户，”一助对大助叫喊，“这时候是送虫祭吧？”

武士听到这句话，眼神恍如望着遥远的东西。所谓送虫祭是指从谷户把疾病赶出去的祭典，习惯上，男人要在半夜里拿着火炬从村子的西边绕到东边。

“想回去吗？”大助小声问一助，“想回去吗？”

“傻瓜。”与藏责备他。武士走近他们，摇摇头：“想回去吧？什么时候能回去，现在我们要去的西班牙是怎么样的国家，我也不知道。不过，希望你们的辛苦不会白费。”

武士这么一说，三个眼眶凹下的随从都低下头来点点头。他们有如石像般相对着，动也不动。与藏眼中突然有眼泪溢出,为了不让大家看见,他把脸转过去。

第七天,大家第一次接近像城镇的城镇,是科尔多瓦的城镇。碰巧西北雨刚过,西班牙人的家和白色墙壁背后,火焰般的花含着凉气在风中摇曳,灰白色的云在空中缓缓流动。由于小孩奔走相告,人们聚在城镇的入口。

到达小广场时,接到通知的镇长和主要人物出现了。也是这地方农场主人之一的镇长和贝拉斯科握手之后,看着沾满尘埃的日本人,就像印第安人端详要卖的羊一般。不过,他仍然以西班牙式夸张的姿势致欢迎辞。

“神父!”镇长仍然盯着日本人问贝拉斯科,“能告诉我们这些东洋人为什么来这里吗?”

“你接到墨西哥城总督的通知了吧?”仿佛受到侮辱般,贝拉斯科生气了,“他们是日本的外交使节,在这里当然也应该受到外交使节的待遇。”

可是,以外交使节而言,这些日本人未免太落魄了。在长途跋涉中,他们不但衣服、绑腿沾满灰尘,连笑容也没一个,没说话,看来满脸不高兴。

“我们准备招待晚餐。”

镇长和身为有力人士的同伴小声商量之后,总算有了结论。他们当中没有人知道日本在哪里，是怎么样的国家。

比起吃饭，武士和其他使者更希望的是早点睡觉。对西班牙人请的晚餐，除了西之外，武士、田中都没有食欲。不过，贝拉斯科不理会他们的感受。

“使者们都欣然出席吧？”

随从被带到当住处的集镇会所，三个使者和贝拉斯科跟镇长走到他的官邸，接着是疲惫已极地听着根本不懂的冗长致辞。上菜了。

“日本人不吃肉。”

镇长和有力人士在贝拉斯科的说明之下，又以宛如衡量家畜价格的视线看着武士他们。

饭后，镇长要随从把书房的地球仪搬来，想问贝拉斯科日本这个国家在哪里。在像鸵鸟蛋的地球仪上，印度、中国也只画着粗略的形状而已，日本是位于中国东边像小水滴的半岛。

“不对！”贝拉斯科忍受不了同胞的无知和地球仪的粗糙，大大地耸肩。看轻日本，对贝拉斯科而言就是瞧不起以自己的人生当赌注的东西。“这不是日本。”

“神父，大小呢？”

“是小小的岛国，不到西班牙的五分之一吧！”

“那么是我们西班牙全部领土的五十分之一吗？”镇上的一

位有力人士笑了,“为什么菲律宾的总督不占领它呢？这样,神父的传教也比较轻松,我们也可以在那里开辟新的农场。”

“日本虽小,作起战来却不输任何国家,可不像这里的印第安人那么容易制服。”

语言不通的使者众被排除在谈话的圈外,强忍着哈欠看着地球仪。对贝拉斯科针对日本的说明仍有疑问的有力人士之一指着西班牙本国及其众多的殖民地对他们说:

“西班牙,西、班、牙!”

他好像教小孩子似的一再重复,最后指着和中国相连的小水滴,低声说:

“日本!”

“你不了解的。”贝拉斯科锐利的眼光转向那位有力人士,“如果在日本有停泊地就能独占太平洋,因此英国、荷兰的新教徒现在拼命想和日本缔结友好关系。西班牙必须在他们之前采取行动。墨西哥城的阿库尼亚总督为了这些使者申请谒见国王陛下,也是这缘故。”

霎时,餐厅内一片沉默。墨西哥城的总督申请谒见国王一事当然是贝拉斯科撒的谎,不过,这些话却发生作用了。对西班牙农场主人而言,国王的分量相当大。

“各位,”贝拉斯科带着胜利的骄傲注视疲惫不堪的日本人，缓慢而亲切地说，“听到要见西班牙的国王……这些愚蠢的人都吃惊了。”

“王？王是指……”田中问。

“王就是皇帝。例如在日本，内府就是王吧！”

“那位西班牙的王要见我们吗？”

“不可以吗？”贝拉斯科脸上浮现出惯有的带着自信的微笑，“各位是日本的使者呀！”

因旅途疲倦耗尽体力的三个人宛如遭受意外打击般露出大为吃惊的脸色。连藩主都见不到的身为召出众的自己要见西班牙国王！

“是真的吗？”

“相信我吧！”

贝拉斯科认为有一天他的谎言将不再是谎言，是可以实现的。不！这不是谎言。这是他非实现不可的目标，也是目的。

“使者们都很累了。”他只在嘴上向镇长道谢，“感谢各位的款待。”

但是，镇长不安地拉住贝拉斯科。

“神父，是明天出发吗？”

“预定是这样子。”

"您知道往韦拉克鲁斯的路很危险?"

"瓦斯特克族对你们西班牙农场主人含有敌意,"贝拉斯科以讽刺的眼光看对方,"对各位眼中遥远的小小岛国的使节们可没有恨意。"

回到住宿的集镇会所之后,使者众身体虽然疲倦,情绪却依然兴奋。谒见国王！贝拉斯科带着惯有的有信心的微笑,说出了使者们没料想到的事。

"既然可以见到国王,"吹熄蜡烛之后,黑暗中西的声音很兴奋,"就可以说是任务完成,我这么想没问题吧!"

"如果能直接见到王的话。"武士向这边翻个身,回答,"可是……贝拉斯科先生所说的也不知是真是假。"

"我跟长谷仓的想法一样。"从靠近敞开的窗户的地方传出田中的声音。

之后,三人默默地在黑暗中睁大眼睛思索,一方面怀疑贝拉斯科,另一方面眼前又浮现出大伙儿谒见国王的样子。不过是小小的地方武士的自己渡过大海,能见到一国之王,这件事对他们来说就跟到江户去见内府或者将军一样,是想也没想过的事。喜悦如涟漪,从心底扩散到身体的每一个部位,他们对贝拉斯科的疑惑和不信任也因此而消失了。然而,一天的疲倦使他们很快进入深甜的梦乡。

由于这喜悦，翌晨，离开晴空中万里无云的科尔多瓦时，有驴和随从跟随的使者众脚步特别轻快，甚至把对印第安人作乱的不安也暂时抛置脑后。驱马前进时，只有贝拉斯科有时用望远镜注视如撒了粉的丘陵地带。丘陵地带上看得到金色边缘的乱积云。

他们来到多瓦砾的平原。云影在平原上空缓缓流动。直立的仙人掌如不高兴的老人般监视着一行人，羽虫发出声音掠过他们出汗的脸。

武士注视着广大平原的耀眼地平线，心想，彼方有海，海的尽头有西班牙这国家。从未见过的这些海和国家，想也没想过的自己的命运……在谷户逆来顺受的他，也能够接受新的命运。

有时，他们看到被印第安人四处舍弃的祭坛的废墟。根据贝拉斯科的说明，这一带的印第安人跟日本人一样，长久祭拜太阳。在带红色的火山岩堆积的台座上，被抛弃的地上横七竖八的石柱残骸刻画出奇怪的线条，线条之间，被阳光照射背部的蜥蜴跑来跑去。

午后，一行人在废墟中休息了一阵子。他们有点不安地喝竹筒中的水，茫然眺望平原，频频赶去碰到脸的羽虫。

前方依旧是云影洒落、起伏的平原。今天在黄昏来临之前要穿过这平原，到今晚投宿的农场。平原的彼方有一股沙尘如龙卷风般缓缓升起。不久,一群人才看出那不是沙尘,而是黄色的烟雾。

“看来像狼烟……”

田中太郎左卫门突然从坐着的废墟石柱上站起来,手放在额头上遮阳光。

“不是狼烟!”

西九助摇摇头。日本人记得曾在伊瓜拉看到的往秃山上升的印第安人狼烟。以狼烟而言,这烟柱太粗,而且也没有别的狼烟相呼应。

“有火在移动。”

贝拉斯科离开大伙儿,一个人把眼睛贴近望远镜。三个使者一直注视着他,等他说话。

“可能是农场在烧树林吧?在这个国家……”贝拉斯科若无其事地把眼睛从望远镜前移开,“经常焚烧树林,使之成为旱田。”

“贝拉斯科先生!”田中的声音含着怒意,“你现在骗不了我们了吧!我知道是怎么一回事了。”

突然被拆穿,连贝拉斯科也脸红了,他口吃地辩解:

“田中先生,我不是恶意隐瞒。”

“够了!”田中不悦地摇摇头,“多余的顾虑徒然增加麻烦,我们又不是女人或小孩。只不过是百姓作乱罢了。看到了什么呢?”

“农场被烧了。”

要到韦拉克鲁斯,除了直直穿过这阳光高照的平原之外,别无他路;如果绕道山岳地带,需要很长的时间。贝拉斯科主张今晚露宿,明早出发,田中更用力地摇了摇头。

“印第安人应该不会恨日本人。那是跟我们无关的农民的叛乱。”

“应该以任务为重,避开不必要的灾难。”

“对于战事,我们比贝拉斯科先生更清楚。今后由我们做主。”田中得意地笑,“长谷仓、西都没有异议吧?”

武士对田中带孩子气的好胜心感到不安。他心想,要是松木忠作在就好了。

“虽然没有异议,不过也不必由我们来应战。”武士规劝对方,“贝拉斯科先生说的也有道理,我们要以任务为重。”

驴背上驮的只有二十支枪。他们取出枪,围住贝拉斯科和驴群,采取保护的姿态,三个随从站在前头侦察。一切都依田中的指示进行。

远处的烟雾把天空染成卵色。随着队伍的前进,大家看得到烟雾之中橙色火焰如蛾翅般微微摇晃。偶尔能听到如豆荚裂开的细微声响。

“是枪声?”

田中举起手阻止队伍前进,倾听一会儿,然后,像指挥官似的慎重点点头,告诉大家:

“不用担心。不是枪声,那是烧火的声音。”

田中跟武士及西不同,年轻时曾参加作战,不愧有经验。

一进入耕作地,他们就发现玉米田被踩得乱七八糟,香蕉园中稻草屋顶的小屋一半被烧焦了。

烟如淡淡的雾,从香蕉园中飘过来,也带来焦臭味。在烟雾深处不见印第安人躲藏。田中下马接过随从递过来的枪支,像要夸示自己的勇敢般独自抬头挺胸前进。烟雾中传来他的咳嗽声。不久——

“不用担心,”田中声音响亮,“只是储物间烧了。”

是大储物间烧了,内部完全烧成灰,现在在焦黑的柱子与屋顶的横木上,火焰如小人群般成列晃动。不时传出的横木断落响声予人寂寞的感觉。

田中一副久经沙场的样子,仔细检查地面,发现了紊乱的足迹,告诉武士和西:

“原住民已经经过这里了!”

然后他讽刺握着马绳、茫然四望的贝拉斯科:

“怎么啦？贝拉斯科先生，你害怕了？”

贝拉斯科只是苦笑，那种懦弱的样子是这个传教士未曾有过的。

“好了，”田中催促一行人，宛如现在发号施令的不是贝拉斯科而是自己，“走吧！天快黑了。”

背后传来储物间燃烧倒塌的声音，日本人注意着四周的动静，通过微暗的香蕉园。在微白的树干之间，可以窥见酷暑的天空与种有橄榄树、缩成一团像猫形状的丘陵。走出树林时，阳光照在大伙的额头。在一棵橄榄树根处，如破布堆的几人准备逃走，那是留发辫的印第安女人和三个小孩。

“神父！”贝拉斯科大声说，“我是神父，不要逃走！”

女人和小孩回过头来，像动物般露出恐惧的眼光。

“懂不懂西班牙语呢？”

女人用像鸟一样的尖锐声音不知叫着些什么，贝拉斯科也不懂。

“静一静！”

这时，田中竖耳，制止贝拉斯科。只有他似乎听到了什么。在酷暑与寂静之中，一伙人一动也不动，注视着丘陵的一角。

他们听到踩踏杂草的细微脚步声，接着一个黑色头颅出现,被太阳晒黑的脸上流着血。有武装的西班牙人一起从草丛中站起来。他们发现了日本人,似乎也很惊讶,凝视这边,终于发现了贝拉斯科。

“我是神父。”

贝拉斯科举起手,在橄榄树之间向他们靠近,然后向脸颊上有花瓣形状血迹的男子不知说些什么之后,对日本人说:

“不用担心,他们是来迎接我们的农场主人和随从。”

他向农场主人探听情势。

“瓦斯特克族来到这里吗?”

“不!神父。”农场主人摇摇头,“听到有人作乱,连这附近的印第安人都四处窜动,焚烧储物间、在耕作地点火,现在躲在附近。”

“我们必须到韦拉克鲁斯……”

“我们跟着去。日本人会用枪吗?”

“他们枪打得比你们还好,是熟悉作战的国民。”

农场主人等露出怀疑的眼神,不过,没说什么。蹲在橄榄树根下的女印第安人抬起头来,两手抱着小孩,又发出像鸟叫的尖锐声音。农场主人骂她。

“她说什么呢?”

“那个女子的弟弟被我们射中,现在快死了。”农场主人耸耸肩,“自以为是的人。说如果你是神父,希望你能为她弟弟做终傅圣事①和祈祷。”

他往地上吐口水,擦拭像勋章般粘在脸颊上的血迹。

“他们一方面反抗,另一方面,情况不妙时就向我们求援。印第安人经常这样子,不必理他们。”

“那个快死的男子在哪里?”

“开玩笑!去的话,不被当人质,就会被杀掉。这是印第安人惯用的手段,拿女人、小孩当道具让我们放心,然后出其不意地袭击。”

“我是神父。”贝拉斯科静静地回答,“如果你也是信徒的话,该了解吧?神父有不得不做的义务,纵使对方是印第安人……”

“神父,不可以宠他们,印第安人不是可以相信的人。”

“我是神父!”

贝拉斯科的脸和脖子遽然变红。压抑怒气或激烈的情绪时,他的脸常常这样子。

“神父,不要去!”

---

① 天主教圣事之一种,系由神父使用经主教祝圣的橄榄油在病人的额头、手掌画十字,并念诵祷文,从而给予病人属灵的帮助、安慰和健康,并赦免其罪。——编者注

贝拉斯科像要甩开这句话似的登上山丘。印第安女人发觉时，留下小孩，赤着脚像追赶猎物的野兽般跟在后面跑。什么都不懂的使者众也同样地跑起来。

"你们留在那里，"贝拉斯科从山丘的中间叫喊，"我现在不是通译，是要去尽天主教神父的义务。"

女人和贝拉斯科又进入黑暗的香蕉林。蕉叶腐烂的臭气弥漫，某处传来鸟叫声——那声音在贝拉斯科听来，就像以动物的死尸为食的秃鹰的讨厌叫声。女人动作敏捷地穿过香蕉树之间，有时回过头看落后的传教士。奇怪的是，贝拉斯科心里没有不安与恐怖。在茂密的香蕉树后面，狮子鼻、上半身裸露的印第安人就站在那儿，眼光阴沉。女人对他打过招呼之后才让贝拉斯科穿过树林。

洼地中央，同样上半身裸露的年轻印第安人仰卧着，以口呼吸。年轻的女人茫然坐在旁边。从所穿的裤子看来，他应该也是在农场耕种的佃农。从紧紧粘在他脖子上的泥巴和血块看来，那里显然是弹痕。

"你会西班牙语吗？"贝拉斯科问。

男人张开的嘴只发出粗重的喘息，张得大大的瞳孔如贴着薄膜，没有焦点。死亡如薄暮，已侵袭这年轻的印第安人的肉体。

“愿你得到永远的安息!”

贝拉斯科握住年轻人被泥土和血玷污的手,小声说。那时,他不是充满野心在日本传教的传教士,而是跟在小村子看护要断气的老太婆的神父一样。

“愿死者获得宁静的安息!”

就像关闭人生最后的门,贝拉斯科用手指合上冻结了似的张得大大的眼睛。从寂寞的脸上他想起在雄胜的木材堆放场,向自己请求赦免罪过的日本天主教徒的脸,那个衣衫褴褛、肩上沾有木屑的日本人的脸……

风吹过韦拉克鲁斯,把枯草像球般吹落在用漆加固的家家户户的墙壁和灰色的路上,把波浪汹涌的海染成泥色。

在韦拉克鲁斯,现在是风的季节。在风中,疲惫不堪的日本人队伍拖曳着脚步进入市镇。在镇的入口,跟到墨西哥城或普埃布拉时一样,戴着头巾、双手交叉的两个修道士像铜像般等候他们。使者众之一的脚断了,勉强骑在马上,随从之一躺在驴拉着的行李车上,因为他们途中受到印第安人的袭击。

从住宿的修道院窗户看得到波涛汹涌的海。这里的海不是他们花了两个多月渡过的那片大海。不过,武士们知道这片海跟那片大海一样大,渡过后就是欧洲,那里有西班牙、葡萄牙、英国、荷兰等各式各样的国家。

武士望着汹涌的大海，心想，自己居住的藩主的领地跟这个世界相比是多么微小！领地中的谷户、黑川的土地有如一粒沙。现在，我们这些人就为了那一粒沙出征、打仗，一直活到现在。

从月浦起航的那天，耳中传入帆绳的咿呀声和海鸟尖锐的叫声，武士知道今后自己将被新的命运摆弄，而且，在大海中、在墨西哥，他心里产生了眼睛看不到的变化。那逐渐变化的东西是什么呢？尽管嘴里说不出来，至少他能确定现在的自己与生活在谷户的自己不同。命运要把自己送往哪里，结果会变成怎么样？他有着类似恐怖的感觉。

那一夜，风整晚都敲打着修道院的窗户。半夜，雨也下了。

我们到达季风吹拂着的韦拉克鲁斯，现在，住宿在这里的圣方济各修道院。

安全逃离我们担心的瓦斯特克族的袭击，我不得不认为这是我一心一意想在日本传教，因此主保护我们的缘故。为什么呢？因为主给我逃离危险的意外机会。

离开科尔多瓦那天，在农场附近，我去为因响应瓦斯特克族而发起暴动的一个印第安佃农做终傅圣事与临终的祈祷。被农场的西班牙主人用枪弹打成重伤的那个印第安青年，在香蕉园的洼地里，在我握着他的手之时断了气。我祈求主赐给他永远的生命。我不过是尽了神父应尽的义务罢了。

目睹这一幕的两个印第安佃农为了答谢我，送我们到韦拉克鲁斯附近，这对我们来说真是比什么都有用。事实上也因为有这两个人的帮助，我们才得以避免遭受瓦斯特克族袭击的危险。

那是到达韦拉克鲁斯的前一天，我们为了避开可能成为袭击对象的农场某处，绕路回去。

阳光依然强烈，人、马都疲惫不堪，我们在像是撒了盐的山石与山石之间成一列步行。在眩晕的感觉中，我们把有时群立的仙人掌看成了一群人。

休息片刻。我茫然望着一只在山石上回旋的秃鹰的动作，山谷过于寂静，甚至让人感到有点不安。

突然，有黑色的东西从旁边的山石间飞过来。刚开始我还以为是鸟，其实不是鸟。大约十个手里拿着网的瓦斯特克族在山石上出现了！他们远远地就发现了我们，埋伏等待着，把装在网中的石头投掷过来。

我也听说过印第安人投掷用网包起来的石头。我们的祖父征服墨西哥时,印第安人也拿这种武器抵抗。我拼命想让吓得直立的马安静下来,日本人在田中尖锐的命令下准备往仙人掌后面躲藏。

有一个逃得慢的跌倒了,是田中的随从。为了救那个随从,田中从藏身的仙人掌后跑出来。阳光下,我看到高个子的瓦斯特克族男子朝他和随从投网。狮子鼻、白牙齿、垂肩的发辫清晰可见。我看到头颅般大小的白色石头朝二人飞过去。

送我们的两个印第安佃农跟在田中之后追出去。下一颗石头就落在他们的旁边。他们以悲鸣般的声音向山石上的瓦斯特克族哀求,可能是告诉他们这一行人不是西班牙人而是日本人吧。有如奇迹般,瓦斯特克族的男子们蒸发似的从山石间消失了踪影。

一切像梦一般。山谷又恢复了寂静,太阳烧得赤白。我和日本人从仙人掌后面跑出来围在随从四周。田中只是右脚骨折,随从的膝盖却如石榴般破裂,从伤口流出的血把脚染得赤红,说不定关节碎了。想站起来却站不起来的这个男子,被送上驴拉的行李车之后仍然呻吟不止,有时大声向主人道歉:“真对不起!纵使在脖子上套上绳子也要让我跟随,要不然,我就回不了故乡。”

田中也忍住痛苦反复安慰他:

“没问题,我们会带你走,不要担心!”

日本的武士和随从的关系有如罗马时代的贵族与奴隶,不过,也存在着超越利害的结合与温馨的家族式感情。我在日本时也有过自己也要像日本仆人一样侍奉神的念头。

不过,仔细一想我们是托了印第安佃农之福,只有这么轻微的受害程度就逃过瓦斯特克族制造的灾难。这也不能不感谢主赐给我们力量。我们以落魄的样子进入韦拉克鲁斯,不过,我的不安早已消失了。

我们抵达的韦拉克鲁斯是港都,刚好碰上季风。抵达的第三天,我、长谷仓和西在风中拜访有外港之称的圣胡安-德乌鲁阿要塞的司令官,为了申请搭乘碰巧停泊在这里、准备出航的西班牙舰队的一艘船,以及请求给田中和随从好的军医治疗。关于前者,我带了墨西哥城总督的命令函,没有问题。

到达圣胡安-德乌鲁阿海港时,强风吹拂,让人几乎无法呼吸,海混浊如泥,三艘船胆怯般地退避到防波堤内。这里的要塞跟阿卡普尔科的要塞相似,也有棕色的城墙围绕。肥胖秃头的司令官很高兴地等候我们。他早已接到总督的联络,看过命令函就放进桌子的抽屉里。

“神父的伯父的信也寄到这里来了……”宛如回复命令函,司令官马上从同一抽屉里拿出一封信,“我和你的伯父很熟。”

我没想到在阿卡普尔科匆忙寄出的信，令人怀念的伯父唐迭戈·卡瓦列罗·莫利纳这么快就回信了。我慎重地把用防水纸包着的那封信放入口袋里。

司令官面对使节们赠送的日本刀高兴得像小孩子，允许我们搭乘强烈的季风过后预定出航的圣韦罗妮卡号船，也对日本人所受的灾难向长谷仓和西表示歉意。

我回到修道院，到了晚上才打开伯父的来信。伯父写道，在塞维利亚接到那封信，以及为了达成我这个侄子的愿望，会倾一族之力。

“不过，你也要有心理准备会碰上大阻碍，这个只要看一下我们家族通过渠道得到手的日本伯多禄会给国王的请求信函就明白。附上该信函的抄本，里头提到伯多禄会对你非常严重的中伤与责难。

“其次，这也是我们家族得到手的情报：伯多禄会似乎早就策划好在你们到达马德里后召开主教会议，让日本使节的目的归于失败。主教会议中，你会与在日本住了三十年的有名的巴伦特神父对决。当然，我想没有向你说明的必要，但这位神长是管区长巴利尼亚诺神父的朋友、得力助手，是历史学者，属于在当地受到高官、贵族尊敬的人物。因此，要和他对决,你必须充分准备才行。”

傍晚,强风依然剧烈地敲打我房间的窗户。我站起来,额头贴紧房间的窗,俯视修道院旁的广场。广场上连一个人影也没有,四处只有被风吹散的枯草束。伯父在同一封信里给我的伯多禄会的请求信内容如下:

有关日本使节要到西班牙访问一事,已经向陛下提出报告书;有关通商的请求,希望能慎重考虑。与使节同行的保禄会的贝拉斯科神父,根据住在日本的伯多禄会士的报告,是有谋略、会做出不必要行动的人。在日本,皇帝继续迫害天主教,我们伯多禄会认为要获得这位传教士所说的传教的自由的可能性很小。不仅如此,日本人以传教的自由为饵,其本意只是利用贸易以求取利益,这件事也一并向您报告。再者,贝拉斯科神父并未与身为在日传教士的我们之中的任何人商量,单独游说日本的一个藩主造船,为了请求派遣传教士,如前述让日本派遣上述的使者。因此,如果这次行动奏效,必定祸延居留在日本的少数传教士及天主教徒,而且会带来不幸的结果。他夸张、伪饰的计谋充满了虚伪,希望能慎重应付。

风从窗户的缝隙穿进来，吹熄了变细的烛火。我无意再点火，长久在黑暗中用两手撑着脸，最后想到非对决不可的巴伦特神父的样子。到日本的传教士无人不知的这位神父是《日本传教史》的作者，为了传教走遍九州、上方①，也是受到秀吉及其家臣小西行长②、高山右近③等人尊敬的人物。然而，如果只是这样，我也就用不着如此深思了。他不只是神父，早就听说他是头脑敏锐、手腕高明的雄辩家。我必须像伯父所说的那样充分准备才行。像军人防备敌人的攻击那样，设想敌人会以何种形态、从哪里来，对于他针对我的疑问、可能提出的问题等等，我非妥善答辩不可。黑暗中，不知何时，我趴在桌上睡着了……

---

① 指大阪、京都。

② 日本安土桃山时代武将，堺市商人小西隆佐义子，初为备前宇喜多氏家臣，后归入丰臣氏，并因战功受封肥后南半国领地，官拜大名。小西信奉天主教，圣名奥古斯都；受其影响，其领地内传教活动旺盛，教徒众多。据悉在其于1600年因战败被斩首后，罗马教皇亦感到惋惜。——编者注

③ 本名高山重友，日本战国至江户初期武将。12岁时接受天主教洗礼，圣名儒斯定，任高槻城主期间热心于建筑教堂、传教，但晚年因德川家康的禁教令被流放，1615年病逝于马尼拉。2015年，日本天主教中央协议会将其列为殉教者；翌年，教宗方济各认可在宣福礼中追悼之。2017年，其正式获宣为真福者。——编者注

第六章

现在，船在瓜达尔基维尔河[①]往滨河科里亚[②]上溯。

大西洋之旅花费那么多时间，是因为所搭乘的圣韦罗妮卡号遇到强风，破损得厉害，为了修理，停泊在哈瓦那六个月以上。在哈瓦那，可怜的田中太郎左卫门的随从断气了——就是那个膝盖受伤的男子。田中埋葬他之后的颓丧样子令人同情。我们常看到那傲然的男子宛如失去自己的兄弟般，满脸阴郁，注视加勒比海。后来，我们还遭到两次因季风引起的暴风雨的侵袭，好不容易远远看见祖国西班牙的桑卢卡尔港，是从韦拉克鲁斯出发的十个月之后。

---

① 伊比利亚半岛上的第五长河，西班牙境内唯一可以通航的大河，全长 657 千米，流域面积约 58 000 平方千米，其发源于西班牙南部的卡索拉山脉，流往科尔多瓦、塞维利亚，由加的斯湾注入大西洋。——编者注

② 位于瓜达尔基维尔河畔、靠近塞维利亚的一个小镇。——编者注

船旅之间，马德里的伯父的警告从未在我脑中消失，不久会在主教们之前质疑我的巴伦特神父的影子也常浮现在我眼前。

在我的想象中，巴伦特神父是个苦行僧般脸颊瘦、个子高的瘦削男子。从他的眼光中显露出如刀刃般敏锐的头脑，他以低沉的声音挖掘我思维中最脆弱的部分，被挖的伤口似乎逐渐扩大。只要有稍微的疏忽，无疑他就会趁机猛打，或者设下语言的陷阱，让我自己的论点自相矛盾。

我一一猜想他可能会攻击的问题。他一定会问这些使节是以什么资格派遣的吧？也会揭发内府在迫害天主教徒的同时，又派遣使节的矛盾吧？还会进一步批判我不但隐瞒在日本传教的绝望，还提出乐观的设想。

我一项一项地假设这些想得到的问题，好像考试前的神学生在做回答练习。然而口中说着答案时，突然有分不清是愤怒或是悲伤的情绪涌上心头，同样是天主教神职人员的他们为何要让我想把日本改变为主的国家的意志遭到挫折呢？为何要妨碍我呢？

那时我想到为了向外乡人传教而和耶路撒冷的信徒们对立的保禄。连保禄也受到天主教徒同伴的阻碍，被人说坏话、被人咒骂。以耶路撒冷为根据地的天主教徒们对于想突破困境、超越民族传播主的教义的保禄，声明他没有使徒的资格，甚至责难他的传道。同样地，伯多禄会也把我看成是在日本传教的、无价值的神父。

在我压抑住涌上心头的怒气时，心中充满无可言喻的悲伤。信仰同样的神，思慕同样的主耶稣，同样想把日本变为神的国度的我们，彼此反目、斗争。人，为什么经常这么丑陋、自私自利呢？在我们教会的组织中，有纯洁之处，但也有些比俗人更丑陋的地方！我觉得现在自己是站在距离圣人的服从和忍耐以及无限的亲切相当远的地方。

昨夜，大雨敲打着沿河上溯的船。在剧烈的雨声中，我醒过来。羞耻的是我梦遗了。为了避免犯罪，我紧紧绑住手。虽然不像年轻时严重，夜间，我仍以这种形式和自己强烈的欲望搏斗。我跪下来祈祷时，突然被可怕的绝望侵袭，宛如自己丑恶的脸在镜中被看到般，我感受到隐藏在心中一道一道的恶毒滋味。我的性欲、对伯多禄会的愤怒、对日本的传教傲慢的自信、征服欲——这些一一浮上心头，我甚至觉得主绝不会俯听我的祈祷或期望，甚至感到主指着我，指责我的祈祷、我的理想背后隐藏着丑陋的野心。

“不！”我拼命地抗议，“我对日本和日本人怀抱着无限的爱恋,因为有着爱恋,所以打从内心热诚地想唤醒他们。身为神父,即使一辈子为此奉献也不后悔。我的一切行为都为了你。”

小十字架放在桌上,在十字架上的主两手张开,悲伤般地注视着我,悲伤般地听着我的抗议。

“主啊!我应该放弃日本吗?我应该把具有那么优秀才能和力量的日本像放置温水般置之不理吗?为什么那个民族就像《圣经》上写的那样,是以‘不冷也不热’作为自己的特质,而且顽固地坚守着呢?我求你给予他们追寻你的热忱。”

对抗巴伦特神父的唯一手段是在马德里让日本使者成为天主教徒,就像在墨西哥城让日本商人受洗那样。那么主教们会认为我说得没错吧?如墨西哥城总督也因那次盛大的受洗而同意我的想法一样……

沿着瓜达尔基维尔河上溯,使者众终于登陆欧洲,踏上一年半之前他们连名字都不知道的西班牙的塞维利亚。

是初秋!在柔和的阳光遍洒的原野,净是白色的房子,在白色的方块中,到处可见刺向蓝空的教堂尖塔。河上,众多船只上上下下;河边,沐浴着阳光的花朵绽放,争奇斗艳,整座城市到处飘散着花香。家家户户的白色窗边放着水壶,从有装饰图样的门可以看到中庭铺着瓷砖的地面上排列着雕像和花瓶。那些人家的内面墙壁上贴着深蓝色的纤细图样,阴暗,飘散着怪异的味道。

使者们第一次看到西班牙的城市。对连京都、江户都没去过,只知道藩主城市的三个召出众而言,这个大城市的一切都让他们感到惊讶。贝拉斯科说,这个城市以前是阿拉伯人的城市,被身为天主教徒的西班牙人征服。使者众不知道阿拉伯这个国家在哪里,也不知道这个城市的哪里飘散出强烈的气息。他们对王宫般绚烂的建筑物惊叹,被大圣堂的巍然慑服,茫然默立。

这里每天的忙碌情形非墨西哥城所能比拟。靠着故乡在这里的贝拉斯科家族的帮助,使者众搭乘马车去见市长,拜访议员,接受贵族们及高级神职人员的招待。被卷入不懂的语言旋涡,勉强吞食吃不惯的食物,他们尽量忍耐、努力。

"这里是欧洲。"

贝拉斯科从巨大的大圣堂上俯视塞维利亚城的午后,一一指着众多的尖塔,告诉他们那是圣斯德望教堂、这是圣伯多禄教堂之后,以讽刺的语气说:

"这里才是日本人所说的西班牙。"

他笑出声来。

"各位在这次旅行中已发觉世界的广阔,而在广阔的世界中特别富裕的国家,可说就是西班牙……现在,各位就在那个国家,在南蛮的国家。"

田中太郎左卫门双手交叉于胸前,为了不让人看出内心的动摇而把眼睛移开,只有西九助拿出小型笔墨盒认真地写下贝拉斯科说的建筑物和教堂名称。

"有塞维利亚无法比拟的大都市,那就是马德里,西班牙的首都。各位要在马德里谒见西班牙国王。"

贝拉斯科知道田中和武士都颤抖了。对身为召出众的他们而言,纵使以使者的名义谒见大国的国王,也算是破例的事。

"不过,你们知道有一位连西班牙国王在他面前也要恭敬跪下的人吗?"

三个人中没有人回答。

"是教宗,是天主教的王。拿日本做比喻,或许可以说内府是日本的王,京都的天皇则是教宗。教宗拥有天子无法比拟的大力量。可是,连教宗也不过是祂面前的仆人。"

贝拉斯科微笑地偷偷观察使者们的脸。

"那个人,不用说你们大概也知道吧?在西班牙,你们到处都可以看到祂的像。不只是墨西哥,不只是西班牙,欧洲所有的国家都崇拜祂,向祂叩头、做礼拜。"

星期天,在圣方济各大教堂,贝拉斯科为了一个目的要三个人列席。这一天,莱尔瓦主教为日本使节举行特别弥撒。早上,马车车轮轧过铺着石板块的路面,接连进入大教堂的入口,穿着华丽的贵族和商人挤满了有石柱并列的教堂,众多烛台的火焰照射着金色的祭坛,风琴的声音响彻石壁。莱尔瓦主教从装饰得有如旋涡的讲台上对大家祝福:

"今天,在这弥撒中有塞维利亚出身的神父贝拉斯科带来的,从东洋的日本越过万里波涛而来的日本使节列席。因此,我们想把这弥撒献给这些使节和日本人。正如我们的祖先到目前为止在许多外乡人的土地上建教堂、使其成为神的国度,我们祈祷有一天使节们的国家也赞美主!"

圣堂中的人全部跪下,圣歌队唱起了圣歌:

圣、圣、圣
圣主　万有的天主
你的光荣充满天地

贝拉斯科把脸埋入双手之中,全身充满感动。"日本啊!日本啊!"他在心中呼唤着那个国家,"请听我的声音。日本啊!日本啊!无论你多么轻视主,你再怎么想杀我们神父、让我们的信徒流血,有一天你会依从主的!”他低下头来祈祷。“主啊!请让我打胜仗。请让我胜过巴伦特神父!”

弥撒结束,感激不已的人们围着日本人,如潮流般往大圣堂之外流出。他们拍拍被挤得惨兮兮的日本人的肩膀,要求握手,一直围绕着他们,莱尔瓦主教只好让贝拉斯科和使者众到大圣堂的地下室避难。

“好了,我的孩子呀!”

人们的欢呼声消失,众人逃到阴湿的地下室的一个房间时,莱尔瓦主教对贝拉斯科露出不安的表情。

“仪式结束了,我们不能不回到现实,不可以被那种狂热所欺骗。情况对你并不好。要为你在马德里召开的主教会议,那会议对你似乎并不一定有利。”

“我知道。”贝拉斯科看了使者众之后点点头,“不过,刚才主教您也说要把今天的弥撒献给这些使节和日本人。大家都等待着有一天日本成为赞美主的国家。”

“我的确说过,‘有一天’。可是,那不是现在。在这二十年之间日本人怎么讨厌传教士、如何迫害信徒,距离遥远的我们都很清楚。”

“情况有所改变。”贝拉斯科很快把对墨西哥大主教所说的话和同样的事重复说了一遍,“否则,日本不会把这些使节送到西班牙吧?”

“我的孩子呀!伯多禄会会士的报告是情况更加恶化。而且,这些使节只是日本一个藩主的骑士,绝不是日本皇室正式的使节……我们不想让更多神父的血流在那个国家!”

“我相信传教和作战相同,我是在那个日本作战的传教士。传教士为了主,要像不怕死的士兵。使徒保禄不惜为外乡人流血。传教跟在修道院或阳光照射的地方舒服地谈论神的爱不同吧?”

“对,”主教也察觉到贝拉斯科的讽刺,“我同意传教和作战相似。而跟所有的士兵听从他们的指挥官一样,你也必须遵从。”

“指挥官远离战场,也有完全不知战情的时候。”

“你,”主教一直注视着贝拉斯科的脸,“我的孩子呀,个性太强了。将来必须反省,不要伤害到你的灵魂。”

脸红了的贝拉斯科静默下来。如主教所指责的,在长期的修道生活中,他因个性强烈一事常受到上司的忠告。“可是如果不是因为强烈的话,”贝拉斯科心想,“我怎么会到那个东洋的岛国呢?日本啊!为了和你作战……我非强烈不可。”

“我们……接着要到马德里。然后,我想直接向总主教请求……”

“请求什么?”

“让日本使者谒见国王。”

莱尔瓦主教怜悯地看着贝拉斯科,伸出手接受他的吻,接着,以绝望的声音重复说:

“希望总主教能接受你的请求……可是你的个性太强烈,希望不要损害到你的灵魂!”

群众离开了,莱尔瓦主教也回到主教公署,日本人搭马车回到住宿的修道院之后,贝拉斯科一个人跪在大圣堂的祈祷台。宽阔的圣堂除了从四面有色玻璃窗射入几条光线之外,阴暗而肃静,祭坛的圣体烛台发出红光,旁边充满威严的基督举起一只手往这边俯视,那是向使徒们说“去向全世界的人传福音”时候的神情。

“主啊!”贝拉斯科合掌,注视着基督的眼睛,“你命令把福音传到世界的角落。我听你的话,拿自己的生命当赌注,东渡日本,然而,你是否准备从日本缩手呢?

“主啊!请回答我。日本现在快要被你抛弃,只因为你建立的教会打算放弃日本。总主教、主教们和枢机主教都害怕那个国家,不希望神父们的血流在那个国家,准备放弃残余的信徒。主啊!请回答我。我也要服从那些教会的命令吗?

“主啊!请下令让我应战吧!我孤单一人。请让我和妨碍我、嫉妒我的人作战吧！我无法离开日本。那个东洋的小国家正是我要借着你的福音征服的一个国家。”

汗从额头上流下，渗入眼睛，贝拉斯科仍然抬头凝视基督的脸。他的脑中浮现出许多日本人的脸——他们的笑容宛如在嘲笑贝拉斯科——跟他曾经在京都寺院阴暗的正殿中看到的佛像的脸极为相似。他们异口同声地小声说：“日本并不欢迎天主教的神父来，也不欢迎建立教会。日本没有耶稣仍然可以生活。日本……”

“去吧！”突然，贝拉斯科听到耳中深处有一道声音，“我派遣你们好像羊进入狼群中，所以你们要机警如同蛇，纯朴如同鸽子。[①] 你们为了我的名字，要为众人所恼恨；唯独坚持到底的，才可得救。[②] 要机警如同蛇！”

那是耶稣派遣弟子们到犹太的城镇时说的话。（像蛇般聪明！）贝拉斯科把脸埋入手掌中，久久不动。他认为这句话中包含今后的自己，以及自己非做不可的事。（我会受人憎恨吧，被伯多禄会的教士们，被这里的主教们。我要去马德里，在那里召开的主教会议上和伯多禄会对决。而为了在对决中获胜，我必须拥有蛇般的智慧。我的武器是语言，还有带来的

① 摘自《圣经新约 · 玛窦福音》第十章 16 节。——编者注

② 《圣经新约 · 玛窦福音》第十章 22 节。——编者注

日本人。必须让主教们相信我所说的就是日本人所说的,我的希望就是日本人的希望。因此……)

贝拉斯科回到住宿的修道院,一进入日本人的房间,就看到使者众和随从一起聚在阳光照射的阳台,俯视城镇居民引以为傲的吉拉尔达塔①四周来往不绝的车马以及行人。瓜达尔基维尔河上有许多船,卖船货的商人们声音洪亮。随从们看到贝拉斯科进来,便向他弯腰致意,悄悄走出房间。阳台上,贝拉斯科和三个使者并立,他指着在柔和的秋阳下穿梭在瓜达尔基维尔河上的船,说现在正是许多船从那里出发往各国去的时候,接着说:

"两天后,我们要朝西班牙的首都马德里出发——为了去见西班牙的国王。"

"谒见国王……终于快实现了啊!"

田中太郎左卫门的声音颤抖,在连藩主都没见过的使者众心中,对这破例的荣誉的喜悦,如水渗入土中般迅速扩散开来。

"有一件事我必须坦白说……有料想不到的阻碍。"贝拉斯科犹豫了一下之后再开口,"在马德里,有不喜欢我们的人。"

---

① 系塞维利亚大教堂的钟楼,塞维利亚的地标建筑之一。——编者注

使者们面面相觑,等贝拉斯科说明。在贝拉斯科说话之时,田中生气地凝视虚空的一点,武士还是按平常的习惯,只是眨眼,没说一句话。二人心中想着什么?从乡土味浓厚的脸上完全看不出。年轻的西九助不安一般有时双手交叉,有时扼腕。他们对贝拉斯科所说的教会的情势和针对日本传教的两个教会斗争的历史,总算表现出理解的样子。

"我为此要出席讨论会,讨论会上有教会的高级人士出席。结果是我的说辞被采信呢,还是谗佞的话会被接受呢?"

贝拉斯科说到这里,声音戛然而止。然后,他像是说给自己听似的小声地说:

"我非赢不可。"

使者众的身体有如凝固般,纹风不动。

"谗佞散发谣言,说日本举国禁止天主教,连欢迎神父的藩主的信函都是伪造的。为了洗清怀疑……如果各位当中有人成为天主教徒的话……"

这么说时,无表情的田中和武士的脸上出现如小孩般的惊愕表情。为了压制那惊愕似的,贝拉斯科一个劲地说着。

"如果这样,我说的话当地的教会会相信吧?对藩主善待天主教徒、衷心欢迎神父的约定,他们也会认为是事实吧?西班牙教会完全相信日本杀天主教徒、虐待神父的事。"

武士瞪着贝拉斯科。贝拉斯科还是第一次看到柔顺的男子脸上浮现怒意。

“神父!”武士的声音震颤着,“为什么在墨西哥时没说呢?这些事,在墨西哥都已经知道了吧?”

“老实说,我没想到谗言散布得这么广。不!我们在墨西哥时,那些人屡次从日本寄信到西班牙,想阻碍这次的旅行。”

“我……”武士呻吟似的说,“不想成为天主教徒。”

“为什么?”

“我不喜欢天主教。”

“如果不了解天主教教义,就无所谓喜欢与不喜欢。”

“我想学习,可是产生不了信仰。”

“不学习,就不会有信仰。”

贝拉斯科的脸和脖子逐渐变红,那是表示他内心的激动。这时,他不是谋略家,而是传教士,想把自己相信的东西灌输给不知道的人。

“在墨西哥城,日本商人也不是出自内心,而是因利益皈依。不过,我认为那也很好。因为只要是称呼过主的名字的人,终究会成为主的俘虏。”

贝拉斯科耳边有一个声音响起。“你现在想做的,让不相信主的人为自己的利益而受洗,这不是冒渎和渎职吗?这是不是利用洗礼的圣事连不信者的罪也让主背负的傲慢行为呢?”

贝拉斯科想把在耳边响起的声音消灭。他拿圣经上主耶稣的一句话为后盾。那是若望看到不相信主的人利用耶稣的名字替人治病而生气时,主所说的话:“谁不反对你们,就是倾向你们。”①

武士依然沉默,懦弱的他只有在这时候固执,这也是谷户百姓的个性。田中仍然注视着虚空的一点。西还是西,不安地等待年长同事回答之后才做决定。终于,武士有如无可撼动的巨船,大声地说:

“不!不行。我不能当天主教徒。”

贝拉斯科走出房间后,三个使者坐在椅子上,久久地,一动也不动。特里亚纳门的喧哗从敞开的窗户传入。午后,塞维利亚也有一阵子的宁静,人们躲在家中休息。

“白石先生,”西以眼角斜睨疲倦已极的田中和武士的脸,“说过这次旅行期间,一切要遵从贝拉斯科的指示。”

“可是,西,”武士吐了口气,“从日本出发到现在,贝拉斯科骗过我们多少次?就像松木所说的。说到了墨西哥之后,任务马上就完成,可是,一到了墨西哥,又说不到西班牙就得

① 出自《圣经新约·路加福音》第九章49—50节。——编者注

不到明确的回答……而现在竟然说事情进行得并不顺利。为了要顺利完成,还劝我们当天主教徒。那个男的已不能相信。你不认为是这样吗?”

武士第一次说出这么多心里话。也因为平常寡言,他的每一句话都具有相当的分量。武士说完之后,他和田中、西三人都静默着。

“可是不依赖贝拉斯科先生,我们什么也做不了。”

“这就是贝拉斯科所仗恃的。那个家伙只希望用尽办法让我们成为天主教徒。”

“为了任务,形式上当天主教徒,是否不算什么呢?”

“可是,”武士抬起头来,叹了一口气,“我们长谷仓家由于领地更改,分到土地贫瘠、稻麦都种不好的谷户。祖先的坟墓、父亲的坟墓都迁到那山间。我不愿一个人皈依祖先和父亲都不知道的南蛮的宗教。”

武士这么说,眨眨眼睛。他感觉到自己的身体里流着长谷仓代代的血液,也习惯那里的风俗。单独一人不能任意改变血液或习惯。

“而且……”他继续说,“在墨西哥城松木曾说过,贝拉斯科个性太强烈,不要被贝拉斯科的固执、霸道所乘。西还记得吗?”

“记得!”

武士并没有忘记当一行人准备离开修道院往墨西哥的东海岸出发时,松木从送行的商人中跑过来,注视着武士的眼睛所说的话。

“我还记得,不过……”西听了武士的话,不知是否因为害怕被骂,怯怯地上翻眼珠看田中和武士,“评定所也认为今后的日本不是战争频发,而是和南蛮、天竺等国家进行贸易的时代。我也深深了解到,天竺还好,和南蛮等国家的贸易,撇开天主教是不可能的。既然有这种想法,我们纵使成为天主教徒,相信他们也能够了解这不过是为了完成任务而采取的手段罢了!”

“你准备皈依吗?”田中这时插嘴。

“我不知道。在前往马德里的路上,我也非常担心。不过,在这次旅行中,我深深感觉到世界之广,也了解到南蛮国家都比日本更富庶、更繁荣。因此,我也想学习南蛮的语言,对广阔的世界中众多人士信仰的天主教教义,我认为不能视而不见。”

跟往常一样,武士羡慕西的年轻、有干劲。这个男子跟自己和田中不同,对异国的新事物、令人瞠目的东西毫不抵抗,能充分咀嚼、吸收。另一方面,自己虽想委身于不同的命运,可是，一到紧要关头就像蜗牛离不开它的壳一样，和谷户及家结合在一起的东西就变成了阻碍。

“田中的看法呢？”

武士宛如寻求救兵，问双手交叉在胸前的田中。田中的习惯是在不得不思考时，将双手交叉于胸前。武士看着这个男子粗壮的手和雄健的背，从他身上感受到跟自己一样流着的地方武士的血液。地方武士的血——那是顽固地保卫长久以来祖先们保有的土地和习惯的那种血。

“我也不喜欢天主教。”不过，田中叹了一口平常见不到的柔弱的气，“不过，长谷仓，我接受这项任务并不是因为评定所的指示，一切都是为了想要回二本松的旧领地。想要回那块土地……我才忍受不习惯的航行之旅、异国的酷暑、异国的食物到现在……”

武士的想法也一样。如果白石先生和石田先生的话是真的，这趟艰辛之旅后，黑川的土地或许可以当奖赏还给长谷仓家。

“否则，无论祖先或家族人都没有面子，”田中哭泣般自言自语，“没有光彩。我不喜欢天主教，但是，如果能还我旧领地，要我舔土地，我也会舔的。”

“这是为了任务。”西从旁插嘴。

“松木说过不要成为天主教徒。”武士顽固地摇摇头，“我不喜欢松木，不过，也不会成为天主教徒……”

他们又继续着通往马德里的漫长旅行。在墨西哥时是艳阳高照的荒野之旅，现在日本人和行李车、马车成一列，在广阔的暗棕色丘陵与遍布橄榄田的安达卢西亚平原上前进。

丘陵与橄榄田如波浪般接连出现。丘陵变红，橄榄叶在风中翻转，如无数的刀身发出银色光芒。黑夜逼近，大地骤然变冷。

在这里有时也可见到和墨西哥一样的如盐块的白村子。有时，白村子紧贴石质山的山腰，有如用糨糊粘上的一般。旧城寨恫吓似的耸立在这样的石质山上。橄榄田和红色土地的尽头是描绘出弓形曲线、曼延至地平线的广阔麦田。在地平线的彼方可见如细针的东西，逐渐接近才知道针状物是教会的尖塔。尖塔的尾端刺向蓝空，宛如被蓝空吸入。

“这才是欧洲。”贝拉斯科看到这样的风景，停下马，骄傲地用手指着，“地有地的作用，它的作用是变成尖塔，伸向空中向主恳求。”

离开塞维利亚之后，他未再向使者众要求援助，也没有强迫他们要成为天主教徒。不过，他在马上露出已成定局的充满信心的微笑。而使者众有他们的想法，似乎害怕碰触这问题，从不谈起。

看到塔霍河①变褐色流经原野时，一行人进入古都托莱多。建在丘陵上的城市大教堂的尖塔远远映入一行人眼中，那是大大的夕阳在金色的天空中逐渐下沉时候，十字架在夕阳下反射的耀眼的光。全身汗湿了的日本人，如往常在人们充满好奇的眼光下那样，在石板块铺就的斜坡路上默默往大教堂走。

“日本人！”从并列在斜坡路上的人群当中，有人叫道，“他们是日本人！”那是齿列不整齐、看来善良的男子。贝拉斯科听到这声音，感到惊讶，停住马，从马上对那男子说话。

“这个男子，”贝拉斯科告诉使者众，“说他小时候见过来这里的日本少年。”

“日本人……”

“大约三十年前，九州出生的十四五岁的少年们跟各位一样，曾以天主教使节的身份来过西班牙。各位都不知道吗？”

无论是田中、武士或西都是第一次听到这样的话，三个人都以为自己是最初访问这南蛮国家的日本人。然而，据说以

① 伊比利亚半岛最长的河流，发源于西班牙东部阿尔瓦拉辛附近的山脉，向西于葡萄牙里斯本注入大西洋。——编者注

四个少年为中心的日本人在传教士的带领下,三十年前曾来过马德里、托莱多,还在罗马谒见教宗。

贝拉斯科和男子仍在交谈。周遭的人都竖耳倾听,这似乎让那个男子感到高兴,他得意般地笑了。

“据说日本少年们拜访这镇上做钟表的、名叫杜拉诺的老人的家,高兴极了。那时候,这个男子在老人家中当学徒。”

中年男子露出黄板牙,指着自己的脸,点了好几次头。武士们也从那个男子那里听说,那当中的一个少年在这里发烧得很厉害,由于大家妥善的照顾和祈祷而恢复了健康,最后和同伴搭上前来迎接的四辆马车往马德里去了。

日本人环视夕阳照射下的石板块和住家。听说有国人比自己先走过这斜坡路,而且他们也看到在玫瑰色夕阳照射下的异国人家,三人有一种不可思议的感觉。

“十四五岁的小孩……”

这么呢喃的不只是田中,其他的日本人也想到到今天为止的艰辛旅途,对少年也做过同样的旅行,感到怀疑。

“那些小孩子,”西问贝拉斯科,“都安全回到日本了吗?”

“当然回去了!”贝拉斯科大大地点头,“各位也一样可以安然回到日本啊!”

贝拉斯科这么回答。日本人之间深深的沉默扩大了。自己也能安然归国吗？这是大家的疑虑。终于，每一个人脸上都闪过哭泣似的微笑。

他们从托莱多进入马德里的那天，下着雨。雨打湿卡斯蒂利亚广场，在阿尔卡拉街上无声地下着。在雾般的天空中，埃斯科里亚尔宫殿①像灰色的蜃景般浮现。马车在石板路上通过，溅起泥水。

日本人在被分配的宿舍——圣方济各修道院中，整天酣睡得像石头。来到西班牙之后的疲劳与烦心，在到达最终目的地马德里后终于显露出来。修道院的修士们或许也知道这一点，为了不妨碍他们的睡眠，修士们不靠近宿舍的建筑物，也不敲响报时的钟声。

武士在梦中看到出发那天的光景。马嘶声中，村中的老人们并列在门前，与藏拿着武士的枪，清八、一助、大助牵着驮着行李的三匹马。武士跨上马，向叔父点点头。后面是强忍着没哭出声来的妻子里久。武士对长男勘三郎和下女抱着的次男权四郎笑脸相向。不知怎的，这时，门前有石田先生骑在马上等候着。武士对石田先生专程到谷户来迎接感到奇怪。

---

① 即埃斯科里亚尔圣洛伦索王家修道院，系位于马德里西北部约 45 千米处的皇家建筑群，集修道院、教堂、皇宫、万神殿、图书馆、博物馆、学校和医院于一体。其于 1984 年被列为世界文化遗产。——编者注

“好了吗?”石田先生笑着点点头,“我再说一次,这一次的任务一定要完成哟! 这一次旅行对黑川的土地会有好的影响。”武士一想到自己反复两次这么艰难的旅途,都快窒息了。可是,一想到这是自己的命运,又感到非顺从不可。他跟谷户的百姓一样,对于忍耐与逆来顺受,长久以来已经习惯了……

醒来之后需要一点时间才意识到这里不是日本,而是南蛮异国的修道院内。雨沿着异国城市陌生的建筑物的窗户流下,静静地,武士感到寂寞得要哭出来。

武士穿上衣服,尽量避免吵醒西,悄悄走出走廊。他瞄了一眼与藏他们的房间,看到与藏一个人坐在床缘,呆呆地,旁边,一助、大助仍然沉睡着。

“起来了?”武士小声地问与藏,“我……梦到谷户了。”

“谷户现在是开始储备薪柴的时候吧?”

“大概是吧。”

从启程开始,大约过了一年半的日子。武士想起两年前的这个时候,在杂树林中和百姓们砍树当薪柴的每一个日子。斧头砍在树干上的尖锐声音在开始落叶的静寂树林中扩散。勘三郎和弟弟在林中采蘑菇。

“再稍微忍耐些!”武士看着因雨而模糊的窗户,口中念念有词,“在这都城完成任务之后,剩下的就只有回谷户了。”

与藏手放在膝盖上，点点头。

“只是，这是一切都进行得顺利的情况……贝拉斯科说为了任务，要我们皈依天主教……”

武士问吃惊地抬起头来的与藏：

“你准备怎么办?”

“从清八死的时候开始……”与藏才刚开口，又闭上了嘴，“不！按照阁下的指示。”

“依我的指示吗?”武士寂寞地笑了，“在长谷仓的家没有那样的事。叔父不会允许的。”

武士玩味着刚才做的有关谷户的梦。宛如被压碎的农家的谷户。可是，在谷户，是以武士的家为中心，所有的人都一起生活。不只是生活，大家连生活方式都一致，每一家都拥有一样的田地、播一样的种子、做同样的祭祀。只要有人死亡，他的葬礼是大家一起举办的。武士想起叔父在围炉旁，指着有伤痕的右脚，有时唱颂阿弥陀佛的事。

弥陀成佛的这位
如今历经了十劫
法身光轮无边际
遍照世界的冥盲

一唱完，叔父常小声地重复念着南无阿弥陀佛、南无阿弥陀佛，露出心安的表情。武士耳中似乎仍听到叔父的声音。是的，在谷户，大家成为一体。武士不唱那种赞文，可是和父亲或叔父一样，抛弃不了虔诚的信仰——若抛弃了，那是反叛谷户、切断血缘。

我搭马车到堂兄唐路易斯的家。他父亲唐迭戈·卡瓦列罗·莫利纳与他同住，是塞维利亚的前市长，即使现在，在教会或王宫也是有势力的老人。唐路易斯是宗教裁判所的所长。

一到达堂兄的家，男男女女和小孩子们似乎已接到通知，从阶梯上跑下来。小孩们冲过来，女性依然夸张地抱紧我，男士以不失威严的程度和我握手。他们把我这从东洋陌生国家回来的族人围住，接连想问我的体验。无论在客厅或餐厅，大家听我的故事就像听祖先中的征服者占领大陆或未知岛屿的故事，听得痴迷。

晚餐以及在客厅的闲聊一结束，莫利纳伯父使了个眼色，和儿子路易斯一起带我到书房。其他的人看来早就被告知，直接和我道别。

我们针对今后的对策谈了很久。瘦瘦高高的伯父在房内踱步，告诉我即将召开的主教会议预料对我而言并不乐观。路易斯站得笔直，像卫兵，一直很注意听父亲说的话。

“你说传教和打仗一样，不过，打仗也有不得不退却的时候吧？现在，这里的主教们希望从日本退却。如果主教会议对你不利，我们家族能为你争取的，不是日本，而是马尼拉的修道院长的职位。”

伯父准备为我尽力争取保禄会的马尼拉修道院长职位。

“这种可能性很大。枢机主教和主教们也绝不会反对。”

在房内踱步的鞋音停止，伯父坐在椅子上，双手交叉在胸前，看我对他的话的反应。

“我对这意见还不太懂……”

“虽说你是为了主，不过，谁也不希望让你暴露在危险当中。如果是马尼拉的修道院长，更能发挥你的才能吧？”

我闭上眼睛，想起自己和迭戈在江户像乞丐窝的小屋子。收容麻风病患的那个医院只有三个房间。蟑螂和老鼠到处乱窜，屋外有污水流过。但，如果是马尼拉修道院，没有蟑螂和老鼠，而有小鸟在庭院的树上啼叫，也不用吃腐烂的鱼和臭米吧？

“我是传教士。”我微笑着低声说，“或许是天生的传教士吧，可能注定在遭受迫害的土地上宣扬主的教义，比在安全而漂亮的圣堂祈祷适合我。”

伯父耸耸肩，叹口气。他的动作跟塞维利亚的主教听到我的回答时一模一样。

“你从小就是这样。小时候，你憧憬像哥伦布那样的船员……”

“如果死去的母亲没把我送到小神学院，我一定当军人或者是船员吧？”

我笑了。

“你的母亲是为了抑制你强烈的个性，才把你送到小神学院的……”

“我的身体仍然流着征服者祖先的血液……”

要让没看过日本、不知道日本的伯父和堂兄了解我的本意是很困难的。而且，在站得像卫兵的堂兄眼中，出现了对我的不安。他害怕被我牵连，使自己与自己的家族在马德里贵族和教会遭到白眼。

“我想见总主教。而且，如果国王陛下能接见日本的使者……”

“已经联络了总主教的秘书，”伯父为难地摇摇头，“回答是一切依主教会议的结果。不能无视总主教和主教的意见而安排日本人的谒见，因为这不只是贸易，还关系到东洋的传教问题。不过,我会努力看看!”

从伯父的话中可以感觉到总主教也想回避我以及棘手的问题。我和伯父、堂兄握手,搭上要送我到上车地方的马车。

外面下着冷雨,我从石板路回到住宿的修道院。除了街灯灯光照射在嵌在十字路口或墙壁上的圣母像上之外,城市暗黑而寂静。我闭上眼睛听着马蹄声,心里描绘着从未见过的巴伦特神父,脑中一直针对着这个神父会怎么反驳、攻击在打转。从某处的窗户传出女人高亢的笑声。

我打开宿舍大楼的门,把玄关上的烛台点上火。从长廊准备回自己房间时,我发觉自己的寝室门前有日本人站着的影子。

“是哪一位?”

烛台火焰照着三个使者的脸和衣服,我知道自己衣服上的雨滴也反射着光线。

“还没休息吗?”

“贝拉斯科先生,”长谷仓的声音懊恼而又无奈,“谒见国王的事,什么时候能决定呢?”

“怎么问这样的事呢?我也尽了力。一个月之后……”

我一只手拿着烛台回答他。一月中旬召开主教会议,在会议上我要和伯多禄会对决。日本人的随从已睡着,建筑物里很冷。我告诉表情僵硬的三个人,在这国家神职人员的决定对王室的外交会产生什么样的影响。

“会议如果顺利……”

“希望如此。谒见国王的事,也会在那时决定。”

“胜算如何呢?”

“不知道。”我微笑,“不过,即使是毫无胜算的仗,身为武士的各位也会出战吧?我也一样。”

“贝拉斯科先生,”西向前一步,“如果有用的话……我一个人皈依天主教也可以。”

在烛光照射下的田中的脸,跟平常不同,看来有信心。

“田中先生和长谷仓先生,”我问,“意见是否相同?”

田中和长谷仓什么都没回答。不过,我可以感觉到他们不像在塞维利亚谈论这个问题时那么顽固。

主教会议那天也下着雨。雨从宗教法庭的屋顶落下,在中庭造成几处黑水洼。一辆接一辆的马车溅起泥水,进入中庭。卫兵一打开马车门,斗篷翻飞,头上戴着红帽的主教们缩着身体躲入伸过来的伞下,消失在法庭中。

两个穿黑色制服的男子在厚重的门前,带领接连进来的主教们就座。贝拉斯科和巴伦特神父坐在相对的座位上。

(这就是巴伦特神父吗?)

他有点惊讶,仔细端详坐在稍远处的椅子上、手放在膝盖处的小个子老人。穿着寒碜的修道服、闭着眼睛、表情疲倦的那个人是巴伦特神父?!

贝拉斯科自从在韦拉克鲁斯接到伯父的信之后,经常想象不久非对决不可的这位神父的样子。想象中,巴伦特神父是一个有张凸显灵活脑筋的脸、有时还会发出讽刺笑声的男子,而不是露出疲倦已极的表情的老人。然而,旁边这位宛如在人生当中精力已消耗殆尽,肩膀下垂、双手交叉置于膝上的小个子老头,他的样子与其说使贝拉斯科放心,不如说伤了他的自尊心——他觉得为这样的老人一直不安的自己是不可原谅的。

巴伦特或许感受到贝拉斯科如刺的视线,睁开闭着的眼睛,把脸转向这边,然后,脸上浮现出慰劳意味的微笑,轻轻地点头。

穿着制服的男子摇响了铃,这是会议开始的信号。脸如秃鹰的主教们各自在贝拉斯科和巴伦特神父的正对面坐下,有的重重地咳嗽,有的彼此交头接耳不知谈些什么。

担任主席的主教站起来,开始念手上的信。内容是:从现在开始，依马德里主教会议的权限，讨论伯多禄会与保禄会之间产生的有关日本传教方法的争议、摩擦，同时也准备确定到达马德里的日本使节的资格。

当主席低沉的声音在静静的房间流动时，其他的主教一动也不动，以死人般的眼睛注视着贝拉斯科和巴伦特神父。

“把问题归纳起来，”朗读完毕的主教向同事们说明，“十五年前，教宗克雷芒八世发布通谕，对以往只准许伯多禄会参与的到东洋日本的传教，往后也准许其他教会参与。保禄会马上派十一名传教士到日本，贝拉斯科神父就是其中之一。他认为一五四九年方济各·沙勿略渡日以来，在日本传教的衰退是伯多禄会的失败，希望加以改善，还对此充满希望。另一方面，伯多禄会说明了日本权力者的急速交替导致的传教困难，那不是传教方法的缺陷所造成的，而是其他方面原因引起的。因此，我们想请双方做详细的说明。”

并排坐成一列的主教们小声地和左右同事商量之后，接受了这个提案。在这之间，贝拉斯科仍然傲然地注视着主教们。伯多禄会的巴伦特神父双手交叉置于膝上，身体一动也不动。

贝拉斯科被叫到之后马上站起来。他故意在脸上挤出微笑，恭敬地对主教给他机会说明在日本传教的看法和体验的光荣表示感谢。

“半世纪之间，的确由于伯多禄神父们的奉献，在日本的传教进行得很顺利。关于这一点，我对伯多禄会的努力和牺牲深表敬意。”

赞美说自己谗言的人，贝拉斯科感到很舒服，因为他知道这是为后面自己的话营造客观印象的方法。他一一举出伯多禄会的成绩，毫不吝啬地赞美一番。等到主教们的眼中露出好奇的眼神时，他话锋一转，强有力地说：

“不过……伯多禄会不知不觉中也犯了过错。他们没想到他们的错误带给日本传教士多么重大的挫折。”

贝拉斯科说到这里，脸朝向伯多禄会派来的巴伦特神父。但是，巴伦特神父仍然闭着疲倦般的眼睛，丝毫未动，看不出对刚才他说的话是听了还是没听。

“伯多禄会的错误是把日本也和其他国家一样看待。然而，日本跟我们祖先征服的其他国家不一样，因为他们受到广阔的太平洋的保护，尽管没有天主教，仍然维持良好的秩序，有力量强大的军队。日本人跟懒惰的人种不同，他们聪明而狡猾、自尊心很强，若自己或自己的国家遭到侮辱，就像蜜蜂一样会群起而攻之。在这样的国家，不采取适合那一个国家的传教方法是不行的，不能侮辱他们，也不能激怒他们。然而,伯多禄会却采取相反的行动。”

贝拉斯科说到这里暂停下来,确定一直以如死人般的眼睛注视着自己的主教们脸上浮现出兴趣和关心的表情之后,行了个礼,问:

“我可以做具体的说明吗?”

“我们是为此而聚在这里的。”主教之一点点头。

“例如伯多禄会在长崎拥有无用的领地。那对他们而言,是传教的财源,但是,会给异端的日本人带来不安与疑惑,因为日本人不允许在狭窄的岛国土地上让异族拥有殖民地。不仅如此,伯多禄会会士有传教热心之余,还烧掉许多日本人信仰的佛像。的确,在墨西哥烧掉印第安人的祭坛也不会妨碍到传教,但是,在日本如果做同样的事,只会引起可能成为神的子民的人无谓的反感而已。被称为‘太阁’①的权力者了解这事实,放弃以往的宽大态度开始采取迫害手段的事实,也证明了这一点。迫害其实是因为那些过失产生的。伯多禄会不能逃避这些责任。但是,他们闭着眼睛,向罗马和马德里说自己已尽了力,传教至为困难。”

他一口气说到这里,又恭敬地点头,沉默。那沉默是让听

① 指丰臣秀吉。

的人引起好奇心的空隙。“不过，”贝拉斯科又以激昂的语气继续说，“不过……在日本的传教还有希望……现况的确不好，但我认为可以改善。这希望并非像伯多禄会所责难我的那样，是脱离现实的空想。否则，我也不会带着信函，带着日本使节到这里来。”

这时，低着头的巴伦特神父抬起头来。贝拉斯科看到他脸上缓缓浮现出苦笑。那苦笑有如大人看着笨拙的小丑而露出的怜悯笑容。贝拉斯科按捺住上涌的愤怒，继续说：

“使者们——不，日本人想从墨西哥获得贸易的利益。日本小而贫穷，因此日本人为了利益什么都会做。这是他们的优点，也是缺点。给他们一点甜头，以换取传教的自由，这对教会而言并无损失。不要让他们受辱，不要引起他们反感，而且给予利益让他们允许传教，我想迫害的行动一定会结束。”

雨声，又传入这房间。主教们保持沉默，倾听贝拉斯科的意见。

“日本人为了利益，任何事都做得出！”贝拉斯科反复说，“有时连自己的心都会出卖。”

雨声仍然继续响着。武士坐在床铺上，以困惑的眼光环顾房内。这个房间和到墨西哥之后经常住的许多修道院的房间一样，一张朴素的床、一张朴素的桌子，以及桌上摆着的蔓草花纹的陶制水壶和水盘。凸出的墙壁上，双手被钉在十字架上的瘦削男子低垂着头。

“这样的男子……”武士常常如此，现在也有相同的疑问，“为什么受人朝拜呢？”

他想起曾经看过的类似的罪人，坐在无鞍马上、双手被绑在树枝上绕街游行的罪人。这个男子也和那个囚犯一样丑陋、污秽，肋骨凸出，腹部由于长时期的饥饿都凹陷下去，只在腰间缠一块布，以像铁线的双脚支撑着在马上的自己。武士觉得墙壁上的像就像那个罪人。

（如果，我也拜这个人……谷户的人会怎么想呢？）

心中马上浮现出那样子的自己，无可言喻的羞耻涌上心头。他虽然不像叔父那样打从心底信佛，不过到寺庙祭拜时，对美丽的佛像自然会低下头，站在有清水流着的神社前，自然会想击掌。然而，对这般无力、不起眼的男子，不可能产生神圣的、高贵的感觉。

（那些商人……）

在墨西哥分手的日本商人们也应该和自己有同感。但是，他们为了顺利取得和墨西哥的贸易机会，在教会跪下，接受南蛮人的洗礼。武士看到那光景，心情复杂，包含轻蔑与羡慕——对于为了利益连心都出卖的肤浅感到轻蔑，对于为了利益什么都做得出的厚颜感到羡慕。然而，西九助说现在为了完成使者的任务，接受只是形式上的洗礼。的确，那不是出自内心，只不过是形式罢了。武士也明白为了藩主、为了完成任务，任何虚假的事都非做不可。虽然了解，却做不来。

（这可办不到……）

成为天主教徒就是背叛谷户。谷户并非只是在那里生活的人的世界，所有活着的人的祖先和亲戚都在那里静静地看护着大家。武士死去的父亲和祖父也一样，只要长谷仓家存在就不可能离开谷户。那些死者不可能允许武士成为天主教徒。

伯多禄会的巴伦特神父缓缓地从椅子上站起来。他也向主教们点头，双手在胸前合掌，然后以稍带嘶哑的声音开始说：

“住在日本三十年的我亲眼看到贝拉斯科所说的伯多禄会的过错，因此现在我并不否定他所说的话。我们教会的确太急了，也因为太急，有时也做得过火。可是，日本的迫害并非完全起因于太过分的行为。贝拉斯科神父的话中有巧妙的夸张地方，而且他的希望也过于乐观。”

贝拉斯科紧握膝上的拳头，但脸上仍然勉强堆出笑容。

他在主教面前非表现出从容不迫的神态不可。

“我不得不说的是……贝拉斯科神父带来的使节,不是在日本称为将军的使节,他们的主人不过是在日本东国持有领土的众多贵族之一。我想即使这次使节的派遣获得日本皇帝的认可,他们也不能称为可代表一切的正式使节。”

他把手捂在嘴上,轻轻地咳嗽。巴伦特神父不像贝拉斯科那样有时加重语气或停顿,以吸引主教们的注意,只是毫无抑扬地以缓慢的语气说明事情而已。可是,这神父一开始就刺中贝拉斯科最软弱的部位。

“刚才贝拉斯科神父说日本人难以侮辱,也说他们拥有其他东洋国家无法比拟的智慧、狡猾、对利益的敏锐。我们的看法也一样。既然看法相同,在这里请可敬的各位主教想一想,和贝拉斯科一道来的日本使节,既然不是正式的使节,他们带来的信函中有关传教的部分纵使写得再好听,日本人也马上可以这么说:那不是皇帝的承诺,只不过是一个贵族的承诺,他们不是正式的使节,是个人的使节。”

巴伦特神父说到这里又轻轻地咳嗽。

“依我长久的经验,这是日本人惯用的策略之一。制造随时可以逃避的借口,是日本人的做法。例如,战争开始,在胜负不明时,日本的贵族兄弟常加入不同的阵营,因为无论哪一边胜利，贵族一家都可以对胜利者辩解说，自己的兄弟投靠敌方，并非我们家的责任，是他们自己任意这么做的。那些使节也是在日本人这样的智慧下被送到墨西哥的。换句话说，日本人希望的不是传教，而是以传教的自由为饵，目的在别的方面。”

“那么他们希望的是什么呢？”一个如黑秃鹰的主教手撑着下颌问，“除了与墨西哥通商之外，日本人的企图是什么？”

“偷窃横渡太平洋的航路和航海技术。他们在这次航海中应该已经偷到了。”

主教之间响起嘁嘁喳喳声。嘁喳声一停，他们的视线从巴伦特神父身上转向坐在椅子上表情僵硬的贝拉斯科。贝拉斯科一只手微微举起，要求发言。一位主教点点头，他红着脸，声音颤抖。

“谨向各位主教报告，在今天的日本，无论哪一位贵族，在没有皇帝的许可时都不可能释放被拘禁的西班牙船员到墨西哥，这可证明从日本来的使节获得了皇帝的认可。而且，日本的皇帝本身也希望和墨西哥做贸易，这件事从十年前直接寄到菲律宾的书信中也很清楚地表达了。顺便一提，巴伦特神父所属的伯多禄会在距今三十年前，曾将在日本如同乞丐的四人伪装成有声誉的大贵族的儿子，谎称是正式的使节而派到我们的国家和罗马,这件事相信大家都知道的。"

贝拉斯科一坐下来,巴伦特神父就缓缓地站起来,椅子发出咿呀声。这一次他仍然双手合掌置于胸上、干咳了两三次。

"不错,日本的皇帝是希望和墨西哥做贸易,可是,那时也坚持承认贸易但不许传教的方针。实际上,在那个都城,许多信徒被处火刑,所有传教士都被从领地驱逐出去。很明显的,使节们的藩主也有一天非依从那方针不可。因此,这些使节的藩主即使承诺保护传教士和传教的自由,那也并不等于是日本皇帝的承诺。"

"你……"坐在椅子上的贝拉斯科打断对方的话,"不,你们伯多禄会似乎已死心,以为无法让迫害结束。可是,我认为可以让你们挑起的日本人对天主教的厌恶再度消失。"

贝拉斯科忘记主教们注视着,竟提高嗓门。巴伦特神父看到贝拉斯科赤红的脸,脸颊上浮现出和刚才一样同情似的苦笑。

"可以让它消失吗?我不认为那是容易的事。"

"为什么?"

"因为我认为那些日本人……这是我在长期旅居生活中了解的,是在这世界里最不适合我们信仰的人。"这时,讽刺的苦笑从神父的脸颊上消失,他这次以悲伤的眼神看着贝拉斯科,“因为日本人本质上对于超越人的绝对性、超越自然的存在,以及我们称为超自然的东西并无感觉。在三十年的传教生活中……我好不容易才察觉到这一点。要告诉他们这世界的无常并不容易,因为原本他们就有这种感觉。然而,可怕的是,日本人有享受这世界无常的能力。由于这能力足够,他们享受停留的乐趣,也由于这感情,他们写了许多诗。然而,日本人并不愿从那儿提升,也不想提升之后再追求绝对的东西。他们讨厌区分人与神的明确境界。对他们而言,如果有在人之上的东西,那么,有一天人也是可以达到的。例如,他们的佛是人舍弃迷障时的存在。对我们而言,即使有与人完全不同的自然,那也是包含人在内的全体。我们在纠正那种感觉上失败了。”

主教们对巴伦特神父意外的话保持深深的沉默。在派到遥远国家的传教士中,没有人说出这么绝望的话。

“他们的感性经常停留在自然的次元,绝不再提升。在自然的次元中,那种感性微妙、精致得令人吃惊。但是,那是在别的次元无法把握的感性。因此,日本人无法了解与人不同次元的我们的神。”

“那么……”其中一位主教无法同意似的摇摇头,“曾在一段时期多达四十万人的日本信徒……信仰的是什么呢?”

巴伦特神父低着头小声地回答。

“不知道。”他闭上痛苦的眼睛，“皇帝一禁止天主教，他们之中的大半就像雾一样消失了。”

“像雾一样消失了?”

“是的，就连我们一直都认为是好信徒的日本人，在被迫害的同时就失去信仰的例子，多得无限。身为贵族的领主一抛弃天主教教义，他的家族和武士就几乎全部离开教会；村长一弃教，村民也几乎都脱离教会。而且，令人吃惊的是，他们却是一副若无其事的面孔。”

“毫无抛弃神的良心的苛责吗?”

“从前，每次翻开地图，”闭着眼睛的巴伦特神父小声地说，“日本的形状就让我联想到一只蜥蜴。不过，不只是那个国家……日本人的本质也是如此，这是我后来才明白的。我们传教士有如因切断蜥蜴尾巴而高兴的小孩。但蜥蜴即使失去尾巴仍然活着，而被切断的尾巴不久又长成原状。尽管我们教会已经传教长达六十年，日本人却毫无改变，回到原状。”

“巴伦特神父！希望您能对回到原状的意见说明一下。”

“日本人绝不会一个人生活。我们欧洲传教士不了解这事实！这里有一个日本人，我们要让他更改信仰。可是，‘他’并不是一个人活在日本，他的背后有村子，有家。不！不只是这些,还有他死去的父母或祖先。他的村子、家、父母、祖先如活着的生命般和他紧密地结合在一起。因此,他不只是一个人,而是背负着村子、家、父母和祖先的一切的总体。回到原状的意思是,他……回到和自己紧密结合在一起的世界。”

“巴伦特神父,我们还不十分理解。”

“那么,让我举个例子。日本最初的传教者方济各·沙勿略开始在日本南方传教时,他碰到的最大障碍就是这个。日本人这么说:‘天主教的教义很好,可是,到我们祖先不在的天国是背叛祖先。死去的父母和祖先跟我们紧紧结合在一起。’我要说明的是,这不只是单纯的祖先崇拜,而是强烈的信仰。要消除那种信仰,对我们来说六十年还不够。”

“各位可敬的主教!”贝拉斯科打断神父的话,“这位神父现在说的话太过夸张。在日本也有为天主教教义舍命的殉教者,怎么可以说日本人不相信主呢?在日本传教的希望绝未消失。”

这时,他拿出证明自己话是真话的王牌。

“这个事实,从我带到墨西哥的日本商人中有三十八人在墨西哥的圣弗朗西斯科教会受洗就可以明白。而且,现在很有耐心地等候主教们公平裁决的三位日本使节之一,也答应我,希望在马德里成为教会之子。”

武士躺在床铺上听着雨声，看着吊在墙壁上、两手交叉在后颈部的裸体男子。房间里只有武士和这个男子。

门开了，田中太郎左卫门进来。雨滴在他衣服上如露珠般发光。

“很累吧？西也回来了吗？”

武士从床铺起身，盘腿而坐。虽然同是召出众的身份，但是他对年长的田中仍然尊敬三分。

“他仍在雨中的街上逛。我讨厌被人指指点点，所以先回来了。”

无法宣泄似的说完后，他从腰间拔出刀来，用布擦拭湿的后鞘。在墨西哥也一样，他们走在街上被人指指点点，而来到这西班牙更让人心烦。尾随的好奇者感到稀奇似的摸摸衣服或刀子，说些什么话，其中也有要钱的小孩。可笑的是连日本人丢在路上的擤鼻涕纸，大人也都抢着捡。刚开始对这情形发笑的日本人，对逐渐不客气的视线和询问也开始感到为难。

“贝拉斯科的讨论结束了吧？”

田中脱下被雨淋湿的皮鞋，自言自语般地细声说。那双皮鞋是在塞维利亚，武士、西和随从都一起买的。

“还没结束哟。”

“有了争执？”

武士点点头。田中也同样在床铺上盘腿而坐。

“长谷仓,如果在这次讨论会上贝拉斯科失败的话……我们就这么厚着脸皮回日本?”

武士眨眨眼,沉默着。他不知道该如何回答。贝拉斯科说,能否进谒国王,以及呈递书函,都取决于今天讨论会的成功与否。在贝拉斯科为了出席讨论会于今早搭马车出去后,三人心里仍然不踏实,武士和田中仿佛也了解西在雨中徘徊的原因。

“这样子行吗?就这样子……”

田中以强烈的眼光注视着武士。

“我可不愿意在亲族面前毫无面子,在长久以来希望取回旧领地的亲戚面前抬不起头来。”

武士的想法也一样。他望着流在窗上的雨。

“长谷仓!”田中很苦恼般地细声说,“和西一样,我也想成为天主教徒。我讨厌天主教,可是事到如今……也没有办法。我这么想,打仗时,为了欺敌也有向敌人低头叩头的时候,不过内心可不屈服。昨夜我也对自己这么说。”

“松木忠作……”

“现在如果相信松木所说的话,怎么办?松木说过为了斩断召出众想要回旧领地的念头,评定所才把我们送上这旅途,我并不这么认为。在这次旅途之中,我所依赖的是和白石先生的约定。我想松木是受到和白石先生唱反调的重臣的影响……喂,长谷仓,你怎么想呢?”

“皈依天主教……虽说是为了方便起见……总觉得背叛长谷仓家和祖先……”

“在这一点上我也一样,我并不想放弃祖先所信仰的宗教。不过,我们不是从内心放弃。而且,要不回继承自祖先的土地,不是更大的不孝吗?”

武士苦撑着即将崩溃的心。雨声突然让他想起谷户的梅雨——朝朝日日都被关在家里、家中弥漫着种种臭味、丢入围炉的枯枝熏得小孩咳嗽的谷户的梅雨季。土因雨而崩塌……

“长谷仓,好好考虑吧!”

武士望着挂在墙上的男子像。在渡过广阔的大海的日子,在船中,商人们每天听贝拉斯科说这个男子的故事。贝拉斯科说他背负人的罪业而死。贝拉斯科微笑着说明,像战败的城主为了挽救家臣的生命而自决一般,为了向神祈求宽恕背叛神的人,他死了。——那么,这个男子也和其他人携手背叛神吗?——不!不是的,他没犯过任何过错,从未背叛过神。不仅如此,他代替大家去死。

商人们尽管不相信这荒唐无稽的故事,却点点头。这样的男子对他们而言，有如代替铁锤的路旁的石头，一用完就会丢掉。向这个男子合掌，如果有助于与南蛮人的贸易，那么先做出祭拜的样子，之后再舍弃就行了。商人们的本意是这样子。

“我……”武士眨眨眼睛，“和那些商人哪里不同呢？”

武士心想：又丑又瘦的男子，毫无威严也不英俊，只是看来寒碜。纯粹让人利用之后就抛弃的那个男子，出生在陌生的土地、早就死去的男子——和自己毫无关系。

“我不否定洗礼的事实。”巴伦特神父叹了口气，从椅子上站起来。他对反驳贝拉斯科也觉很难过似的大大耸耸肩。“可是，我们也不知道他们是否真正从内心里企求这些。”

“这是什么意思呢？”刚才那位主教问。

“我已经说过，迫害一开始，日本的信徒就有一半像雾一样消失，等到迫害严重时，那剩下的一半也若无其事地放弃了天主教的教义。比起接受洗礼，如何继续维持信仰更重要，而且，比起制造在迫害中的暂时的信徒……”

“各位可敬的主教，”尽管巴伦特神父的话还没说完，贝拉斯科似乎已忍耐不住，插嘴说，“对现在巴伦特神父侮辱的话，为了三十八个日本人和充满喜悦而想更改信仰的使者的名誉，我要抗辩。刚才的话对神职人员而言是可悲的，为什么呢？因为连从他的手受洗的许多日本信徒也侮辱了。”

“我没有侮辱他们，只是说明事实而已……”

“纵使你的话是事实，”贝拉斯科大叫，“你似乎忘了，洗礼的圣事是超乎人的意志的，是神给予的恩宠。是的，如果他们的受洗含有那样不纯的动机，主从那天起不会不把他们当成问题的。如果那时主对他们有益，主也决不会放弃他们。而且……”

说到这里，他停顿了一下。

“而且，我现在想起圣经中主教诲若望的话。若望想责备利用主的名字为人们治病的男子时，主这么说：‘谁不反对你们，就是倾向你们。’……”

突然，贝拉斯科一瞬间感到胸口宛如被利刃刺到般疼痛。他知道那些日本商人并不相信自己讲的道理，了解他们只是为追求贸易的利益而利用洗礼。他虽然明白，却假装不知。

“主教会议不是用来听有关受洗的神学。”坐在角落的主教举手发言，“对于这次的使节，我们必须确定他们是日本正式的使节还是贵族的私人使节。不过，在这之前，我们要知道日本对天主教的迫害是暂时性的，还是可能持续长久呢？”

“在日本的迫害我认为既不是暂时的，也不是永远的。”贝拉斯科注视着那位主教,"现在在当权者的大城江户及其势力范围内的确存在着迫害天主教的事实。伯多禄会认为这种迫害和压迫会一直持续下去,但我们不这么认为。现在这位当权者讨厌天主教,但同时他并非愚蠢到漠视与马尼拉、澳门进行贸易所得的利益。如果西班牙能给他在马尼拉和澳门之上的利益,迫害的情况会缓和下来,这是他的本意,也是我们的看法。我也说过好多次了,我的看法是:借着给予这位当权者利益,纵使对我们传教的自由多少有所限制,但仍可以让他承认我们。迫害既不是暂时的,也不是永远的,可以借着我们的力量使它停止。"

"我想听听巴伦特神父的意见。"

发言的主教对贝拉斯科的话点点头之后,才催促双手交叉、低着头的巴伦特神父。

"迫害会继续的!"神父又咳嗽一声,以含痰的声音、忧郁的语调回答,"现在只是部分地区的禁教,将会扩大到日本全国吧!如果是十五年前还会有一些希望,那是因为贝拉斯科神父口中所说的当权者还有强敌丰臣秀吉的存在。可是,强敌丰臣家逐渐失去力量,被孤立在大阪城,不久之后将会被消灭。那么,能够与这位当权者相对抗的贵族,在日本找不到一人。他的确希望获得贸易上的利益,不过也开始认为和新教徒接近比较好。因为,新教徒和他约定只从事贸易而不传教。”

“那么就这样子,”贝拉斯科大声说,“把日本交给新教徒吗?这会影响到西班牙进出东洋……”

讨论持续了一段时间,外边早已被黑暗笼罩。主教们疲惫已极,有的打哈欠,有的耸耸肩。贝拉斯科也觉得全身疲倦。他闭上眼睛,心里细声念着基督断气前所说的最后一句话:“父啊!我把我的灵魂交托在你手中。[①] 我做了一切,其余就请你决定。”

走下老旧修道院特有的潮湿、发霉的楼梯时,武士耳中传入荒腔走调的沙哑声音:“田神啊!欢迎您来。请坐,请用餐!”武士一听就知道,那是在藩主的领地插秧时,女人们边插秧边哼着的歌。在跳舞的地方,武士听了一会差劲的歌声,斜靠在灰色墙壁上的男子慌忙停止唱歌,低着头回自己的房间。那是西九助的随从。

走廊深处传来发怒的声音,与藏在叱责一助和大助。

“谁都想回去!就连家形[②]也希望早一天完成任务……这

① 摘自《圣经新约·路加福音》第二十三章46节。——编者注

② 对身份高的人的尊称,这里具体指武士。

么任性!”

之后,传出巴掌声和边哭边辩解的声音。

武士站在昏暗中,眨眨眼,听着他们的对话。一定是一助和大助抱怨想回谷户的话被与藏听到。武士深深了解想回去的一助和大助的心情,以及非斥责他们不可的与藏的心情,感到心疼。

“还固执什么?”他感觉耳中听到另一种声音,“只因为你一个人任性,随从们回谷户都得延迟。为了任务,为了那些人,表面上成为天主教徒不也无妨!”

“这么任性!”

又传出宛如拍打湿毛巾似的打耳光的声音。“够了!够了!我很疲倦了!”武士对自己说,任性的不是一助或大助,而是自己。

“与藏。”他小声地说。三个灰色影子转向这边,惶恐地低下头。“不要再骂了!一助和大助想回家也是常情。即使是我,心情也一样。这阵子,老是梦见谷户……与藏,我和田中、西都决定皈依天主教。”

他说完时,三个影子都震颤了。

“因为这样,为了在这个国家完成任务……为了让你们回到谷户……这样对这些都会有帮助。”

与藏抬头看了主人的脸一阵子,像是安慰主人似的。

“我也皈依……”他的声音很小,若有似无。

贝拉斯科在主教们于另室得出结论之前,坐在小休息室的硬木板椅上。“父啊! 我把我的灵魂交托在你手中!”继续小声祈祷。

(父啊! 我把我的灵魂交托在你手中。如果主不把日本从广大的世界中舍弃,而且也愿意为日本背负十字架的话,父啊! 我把我的灵魂交托在你手中!)

(日本,小聪明的日本、狡猾的日本、圆滑的日本。一切如巴伦特神父所说的,那个国家是毫不追求永远与超越人的东西的。不错,在那个国家没有人听你的话。确实如此,那是装作同意、点点头,其实心里想着别的事的日本。他们就像即使把尾巴切断,结果仍恢复原状的蜥蜴。我有时憎恨蜥蜴般的岛国,但不仅如此,由于是那样的国家,才激起我想征服它的斗志。日本,正因为是以一般的方法解决不了的国家,我才想和它决斗。)

休息室的门发出咿呀声。被雨淋湿、手拿着宽帽的堂兄唐路易斯出现了。他用手指玩弄着帽缘,怜悯地看着堂弟。

“主教们刚刚走了。”

“胜算如何呢?”

贝拉斯科移开遮在脸上的手,疲倦已极般吐了口气。

“不知道。塞龙主教他们大力反对,萨尔瓦铁拉主教说即使他们不是日本正式的使节,也应该以礼相待。”

“要上奏陛下请准谒见吗?”

路易斯耸耸肩,意思是一切都不明白。

“总之,如果想打赢这一仗,必须有什么可以打动主教们的心的东西。”

“如果日本人受洗,主教们会动心吗?”

“不知道。不过,该做的就做。我们会帮你的忙。”

第七章

在面向祭坛、坐在最前排的田中太郎左卫门和武士及西九助背后，并列坐着与主人一起受洗的随从。而祭坛的左右排列着作为受洗者代父①的贝拉斯科的伯父和堂兄们，以及穿着褐色修道服、腰上缠着带子的修士。由于一般信徒也可以入场，连入口附近的座位都坐满了人，不过，其中大半是贝拉斯科家族成员和他们请来的客人。

田中闭上眼睛。西脸朝向祭坛上如飞蛾般跃动的众多烛台的火焰。背后偶尔传出与藏等随从的擤鼻涕或咳嗽声，武士对他们每一个人现在以什么心情坐在这里感到不可思议。

武士自己也觉得恍如置身梦中。在谷户，让细雪飘在脸上、和准备过冬的百姓们劈柴的自己，在围炉旁对叔父的长长

---

① 《天主教法典》规定，受洗者需有一位代父或代母。代父母的职责在于协助受洗者开始教徒生活等。——编者注

牢骚点头的自己，这些都宛如遥远往事。那时候，武士绝未想过自己会来到这么遥远的异国，会在这样的天主教教会、在南蛮人的围绕下受洗。叔父和妻子里久如果目睹这幅光景，会受到怎么样的冲击呢？他甚至连他们的表情都无法想象。

在朱红色衣服外穿着白色上衣的少年手持蜡烛出现了。接着圣方济各教会的主教在贝拉斯科和某一位主教的陪同下，跪在祭坛前面。日本人在代父们的暗示下，依事先教导的方式双膝跪在旧而有裂纹的大理石地板上。

根本不懂的拉丁语祈祷持续了许久。武士直视祭坛背后的大十字架，与被钉在那里的瘦削男子相对。

“我呀……没有拜你的意思。”武士眨眨眼睛，抱歉地嘟囔。

“我也不知道南蛮人为何敬拜你。听说你是背负着人的罪而死的，但是，我并不认为我们的生活因此而舒服。我很清楚谷户的百姓们过着凄惨的日子。你的死，并未带来任何改变。”

武士想起谷户的冬季，风吹过每一户人家——拥挤得像家畜棚子的家，想起饥饿时吃尽所有能吃的东西、为找寻食物而弃村的百姓的故事。贝拉斯科说这个可怜的男人拯救了人类，可是，所谓拯救是什么意思，他不知道。

这几天，从早到晚，贝拉斯科都在教武士们洗礼仪式的准备事项。每次，贝拉斯科都会说天主教的教义和这个干瘦男子的生涯。那对日本人而言是关系淡薄、无实感的故事。许多人打呵欠，也有人低着头打盹。贝拉斯科一发现有人打盹，脸上马上闪过怒意，但是，他为了压抑它，勉强在脸上挤出一丝微笑。

对于贝拉斯科所说的耶稣的生涯，武士也觉得奇怪。他的母亲并未接触过男人，在马厩生了这个男子，之后，悄悄地变成木匠的妻子。可是，耶稣一出生就被认定是拯救人民和国家的王，依上天的声音抛弃故乡，在名叫若望的先知那里修行。耶稣最后回到故乡，有许多弟子，让许多人见识到他神奇的力量，教他们生活之道。他由于名气太大，遭到寺院和僧侣的憎恨，蒙受种种艰难，虽然无罪也被处极刑。耶稣认为那是上天决定的道路，接受这苦难而未加抵抗。三天后，他在墓中复活升天。

武士不知道为什么这么奇怪的事，如贝拉斯科这样的男人也相信呢？不只是贝拉斯科，所有南蛮人都认为那是真实的，武士也无法理解。而且，对于在日本也有遵从这么讨厌的天主教教义的人，武士也感到不可思议。

“人很难脱离罪业，我想各位也深深了解。不过，人可以靠自己的力量而获救,并被这位称为耶稣的神明拯救。憎恨耶稣的耶路撒冷寺院的僧侣们过分相信依自己的力量可以获救。但是,天主教认为因为有耶稣的力量,人才能到达真正的净土。为什么呢?因为耶稣背负了我们难于拯救的罪业,而且经受了万般艰苦。”

武士茫然地听着贝拉斯科的话,偷瞄闭上眼睛的田中和西。“一切都为了任务!”田中的声音在武士耳中响起。死后复活——这种事当然不能相信。

“各位害怕死亡,怨叹世事无常。日本的僧侣说死后轮回,谈永劫流转。但是,天主教也说我如今和耶稣一样在高远的净土复活,这都是靠着耶稣的力量才能做到。耶稣强有力地、坚定地告诉我们,我们具有从罪恶的泥沼中爬出的力量和从死亡中解脱的力量。因此,耶稣真正是率领我们的王。”

贝拉斯科讲到这里突然降低声音,为了吸引大家的注意而轻轻地、细细地述说。

“各位是认为永劫流转的轮回好而活在这世上,还是希望在充满大幸福的天国复活?或者相信如日本僧侣所说的‘善本修习’才是拯救之道?还是了解到自己能力的不足而依靠耶稣的慈悲呢?何者是贤明之道,何者是愚蠢之路,只要想一想,答案是很清楚的。”

可是,为什么上天会给耶稣如贝拉斯科所说的玄妙、不可思议的力量?贝拉斯科说,那是耶稣出生之前的口谕,而这口谕是神的话。

“是为了任务!”武士对自己说,“一切都为了任务!”

使者三人的代父从并列于两侧的人群当中站起来,以身体的动作指示田中、武士和西前进到祭坛旁边。握着水盘的贝拉斯科和手拿银水壶的神父向主教两侧靠近。

主教嚅动营养充分、血色良好的嘴唇,以田中、武士和西不懂的拉丁语不知问些什么。贝拉斯科很快地将它译成日语,细声要三人回答“我相信”。

“你相信主耶稣基督吗?”

“我相信。”

“你相信主耶稣基督的复活与无终的生命吗?”

“我相信。”

每次贝拉斯科一催促,田中、武士和西异口同声如愚蠢的鹦鹉般重复着“我相信”时,武士心中就涌现后悔之念。即使对自己说不是从内心相信,是为了任务,但在现在的瞬间,他心中仍产生了有如背叛父亲、叔父和里久般的悲哀情绪。伴随着苦涩的感情,有如女性不得已和既不喜欢也不信任的男子同睡般的厌恶感。

三个人的头歪向侧边，主教从神父手中接过银质水壶，倒水在各人额上。水从额头沿着武士的眼睛和鼻子流下，把贝拉斯科手中的水盘也沾湿了。这就是洗礼——对武士们而言只是形式，对教会来说却是无可撼动的圣事。

我们敬爱的神耶稣

你的爱降临我们身上

愿爱的火焰燃烧

这一瞬间，从圣堂入口附近传来小小的喧嚷声，那是出席者为祝福日本的使者众俯伏在神的荣光之前开始齐声唱祈祷词。主教让田中、武士和西手持火焰摇晃的蜡烛，作为代父的贝拉斯科的亲戚跟在左右，回到座位上。那时，武士看到身旁的贝拉斯科浮现出惯有的微笑，望着祈祷的出席者和日本使者。

“只是形式而已！”武士双手合掌，难过地对自己说，“我不是打从内心相信的，很快就会把今天的事忘了吧？今天的事……”

随从们也在主人之后把额头伸向水盘之上。

大家站起来，田中、武士和西也站起来；大家跪下，田中、武士和西也跪下。洗礼仪式进行到弥撒，主教在祭坛上张开双手读福音，在面包和圣杯之前鞠躬。这是面包化为基督的肉体、葡萄酒化为基督的血的仪式，在对圣事的意义和内容都不了解的三人看来，只是不可思议的奇妙动作罢了。

跪在三人旁边的贝拉斯科小声地告诉他们：

“面包是主的身体。跟着我向主教捧着的面包和圣杯行礼！”

圣堂被深深的寂静包围，主教双手捧着又白又小而且薄薄的面包，口中不知祈祷着什么。修士和信徒也跪下深深低头。武士们对那些动作的意义都不了解，只知道现在对自己而言是严肃的瞬间。

“只是形式！”武士没祈祷，再次对自己说，“我根本不想拜那悲惨的男子！”

铃响了。寂静中，主教又放下面包，双手把纯金的圣杯高举到头上。那是葡萄酒化为基督血的瞬间。

“只是形式！”武士跟着大家低头，又重复说，“我什么也不信。”

武士自己也觉得不可思议，为什么会对着这干瘦、两手被钉的男子生气呢？如果真的只是形式，就没必要像这样子在心中重复说相同的话，而且，也应该不会涌起如胃液般苦涩的情绪,也应该不会有如背叛父亲、叔父和里久一般的悲哀心情。

武士眨眨眼睛,不让贝拉斯科和代父们发觉,偷偷地摇摇头。摇头,是想把心中的固执赶走。他好多次想让自己同意:我很快就会忘记他,不用担心。

长长的洗礼仪式结束了。主教、贝拉斯科和作为代父的贝拉斯科伯父纷纷伸出双手握住三个使者的手,那姿势有如向所有参加者夸耀似的,握着的手久久不放开。日本人走向出口,从周围的座位上有几束花丢过来。贝拉斯科翻译大家的祝贺词:

“祈求你们的国家——日本——成为神的国度!”

从受洗日开始,马德里的石板坡路每天都被雾雨沾湿。雾雨中,三个使者在贝拉斯科带领下坐马车去访问有力人士和贵族。马车中,贝拉斯科一再重复说明他们的援助是多么重要。

尽管心里知道这是任务,可是在有力人士面前低头、说长长的谢词,对在谷户长大的武士而言是痛苦的。特别是被招待午餐或晚餐时,三个人常在语言不通的情境当中因担心失礼而一直紧张。

对访问的痛苦和餐桌上的紧张还可以忍受，他们最受不了的是所访问的有力人士或神职人员对日本无知的问题。知道他们把日本人想成和墨西哥的印第安人一样时，武士们感到屈辱。

“对离开对佛的迷信和邪神而相信我们的主的日本人的来访，我们感到很高兴。”

神职人员以似乎是轻视的态度说，武士感到类似富者对贫者施恩惠的骄傲。对于父亲、叔父以及里久信奉的佛受到这般轻蔑，武士当然不愉快。（我不是天主教徒！）武士眨眨眼。（这些人崇拜的基督，今后我不再拜祂。）

可是，一旦在众人面前受过洗，日本人就得出席每天早上在宿舍的修道院举行的弥撒。寒冷的早晨，天未大白，钟声响起，大家和修士们一样手持烛台在长廊下排成一列进入圣堂。在只有烛火照亮四周的祭坛上，那个干瘦男子张开双手。神父小声地唱拉丁语的弥撒经文，最后把面包和圣杯高举到头上。每次，武士都想到谷户，想到在谷户山上祭扫父亲和族人墓地时的自己。“这不是我，这不是我的本意！”武士对自己说。

“你对自己成为天主教徒不觉得难过吗？”弥撒之后，武士悄悄地问西九助。

西毫不顾虑地笑了，回答：

“弥撒,还有弥撒时唱的歌,以及风琴,一切都很稀奇。听那歌曲或风琴的曲子,我有时还会陶醉呢!我现在才深深理解要了解西洋,不能避开天主教的道理。”

“那么,你想拜那个男的吗?”武士这时对不像自己那样有异样感的西的年轻和好奇心感到羡慕。

“没有拜的意思。不过……我并不讨厌弥撒。那是日本的神社或寺中没有的。”

贝拉斯科似乎很得意,因为主教们对日本人受洗开始有了好感,把使者众作为正式的使节相待的声音一天比一天强烈。其结果,王室也会传达正式谒见的日期吧!然后,使者众带来的藩主的亲笔函也会被接受,日本的要求也会被公平地考虑吧!贝拉斯科如此告诉武士们。

这么一来,不久就可以回国。想到这里,武士们心中充塞着有如漫长冬季过后,谷户的百姓们期待春天融雪时候到来般的喜悦。

“各位的受洗有了回报。”贝拉斯科脸颊上浮现出惯有的微笑,“主对于通过教会之门的人一定会给予某种东西。”

马德里的教会知道从地的尽头来到这国家的日本人改信天主教时,一举舍弃了顽固的偏见。我们每天访问职位高的神职人员，接受他们的贺词。现在，一切都开始好转。

主教会议的结论几天之内就要公布，在伯父与堂兄的感觉中，几乎所有的主教都倾向于承认使者们是日本正式的使节，应被给予适当的对待，要求谒见国王也是“应该的”的意见。对这件事，巴伦特神父以及他背后的伯多禄会不知为什么都沉默着。这种令人不悦的沉默不知是否该被作为他们承认失败的象征看待？

“他们输了。而且我也输给你了！”伯父很高兴，“虽然阻碍越大越奋战到底是我们这一族的特征，不过，你身上的这种血液特别浓。我也有过你要是当政治家就好了的想法。”

他抱住我的肩膀，我的心情也就松懈下来。

“在主的弟子当中，被称为雷霆之子的雅各伯或许和我相似。个性强烈也受到主喜欢的那个雅各伯……”

今天，在堂兄家商讨主教会议的裁决后，我没坐马车，徒步回到作为宿舍的修道院。走在修道院附近的雨后的石板斜坡路上，我仰望雨云飘逝。斜坡路旁几个马车夫坐在酒桶上不知谈些什么，此外，没有人影。我为了感谢主，照平常的习惯正想玩玩口袋里的念珠。

就是那时候，我仿佛听到有笑声传出，那是因什么事而忍不住的女人笑声。回过头来看，马车夫们已不见，斜坡路上杳无人影。

瞬间,我对自己所做的一切感到有如雪崩般的空虚感。自己所做的事都是徒劳,一切的企图变得无意义,信仰其实是为了自我满足,感觉就在眼前被揭穿了。这时,我又听到笑声,那是比上一次更大声的哄笑。

我动不了!凝视着灰雪流过的天空,从中,我感受到从未见过的东西,那是自己的堕落!

我认为自己未受到主的疼爱,但也没被主所弃。"请让我免受诱惑,"我祈祷,"即使临终时……"

田神　欢迎您来　请坐

……

……

田中、武士和西都坐在椅子上,倾听一个随从唱的歌。从启程的那天起,随从们未曾出现过这么高兴的脸色。到今天为止他们的脸上常露出疲倦和绝望,但是,现在他们的脸上充满着喜悦,因为今天早上,坐马车前往宗教法庭时,贝拉斯科很有信心地对大家说:很快就可以完成任务,剩下的就只有回国了。

“在我的土地上，现在正举行消灾祈福的祭拜呢！”

田中平常苦丧的脸不见了，对西露出笑容。

“叫‘涂墨’噢！值厄年的人在脸上涂墨，据说因此灾厄会消失。”

“我们的村子也有类似的活动。”西也点点头，“年轻人把稻草绳烧成灰和雪搅拌，到各户人家，不管是谁就往脸上涂抹，出嫁之前的女孩到处躲避。这活动一结束，大家互道‘今年丰收’，开怀畅饮。”

“大概是明年的这时候回日本吧？”田中屈指计算，歪着头，“大概是驱灾厄祭的时候吧？如贝拉斯科所说，一切都进行得非常顺利的话。”

“一切都会顺利吧？”西把身体转向武士，“一旦有希望可以回国，奇妙的是要离开这国家，我反而觉得惋惜。老实说，我想留在这里，学他们的语言，见识、学习各式各样的东西之后才回去。”

“年轻真令人羡慕呀！”武士笑了，“田中和我希望早一天回故乡，尝尝米和味噌。最近，常梦见自己已回家的那样子。”

在宗教法庭大厅，贝拉斯科和巴伦特神父的位置与上次相同。穿着黑色衣服的主教们和他们相对并排坐着，表情跟那天一样严肃。接着铃响了，审议开始。

中央的主教站起来，手持象牙色的纸，读主教会议的结论。

“我们先前对伯多禄会东洋巡察师洛佩·德巴伦特神父与保禄会胡莱·路易斯·贝拉斯科神父的报告检讨的结果，一月三十日，在马德里主教会议的权限之下，对当事者及国王陛下宗教审议会做出如下的回答：主教会议承认胡莱·路易斯·贝拉斯科神父的提案，承认日本使者是正式的日本使节，给他们相对的待遇、支付旅费，愿意尽所有方法保证他们归国的安全。更呈请国王陛下接见这些日本使节，也请求充分考虑信函的内容。”

主教以口吃、不顺畅的语调念完决议书。巴伦特神父跟上次一样低着头，偶尔咳嗽。不知为什么，他看来一脸茫然，宛如在听着与自己无关的内容。而贝拉斯科如果可能的话，想回过头来看，因为伯父和堂兄及其他族人在背后的旁听席上听着。

（主啊！我感谢你。）他握紧放在膝上的手。（你所做的都是像这样的好事。你仍然需要我。）很奇怪，他并未感到强烈的喜悦，代之而起的是如涟漪濡湿海岸般缓缓地沾湿心底的心情，他甚至觉得这结论仿佛早就确定，而且自己也事先就知道似的。

“在各位主教重新承认以上的裁定之前,想问问贝拉斯科神父以及巴伦特神父对这裁定有无异议。”

主教卷着象牙色的纸俯视他们二人。这是惯例,也是形式。在宗教法庭念完裁定文或判决文之后,通常不会有异议提出。贝拉斯科摇摇头,巴伦特神父……

巴伦特神父从椅子里缓缓站起来。主教们以讶异的眼光看着神父从他的旧修道服里拿出一张折叠着的纸。手放在嘴边干咳一声,巴伦特神父忧心地开口说:

“在谨接受主教会议的裁定之前,这里有一封从澳门的伯多禄会的德比韦尔神父处寄到马德里伯多禄会本部的紧急书信,请过目!”

主教接过折叠着的纸,在桌上打开。主教默读那封信。巴伦特神父又坐回椅子上,跟刚才一样低着头闭上眼睛。

中央的主教把那封信传给邻席的主教,等他看完之后小声地与他协商对策。

“我希望这封信能在各位主教面前朗读。”中央的主教环顾左右,“我认为这封信具有这样的意义。”

他又站起来,以口吃、不顺畅的语调缓缓地开始读。

“日本有了两个新的情势变化。一是我们的敌人英国人一再对日本的皇帝中伤我国，皇帝相信该中伤，目前公告承认与英国的通商，准备和吕宋、澳门断绝贸易关系，准许在日本的西南平户建立商馆。另一个变化是到目前为止，在传教上比较宽大的东北贵族中，先以个人名义派遣通商使节到墨西哥的有力领主也已开始遭受迫害。我们在当地根据接到的报告得知，已有少数人殉教，听说这是该贵族为了消除他与我国勾结、有反叛日本皇帝之意的谣言而授意的。"

贝拉斯科听到笑声——那是几天前，在那雨后的斜坡路上，经过几个坐在桶上聊天的马车夫时，突然，不知哪里传出的像是女性嗤笑的笑声。那笑声穿过灰雪飘过的天空。现在，那笑声在耳中响起。

田神　欢迎您来　请坐

……

……

随从们的笑声突然停止了。

凄惨的贝拉斯科宛如被雨淋湿的落汤鸡般站在门口，在日本人的视线中。

"贝拉斯科先生！"

西高兴地从椅子里站起来。

“大家都在等您带好消息回来。”

然后，西指着自己刚才坐的椅子。

贝拉斯科露出常见的微笑。但是，那微笑看来有点悲伤。

“各位使者，”他以无力的声音说，“有一件事非向各位报告不可……”

武士凝视贝拉斯科。为了驱除心中浮现的不祥预感，他把脸转向恭敬地盘腿坐在地板上的随从。所有人都感觉到有事情发生，怯怯地仰望贝拉斯科。

“贝拉斯科先生，怎么样了？”

武士声音颤抖。然后，他做出制止西的姿势，跟在转过身的贝拉斯科后面。田中也站起来。三人默默地走在柔弱的冬阳照射的午后走廊，进入贝拉斯科的房间。紧闭的那扇门，之后就一直没打开。再也没有笑声和歌声从随从们的房间传出。

那一夜，修道院很早就熄灯了，日本人住的建筑物被暗黑涂抹，宛如死亡般寂静。到了十一时，男夜警如往常般披着大斗篷，一只手上拿着铁制煤油提灯，腰上挂着许多钥匙，在结冻的石板斜坡路上发出木鞋的声音，缓缓而去。男子走到街角，想起什么似的对睡熟中的家家户户大叫……

第八章

桌上烛火摇曳。摇曳的火焰在憔悴已极的贝拉斯科脸上照射出阴影。他平常充满自信的表情完全消失,换上被击垮般的萎靡表情。

“希望落空了!”贝拉斯科茫然地说。

三个使者无力地望着宛如临终搏翅般的蜡烛火焰。火焰就像力气使尽、生命即将终结的蛾,拼命挣扎。

“除了回日本之外,没有办法。”

刚才随从们唱的插秧歌从某处细微地传入武士耳中。随从们沉醉在回乡的喜悦中,唱着那首歌。可以回谷户。但是,现在跟刚才的情况完全不同,日本已开始禁天主教。开始禁教意味着放弃与墨西哥的通商,被托付的任务和旅程,一切都变成了虚幻、无意义的。

漫长的旅程、广阔的大海、酷热的墨西哥平原、如白色圆盘的太阳、除了龙舌兰和仙人掌之外别无茂盛植物的荒野、有风吹拂的市镇,景物一一浮现,掠过眼帘,消逝。耳中传来如大鼓的声音,以相同的调子重复着同样的节奏——为什么?为什么?为什么……

西九助呜咽着。懊恼与悔恨充塞胸中的这个年轻人肩膀颤抖着。

"一切希望都化为泡影了?"田中太郎左卫门茫然地说。

贝拉斯科没有回答。这个南蛮人也在跟自己的痛苦战斗。

"那封信上写的是真的吗?"

"我想是事实,无论什么样的神父都不会寄假的消息来。"

"会不会听错了呢?"

"这一点我也考虑过,可是在距离日本这么遥远的马德里无法确定事情的真假。或者教宗所在的罗马会有不同的讯息……"

"即使是罗马,即使是地的尽头,我都去。"

田中一口气说完这句话。贝拉斯科的手从脸上拿开。

"去罗马……"

"我不知道长谷仓和西的想法,不过我……我不能两手空空地回日本。如果要回去,我就和松木一起搭乘从墨西哥归国的船了!”田中的声音有如呻吟,“能够忍耐到西班牙也只是为了完成任务这一个念头。我不能两手空空回日本,即使是天之涯、地之角,我也要去。”

武士也受到冲击。这个男子想要回旧领地的愿望是多么强烈,他也知道自己是集亲戚族人的期待于一身而接受任务的。然而,那个愿望、一族人的期待,他似乎现在才知道是那么的强烈。田中说即使天之涯、地之角也要去,可是,如果到了天之涯、地之角,事情也无法达成要怎么办?突然,不祥的预感如大鸟掠过山谷般掠过心头,如果事情不成,为了向亲戚族人道歉,这个男子所能做的事只有一件,田中率直的个性不会考虑到其他。自决,为自己的无力谢罪——切腹。武士凝视着田中的侧脸,匆促地想驱除阴郁的念头。

“长谷仓先生怎么样呢?”

“田中先生如果去的话……”武士回答,“我也跟着去。”

贝拉斯科这时第一次浮现出微弱的微笑。

“我觉得很奇怪,在出发旅行之前和旅途中,我觉得自己是和各位走在不同的路上。说实话,我常觉得自己坚强,可是今夜,不知为什么第一次感觉到和各位之间有一条线连接着。今后各位和我将被同样的雨淋、同样的风吹,并肩走同样的路。我有这种感觉。”

蜡烛的火焰摇曳,报告一日结束的钟声响了。武士闭上眼睛,心想,怎么向什么都还不知情的随从们说呢?告诉他们非继续旅行不可吗?与藏还好,其他二人低着头哭丧着脸,他觉得受不了。怀念的谷户风景、围炉的臭味、妻子和小孩的脸,一切如退潮般远逝。

(可是,明天非说不可。今夜什么都不要想,睡觉吧!我已累了!)

那一夜,武士又梦见谷户,梦见两只天鹅在冬天阴暗的空中飞翔。两只天鹅乘着气流,悠游地回旋,缓缓往沼泽而去。与藏突然举枪,武士来不及阻止,震耳的枪声在枯树林中扩散,候鸟骤然丧失重心,描绘出黑色旋涡,如小石子般往沼泽掉落。在硝烟臭味中,武士瞪着与藏。不知为何,他有点生气。悲惨的杀生!他刚想说,又闭口。为什么要射杀?那只鸟跟我们一样,非回去遥远的故乡不可,竟然……

日本人和我像为寻求住处而四处流浪的游民,也像是在下雨的暗夜探访人家灯火的旅人。从马德里出发之后,每夜,主的话"人子却没有枕头的地方"①常浮现我心中。

① 出自《圣经新约·玛窦福音》第八章20节中耶稣的话"狐狸有穴,天上的飞鸟有巢,但是人子却没有枕头的地方"。——编者注

主教会议有了结论之后,我们马上被冷落,没有人招待,连一个访客都没有,甚至连住宿的修道院院长都写信给主教团说,长期借部分建筑物供日本人住会妨碍其他修道士的生活。

少数援助者是伯父及其家族,而令人感到喜悦的是一直对我们冷淡的一位公爵竟然帮我们。他认为不管内情如何,身为天主教徒的西班牙人反对、冷落了皈依相同宗教的日本人,为了我们,他向罗马权威的枢机主教博尔盖塞①要求援助。因此,伯父不得已为我们准备了从巴塞罗那到意大利的帆船和两千西币的旅费,但是附带条件是如果日本人的请愿无法获得罗马教会同意,我必须放弃一切,在西班牙或菲律宾的修道院老实过日子。

我们从冬天的马德里出发,经过瓜达拉哈拉的植物枯萎的高原和萨拉戈萨、塞尔韦拉,往巴塞罗那而去。

风寒,天气冷。看到日本人默默地继续旅程,一种掺杂着悔意与苛责的疼痛掠过胸腔。那未露出感情的日本人的脸反而让人感到难过,我甚至觉得自己仿佛是那带着人民继续着毫无目标的旅程的以色列伪预言家。即使到了罗马,罗马教

① 博尔盖塞(Borghese)家族是意大利贵族世家,其成员卡米洛·博尔盖塞于1605年当选为教宗保禄五世。此外,十七至十八世纪间,该家族还有四名成员当选为枢机主教。——编者注

宗会接受我们吗？会答应我们的要求吗？我没有信心。而且，日本人和我都在期待着一个奇迹出现。

我们都是遭到挫折的人，有如追寻毫无目标的泉水、今天明天都在沙漠中度过的游民。虽然没说出口，但是他们有着被藩主和评定所背叛的悲痛；同样地，我也咀嚼着理想被主舍弃的痛苦。现在，我感觉到被背叛者与被抛弃者之间互相安慰、互舐伤口的友情总算产生了。我对这些日本人产生了一种无以言喻的了解，我与使者之间有一种从未有过的真实的连带感。到今天为止，我的确玩弄权术，为了个人的目的想把他们拉进来，利用他们不懂语言也不知目标的弱点。另一方面，他们有时也有狡猾的心理，想利用我完成他们的任务。这种冷淡的心理隔阂，在我与使者之间似乎已经消失了。

然而，主耶稣真的放弃了我吗？看着灰色逐渐扩散的天空，我咀嚼着被主、天父和神抛弃的孤独滋味。主耶稣在他的生涯中，度过的绝非充满荣光与祝福的旅程。主在众人的误解与责骂声中，以被驱逐者的身份在约旦行进，经过提洛、漆冬的市镇。“今天明天以及后天，”那时，主悲伤地呢喃，“我必须前行。”[①]从前，我对主这悲伤的话并未产生深刻的印象，但

① 出自《圣经新约·路加福音》第十三章33节。——编者注

是如今,在与日本人前往巴塞罗那之时,我想到那时主痛苦的脸。

今天、明天,还有下一天,都非前进不可。可是,日本人为什么可以忍耐那样的绝望呢?短暂的喜悦如今完全消失,他们又得继续漫长的旅途,访问陌生的国度。日本人对我感到幻灭,憎恨也是常情。可是,他们决不说出口。看到笑容从他们脸上消失,他们沉默寡言,默默地跟在我后面,我是多么自责啊!我们从巴塞罗那港搭乘小而简陋的船。那一天,海上下着雨,如冰一般。

出海的第二天,暴风雨迫使我们避难到法国的圣特罗佩港。这个小镇的居民对第一次看到的日本人感到惊讶,但仍热情地把领主的公馆给我们住。领主夫妇及居民们压抑不住充满好意的好奇心,整天注视着日本人的一举一动,他们摸摸使者们的衣服,看看刀子,说它像土耳其的新月刀。西九助为了取悦大家,把一张厚纸贴在刀刃上,轻轻移动,纸马上断成两半,围观者莫不发出赞叹声。我们等暴风雨远离就离开圣特罗佩,两天的等待之间,一直阴郁的日本人脸上第一次浮现出有如冬阳的微笑。

可是,圣特罗佩一从视界中消失,地中海再度出现在眼前时,蹲在甲板上的日本人脸上又现出忧郁的表情。尤其是我看到独自望着海的长谷仓的脸时,我了解到他继续着不再期待的旅程。那表情充分表现出日本人把一切归诸命运、逆来顺受的特质。

“明天的事谁都不知道。”我对他说,“如雨中出现的意外的阳光,到罗马之后,有谁敢说一切不会变好呢?我并未放弃希望,到最后都不放弃希望!神的想法……我们无法推测。”

我望着水平线呢喃着,仿佛不是说给长谷仓听,而是对自己憔悴的心说些鼓励的话。说实话,现在,我变得不了解神的心意。把神的教义种植在日本的意志,神到底答应了吗?或者拒绝了?我掌握不了。我最后的论据是,神深奥的意旨不是凡人所能了解的。对我们而言,看来是挫折的事,其实在神的历史中是有意义的种子,或许是为将来而摆的棋子——这阵子,我每天晚上祈祷,对自己这么说。可是,光是这样子安慰不了我的心,我的精神也不充实。

“神啊!”现在,我从心底叫喊,“请告诉我,你是否希望我放弃日本?或者要坚持到最后不要放弃呢?我想知道。”

然而,在我面前的只是沉默,在深深的暗黑之中,神沉默着。有时,听到的是那嘲笑声,那像女子发出的嘲笑声。

神是一切秩序的中心,也是一切历史的目标。我深深了解神在人类的历史背后依自身的想法安排历史,可是在神安排的历史中，并未包括我做的事、我的企图、我的理想，以及日本。我是被排斥的人？是讨厌鬼？

然而，现在我体验到的绝望，主耶稣在祂的生涯中也体验过。祂在十字架上这么叫喊："我的天主，我的天主！你为什么舍弃了我？"[①]那时，无疑耶稣也像现在的我一般掌握不住神的意旨。可是，祂在断气之前，克服了祂的绝望，而且，对神说出像幼儿般信赖的话："我把我的灵魂交托在你手中。"这件事我知道，我希望像那样子。

"贝拉斯科先生！"突然，长谷仓对我说，打断我的思绪，那语气如同信徒向神父说出心中的秘密般踌躇，"我早就想跟您说了……如果到了罗马，愿望无法达成时，贝拉斯科先生会留在西班牙吗？"

"我……我跟大家一样回日本。现在，除了日本之外，我没有别的国家。比起出生的故乡、生长的国家，日本才是我的国家。"说到"我的国家"时，我特别加强语气，"我和你们一起，直到最后。"

"贝拉斯科先生，你没有考虑到吗？万一，在罗马一切落空的话……"长谷仓索性说出在心里的话，"田中先生……会

① 摘自《圣经新约·玛窦福音》第二十七章46节。——编者注

切腹自杀的!”

然后,他的眼光移往灰色的海上,没作声,这句话他不愿说第二次。

“我是天主教徒。”我以震颤的声音回答,“不允许自我了断神赐予我的生命。”

“我们并非出自真心皈依天主。不过是为了任务、为了藩主,不是真心的,却也成了天主教徒。”

长谷仓第一次让我看到从未有过的冷淡,那举止好像报复我似的。

“为什么要切腹?是因为没有成果?”

“田中先生不这么做就没有面了,没脸见亲朋好友及家人。”

“面子、脸是什么呢?各位为了这项任务,尝了多少苦头,贝拉斯科深深了解。我以旅途的证人之名向白石先生和评定所说明一切吧!”

“贝拉斯科先生!”长谷仓叹口气,“你不了解日本人。”

长谷仓走开后,我留在甲板上,心情比海的颜色更阴郁。田中和随从们在甲板的角落谈话,从他身上丝毫看不出长谷仓所说的气氛。

从圣特罗佩出发的第二天下午，总算可以远望到萨沃纳王国[①]的热那亚港，可以看到白色城镇背向在微弱曙光下的金黄色群山。在正中央，灰色的旧城塔耸立。我指着那里告诉使者和随从：在这里出生、名叫克里斯托福罗·哥伦布的男子，为了寻找在东洋的黄金之国，出海旅行，而他所找的黄金之国就是日本。

只有那一个角落，午后的明亮阳光照射着，那就是热那亚港。我靠在甲板上，也和哥伦布一样想着黄金之国。对哥伦布而言，那是值得征服的神秘的东洋宝贝之国；对我而言，那岛国是有一天应该播种神的教义的宝贝之国。哥伦布探寻黄金之国，最后没有找到，我也未被黄金之国接纳。（日本呀！多么傲慢的国家，只知道夺取而不知给予的国家。）

五日之间，我们从意大利沿岸南下，向罗马外港奇维塔韦基亚港[②]靠近。抵达那里是在夜晚，下着细雨，几个手拿着煤油提灯的男人和四辆马车在烟雾包围下因雨而显得明亮的岸边，很有耐心地等着我们，是博尔盖塞枢机主教派来的迎接

---

① 萨沃纳位于意大利北部，曾于11世纪成为独立自治区，后于1528年被热那亚共和国征服。——编者注

② 奇维塔韦基亚是意大利中部港口城市，位于罗马西北部、第勒尼安海滨。——编者注

者。从他们彬彬有礼但没有亲切感的态度上想象得出他们困惑的程度。分配给我们的宿舍是枢机主教所有的圣塞维拉城,但是在那城里,我们所受到的待遇与外国使节并不相称。

从马德里送来的有关我们的是什么样的信,其中给予什么样的指示,已经很明显了。我每天晚上醒过来,常思考这件事。

> 日本使节一行人拘谨而温和,都是矮个子,有着晒黑的脸。田中、长谷仓、西的鼻子短而扁平,用白布包着长发梢。他们说那是日本骑士的象征。三人外出时穿深紫色的日本衣服,平常,在脖子上结个小领子,穿着修道服,戴着西班牙式的帽子。他们佩戴的大小两把刀子极为锐利,有点弯曲。用餐时,他们很灵活地使用两根细棍子,喜欢掺有洋葱的甘蓝菜汤。
>
> 《热那亚科斯托未亡人见闻录》

我们遭受到跟在马德里时一样的疑惑眼光、反复同样的质问、同样的回答。这几天,在奇维塔韦基亚审问我的是博尔盖塞枢机主教的秘书科斯塔库塔神父和唐巴勃罗·阿雷利亚诺传教士。一开始我就好几次重复和他们对立的意见。他们对在日本的传教早就绝望，说明不能再派遣传教士；我提出惯有的主张，认为有希望，这希望是给日本人贸易之利，表示无侵略之意。另一方面，他们坚持罗马教会保持不干涉任何国家的内政的传统，即使是教宗也没有权利否定西班牙国王的决定；我反驳说这是传教的问题，教宗不会让现在已失去主教和教会的日本天主教徒永远孤立。

语言不通的使者们当然无法加入我的讨论，在圣塞维拉冷淡的城中，只有从我这里听事情的演变。再怎么乐观的话和预测都无法让田中和长谷仓阴暗的脸变得明亮。这也难怪，日本人已有过多次连续的失望。而发高烧、努力装作快活的西，跟其他日本人比起来年轻有活力、充满好奇心的这个男子，也战胜不了身心的疲劳。而且，我也疲倦至极。看到他比实际年龄年轻的睡脸，我觉得一切都会顺利的。

在博尔盖塞枢机主教的决定下来之前，还要等两三天。第五天，我被叫到逗留在帕利多罗的枢机主教的别墅。他是教宗保禄五世的外甥，我不由得紧张起来。不过，我也开始抱着这样的一丝希望：这个人说不定能够理解我对日本的热情和在日本传教的重要性。

从别墅的书斋可以看得到修剪得整齐的庭园和有水鸟悠游的水池，披着斗篷、戴着红色帽子的枢机主教坐在书斋的椅子上迎接我。我故意穿着因漫长的旅途而褪色的修道服去见他。何必感到羞耻呢？如满是泥泞的军服表现出战士的浴血奋战,这粗糙的衣服表现出罗马高位的神职人员未体验过的在日本传教的苦难。因此,我跪在他前面,恭敬地轻吻他的戒指,但是,又如挑衅般抬起头来。

“孩子啊！请站起来。”

博尔盖塞枢机主教对我的态度装作不知,一直注视着站起来的我,细声地说,就像讲给自己听一般。

“罗马教宗是公平的,努力做出无偏见的判断。我们深深了解你以及你会在日本传教的困难,至少对于加诸你个人的中伤,我们并未相信。”

他把斗篷翻过来,为了表示信赖,把有力的手放在我肩上,然后一直注视着我,仿佛要看我会有何反应。

“罗马教会多么希望你们的努力能够在日本开花、结果。罗马教会最大的愿望是主的光能够普照在你们奋战的日本。”枢机主教说到这里停顿下来,接着以葡萄色的眼睛注视着我的脸,“不过,我想说,你现在要多忍耐。我想劝你要有耐心!”

虽然只是短暂的一瞬间,我几乎败给枢机主教这声音。他的葡萄色眼睛和声音包含着父亲对儿子的温柔和爱,而且,他似乎也懂得演技的效果。不过,我马上察觉到博尔盖塞与其说是神职人员,不如说是狡猾的政治家。

“希望你能了解,”枢机主教将手放在我肩上训谕道,“罗马教会不忍心再将你们传教士送到迫害你们的国家,如同没有将军明知打不赢,还将士兵送到战场,造成无谓的伤亡……”

“不!”我重新振作起来,“枢机主教啊!我认为日本并非毫无胜算的战场。传教如果毫无进展,那是因为伯多禄会战术的幼稚。”

枢机主教微微一笑,有如年纪大的老师对顽皮少年露出苦笑。

“枢机主教,传教士和士兵不同。士兵的死有时是无意义的,传教士在迫害中牺牲,是撒下人们眼见不到的种子,那是表现出神的荣光的种子……”

“如你所说的,第一任教宗伯多禄在罗马被迫害时,也因殉教在人们心中埋下看不见的种子。”

“主也不因在哥耳哥达山丘的死亡而感到害怕。”

“如你所说!”

枢机主教重复说了几次“如你所说”。可是,突然微笑从他脸上消失,他露出严肃的表情。

“可是……我们不是活在主或使徒的时代。孩子呀!我们拥有巨大的组织,我们对天主教国家和它的国民有责任。

既然是组织,就该有它的方针,纵使在你们眼中看来它是胆小的、不纯的,但因为它,组织才得以维持。保持秩序,天主教国家的信徒才会有信心继续维持信仰。”

“可是在日本,虽然人数不多,还是有信徒,在迫害中为了勉强维持信仰,抛家弃产、隐身于矿山或山林中的信徒。”我这么回答他的同时,想起在雄胜的土地上胆怯地向我要求做告解的有如乞丐的男子的脸。我不知那个男子现在是活是死,不过,为了那个男子,我应该说的也非向枢机主教说不可。“那些信徒现在已没有教会,也没有可鼓励他们、为他们打气、当他们榜样的传教士。罗马教会如果是保护信徒的大母亲,他们难道没有紧握那温柔手臂的权利吗?现在,他们不就像圣经上写的离开羊群的一头小羊吗?”

“为了寻求一只小羊而让其他多头羊暴露在危险之中……”枢机主教悲伤地说,“牧羊人不得不放弃那只小羊。为了保护组织这也是不得已的事。”

“这让我想起那个大司祭盖法杀主耶稣时所说的话:‘叫一个人替百姓死,以免全民族灭亡:这为你们多么有利。’①那时盖法也这么说。”

---

① 摘自《圣经新约·若望福音》第十一章50节。——编者注

是的，大司祭盖法常以秩序和安全为重。为了维护秩序和安全，他以主耶稣为牺牲者。

对我的话，枢机主教把脸转向一旁。戴着红帽子、以大斗篷裹身的他，静默了良久。我感觉得出自己不客气的话惹火了这位罗马教会的权力者。不过，我毫不畏怯。这世界过于追求秩序和安全。

“如你所说！”

最后总算把脸转向我的枢机主教脸上并没有怒意，透露出分不清是疲劳还是悲哀的气氛。

“孩子啊！我不想肯定大司祭盖法的话。不过，主那时并没有组织，而盖法有组织。有组织的人，经常跟盖法一样——为了保护大多数人不得不放弃一个人——是这么说的吧？相信主的我们，从建立教会、拥有组织的瞬间起就转变为大司祭盖法的立场。即使是圣伯多禄，不也是为了保护教会，而对同伴斯德望遭受掷石头而死的刑罚见死不救吗？①”

我呆立不动听这些话，我没想到这样的话也出自枢机主教口中。他难过地低下头。

“我常为这样的事而苦恼。”细小的声音，有如自言自语。

---

① “斯德望死于乱石”相关内容见《圣经新约·宗徒大事录》第七章54—60节，而“圣伯多禄对其不予施救”的情形，《圣经》中未见相关记载。——编者注

“这是为了组织的正义吗?”

“是的!”

“罗马教会经常这样吗?”

“这我也不知道。不过,只要是我负责任,对于日本的信徒,除了采取盖法的态度之外别无他法。不过那时候,不要以为我心中毫不悲伤或自责,总要有人承受这种痛苦。”

枢机主教抬起头来,刚才还充满信心的脸扭曲得相当难看。我哑口无言,仍怀疑枢机主教的心,因为我没想到身为枢机主教,他会这么坦率,老实地说出自己的痛苦。

“我知道这已经偏离了主爱的教义,因此我的方针是……或许会受到其他枢机主教的攻击也说不定。不过,我并没有改变我的想法。”

“为什么呢?偏离主爱的教义为什么还勉强下去呢?”我内心激昂,几乎忘了眼前的是枢机主教,“主耶稣是为什么而死在十字架上的?枢机主教刚才说是为了组织,不过,我认为到今天为止,罗马教会的组织并非像国家的组织。那是超越了国界、人种的爱的组织。”

博尔盖塞枢机主教困惑地看着忤上的我。他的手紧握挂在胸前的十字架,仿佛对有些话迟疑着,之后,他下定决心般开口说:

“孩子啊！你以为只有爱就可以在这现实的世界行得通吗？”

“可是，耶稣是充满着爱的人。”

“充满着爱的人……因此在政治的世界被杀害了。而且可悲的是我们的组织脱离不了政治的世界，罗马教会也不能采取手段削弱天主教国家的力量。”

“这跟在日本的传教有何关系呢？”

“英国和荷兰的新教徒们也以日本为目标，因此不能因传教的问题使日本憎恶天主教国家西班牙和葡萄牙。我认为不要再刺激日本的当权者，静观一阵子，对西班牙、葡萄牙较为有利。罗马教会不是单独存在的，它有与新教徒的国家对立、保护天主教国家组织的义务。”

有爱的人因为爱在政治世界中被杀害了，枢机主教有如吐出很苦的毒药似的说出这句话。我一直注视着他那象征权位的红色帽子和大斗篷。

“孩子啊！希望你能明白。”

这是漫长旅途的终点。

“今后，我会为你和日本祈祷！”

我深深一鞠躬，走出房间，枢机主教仍坐在椅子上一直注视着窗户。我不知那时他在想些什么。

一群日本人如穿着破烂的乞丐，从被鸽粪和风雨玷污的圣塞维拉城出来。大伙儿如保护刚病愈的西九助般围在他旁边，缓缓地走下平地。武士和田中、贝拉斯科走在前头，因关心年轻的同事而不时回过头来，很有耐心地等待常落后的一行人。在墨西哥时，尽管艳阳高照，大家的脚步却充满着希望和力量。然而，自从希望落空之后，日本人就拖曳着脚步。没有人认为到罗马城事情就会好转。谁都了解，到罗马，或到其他任何国家，这次旅行已变得毫无意义。可是，他们必须将这毫无目标的旅行做个终结。如果没有结果，就无名目回日本。长久以来，被幻影牵引而继续的旅行，如今他们准备对此做个了结。

已是春天。种在田地四周的杏树开满浅桃色花朵，一个农夫挥动着锄头。那个农夫眼睛睁得大大的，注视着这异样打扮的行列。农夫以为穿着像阿拉伯人的长衣服、系着腰带、把头发打结扎在后面的日本人来自热带国家。他丢下锄头跑回家去。

武士对白色的苹果花、鸟儿啭鸣的景色产生不了任何感慨，也生不出对谷户春天的怀念。他任由马移动着跟在贝拉斯科后面。仔细想想，他们几次被这个男子背叛，好不容易拥有希望，那希望又落空，然后抱着下一个幻影继续旅行。不过，疲惫已极的心也产生不了对这传教士的恨意，武士甚至觉得贝拉斯科跟自己一样是可怜的男子。

经过几座村子，每次都被路旁的村人投以胆怯的眼光，有时也有人善意地向他们打招呼，但是日本人似乎毫无所觉，无表情地走着，有如跟在葬礼灵柩后面的行列。

傍晚，春雨落下。雨停时分，他们到达托雷韦基亚的山丘之上。永恒之城①有点模糊，特韦雷河②昏昏欲睡地弯曲，看得到远方在淡绿色森林围绕下的宾西亚丘陵③，褐色房屋彼此重叠，众多教堂的尖塔刺向天空。

马停在山丘上，贝拉斯科宛如自己有义务般地告诉大家那是罗马大角斗场，那是古罗马广场，但是，这一天，日本人谁也没点头。

“那就是教宗住的梵蒂冈！”

白色的圆形穹顶从褐色的人家之间穿出，人像蚂蚁般在圆形广场上走。日本人有如丧家做法事，一脸低沉。

总算进入罗马。他们走在被雨淋湿的石板路上时，小孩

---

① 指罗马。——编者注

② 通称台伯河，发源于意大利亚平宁山脉的富默奥洛山，向南流入第勒尼安海。系意大利第三长河，罗马位于河口附近东岸。——编者注

③ 位于罗马市中心东北部奎利那雷山的北面、古罗马城墙之外。——编者注

从后面追过来，好奇的大人跟在小孩后面。日本人登上卡比托利欧山①上的长长石阶，消失在天坛圣母堂之中。之后，紧闭的门内未再见他们的影子出现。人们议论那是从匈牙利来的使节，一阵子之后散去。

一星期之间，罗马在多雨的春天气息中等待复活节。为了哀悼耶稣的死，教会以紫色布覆盖祭坛，熄灭蜡烛台上的火，祈求耶稣的复活。只有在圣母马利亚像的四周有众多蜡烛的亮光闪烁。到了傍晚，许多男女聚集到蜡烛前面，唱着赎罪的祈祷文。但是，没有人说曾看过日本人在天坛圣母堂。

复活节早上，微暗中，在梵蒂冈的圣伯多禄广场②上，人一群又一群聚集过来。那是从远处来礼拜的男人们和修道士。他们聚在大圣堂③之前，很有耐心地等待着什么。在乳白色的晨雾中，这些人忍受早晨的清寒，低声唱祈祷文，久久不息。雾散时，广场上已挤满了巡礼者和修道士。石阶上，戴银兜、穿红色制服的年轻卫兵持枪排成一列。

---

① 罗马七座山丘之一，下文中的天坛圣母堂位于其山顶。——编者注

② 又译“圣彼得广场”，由巴洛克建筑师伯尼尼设计。——编者注

③ 指圣伯多禄大堂（通译“圣彼得大教堂”），系梵蒂冈的教廷教堂。圣伯多禄广场位于其前方。——编者注

八点，第一次钟声响起。以这钟声为信号，罗马城中所有教会的钟楼接连响起钟声。复活节开始了。不久，受邀参加庄严弥撒的贵族的豪华马车成列前往圣伯多禄广场入口。他们从群众之间穿过，接连消失在大圣堂之中。

九时稍前，大圣堂左右的门打开了。聚在石阶前的修道士和巡礼者争先恐后冲到入口，他们也能接受教宗的祝福。持枪的卫兵制止冲过来的群众，要他们排队。而圣堂外的人要在所在之处跪下。

竖着大理石柱子的大圣堂已无立锥之地。戴着象征枢机主教、有金饰的帽子的高阶神职人员坐在以祭坛为中心的左右两侧椅子上，静静等候教宗驾临。在昨日之前用紫色布覆盖的金色祭坛，今天摆上众多的银色烛台。博尔盖塞枢机主教位列神职人员的首席，冷静地从鸦雀无声跪倒的群众头上俯视。不久，大圣堂的入口附近人群骚动。教宗通过的正面大门现在打开了。风琴声响起，附属于罗马教会的合唱团唱起复活节的“我看到水”那首歌曲。

“我们的教宗！我们的教宗！”

最初从大圣堂的一个角落开始的“我们的教宗”的声音，扩散到所有的人，也感染到聚集在广场上的群众，很快就变为同一种声音。

“我们的教宗！我们的教宗！”

在那瞬间，突然，保禄五世像波浪中的船首般浮现。在神父抬的轿子上，身穿白色教宗服装的教宗，戴着高帽子，缓缓举起一只手。他对左右狂热的群众给予祝福的象征，朝人潮中的圣伯多禄大堂缓缓而进。

“我们祈祷，为我们的教宗！”

在人海的一角有一队修士，他们的声音整齐如合唱。沾在粗糙的修道服上的泥土，显示出他们为了这次复活节从远方而来。

“主啊！请保护他。”

教宗满足地把脸转向修士们，画祝福的十字。群众的行列看到这光景，混乱起来，因为想靠近轿子、接受同样祝福的人推开前排的人，硬挤进来。然而，宛如在大海中漂荡的教宗的轿子抛下追赶过来的人群，往大圣堂而去。轿子缓缓登上石阶，为了制止蜂拥过来的观礼者，戴着银兜、穿着红色制服的卫兵筑成一道人墙。接着，轿子被吸入圣伯多禄大堂的正面入口。

轿子进入大圣堂的瞬间，等候的合唱声如雪崩般响遍大圣堂，那是对主的赞美歌。男性雄浑的歌声撞击着高耸的圆形天花板和广阔的四面墙壁。

赞美主　赞美主

汝等赞美主

当轿子通过时，跪在左右的贵族、神职人员、观礼者为了看教宗纯白服装中伸出的手的祝福动作，如麦穗般抬起头，又一起低下头。前方，象征使徒的十二个枢机主教起立迎接靠近的轿子，几十座银色烛台的火焰在祭坛周围摇曳，所有的人等待着教宗保禄五世庄严弥撒的开始。

突然，左侧的人群当中有几个人站起来。他们跳到轿子旁边，其中一人以挤满大圣堂的人从未听过的话叫喊着。

这时，教宗举起右手准备在他脸颊旁边轻画十字，可是，接触眼下并列的三个男子迫切的眼光时，他停止了手的动作。教宗注意到他们的脸像阿拉伯人，呈褐色，而且鼻子低，头发在后脑打结。

这是东洋人！可是，不知道是从哪个国家来的。每个人穿的下衣长达脚下，脚上穿着像白色短袜的东西，穿着异样的拖鞋。教宗能理解到其中一人想说些什么，但是不懂他的话。

“我们是日本人！”田中使劲地叫着，“我们是越过大海，从日本来的使者众。”

三个修士用力想把这些日本人从轿旁拉开，但是日本人脚钉得牢牢的，纹风不动。

“请……”三个人说不出话来。才刚说出这个字，三个人就压抑不了涌上心头的情绪，仰望保禄五世的脸。三个人“告御状”的话已冲上喉咙，但说不出口。田中、武士和西的眼中充满泪水，泪水沿着被太阳晒黑的脸颊流下。

“请……”

修士们看到被自己抱住背部的这三个东洋人恭恭敬敬地鞠躬时，知道他们不是狂人，也没有敌意，就松开手。

教宗的眼光越过东洋人肩后向跪着的人求救。教宗感觉到这些男人拼命地想要要求些什么，他想问问他们的愿望是什么。

夹在人群中，也感受到教宗视线的贝拉斯科没有动作，也没有开口。在挤满大圣堂的人群中，懂得日本话的只有一个人，就是他；知道三个男子在叫些什么的也只有一个人，就是他。虽然如此，贝拉斯科好像被什么用力压着，身体动也不动，注视着轿上肥胖而祥和的教宗。那老人穿着白色教宗服装，举起戴着宝石戒指的手指。贝拉斯科心中有一个声音响着。“你不了解这些日本人的悲哀，你不了解在日本奋斗的我的悲哀。”一种类似复仇的感情，让他的嘴巴紧闭。

教宗知道没有人能告诉自己这些男子的要求时，眼神有点悲伤。教宗不能因为这些东洋人而延误全世界所有信徒等候着的复活节仪式。不能因为一只小羊而放弃其他众多的羊。他小声地命令抬轿者前进。

“无论如何请……”

田中、武士和西哀求般地发出最后的声音，轿子没理会他们，又继续前进。教宗又露出微笑，对左右的贵族和神职人员画祝福的十字。人们一起抬起头，一起低下头。在祭坛之前，博尔盖塞枢机主教深深点头，欢迎轿子的到来。

贝拉斯科在圣伯多禄大堂阴暗的小房间等候着枢机主教。不是他来求见，而是枢机主教通知他来的。

小房间跟这栋建筑物的其他房间一样，寂静而孤寒。地板铺着大理石，天花板上有张开大翅膀的大天使米额尔拿着茅的壁画，但它既无米开朗琪罗的动人的力量，又有裂缝。

贝拉斯科不知道枢机主教为何叫他。日本使者对教宗的无礼事件已传遍整个罗马，他身为神职人员却没有制止，被追究责任也是理所当然。

（那时候，我怎能制止呢……）

贝拉斯科比谁都了解日本人到今天为止的辛苦，对他们从群众中跑出、发出悲伤的声音，他实在无法制止。他自己也想和日本人一起向教宗告御状，想说出一切恨意——即使毫无辩解的余地，被博尔盖塞枢机主教叱责，内心也不难过。

他听到远处传来的脚步声。枢机主教带着看来老实的年轻神父。跟上次一样，他戴着红色帽子、披着大斗篷，满脸倦容地进入小房间，往椅子上坐下。

“我知道今天您为何叫我来。”

当枢机主教伸出厚实的手，贝拉斯科弯腰，自己先道歉。

“日本人的过失是我的责任。可是，了解到今天为止他们的痛苦的我……”

“我不是为责备你而叫你来的。”枢机主教打断贝拉斯科的发言，“教宗陛下要我了解整个事情的始末，对他们寄予深深的同情。”

贝拉斯科低着头，默然。同情或怜悯无须补偿。使者众和他都不是为了被怜悯、被同情才从波涛万里、地的尽头的日本渡海，横穿大陆而来到这里的。

“找你来是……”枢机主教悲哀地看着贝拉斯科，“如果你还存着一点希望，希望你把它抛弃。”

“我早就因您上次的话而放弃了!”

贝拉斯科感觉到自己的声音含有反抗的味道。

“不!你还没死心。”枢机主教脸上蒙上一层阴影,呢喃着,“因为你什么都不知道。”

作为秘书的神父听到这句话,从手上拿着的公文夹里抽出一张纸。

“这是罗马教会两天前接到的菲律宾总督寄来的信。你拿去看看。”

贝拉斯科接过一张被太阳晒成褐色的纸,眼光落在有如跳跃着的文字上。枢机主教在这时默默地两手摩擦着。

“不能不死心!如那封信上写的,日本皇帝把住在日本的所有传教士和修士驱逐出境,今后还禁止任何传教士登陆日本。你和日本的使者都非死心不可。”

那封信的日期是一六一四年十一月,是正式的公文。最后一行总督胡安·德席尔瓦的署名有如小人般跳跃。贝拉斯科闭上眼睛,表现出出奇的平静。那时横过他眼帘的是马德里的主教们裁判的光景,那是脸如秃鹰的一位主教在贝拉斯科面前念着从澳门送来的信的光景!

“罗马教宗不想再冒险。劝西班牙或葡萄牙和完全拒绝天主教、迫害天主教的日本通商,这在罗马教会是办不到的。

在这种状况下，日本使节的书信是毫无意义的。”

（主啊！依你的心意。）他努力想忆起那段祈祷。（如果那是神的意志，我将依从。在神企划的历史中并未包含我的意志。现在，我很清楚地了解这一点。）他听到笑声，听到如女人般的笑声，在远处，在很远的地方。

“他们会死吧？”

突然，从贝拉斯科的口中无力地说出这句话，有如衰弱已极的病人灌入口中的药又流出般。

“如果知道这项通知，”贝拉斯科反复对讶异地望着自己的枢机主教说，“他们除此之外别无他法。”

“为什么？”枢机主教发出充满怒意的声音，而非惊讶，“为什么要这样子？”

“他们是日本的武士。日本的武士被教导在面子受到伤害时，只有死。”

“他们完成义务了啊！而且他们不是已经成为戒自杀的天主教徒了吗？”

贝拉斯科对枢机主教什么都不懂的脸觉得憎恨。借着憎恨，他想威胁对方。

“结果是罗马教会杀了他们，使成为天主教徒的那些日本人犯了自杀的大罪。”

“你不能阻止他们吗?”

“我……不知道。”贝拉斯科摇摇头,“希望罗马教会至少维持他们的面子。”

“你想要求什么呢?”

“谒见教宗,对日本人以使节之礼相待……”

“即使让日本人谒见教宗,也不能答应他们的希望。这是我们已经决定的方针。”

“我不是说要接受他们的要求,只是那些使者太可怜了。起码为了他们的名誉、面子,让他们谒见教宗。”

在被太阳晒成褐色的他的修道服上,接连出现泪痕。

“无论如何,也请帮忙!”

罗马教宗接见日本使者众的日子到了。他们在宿舍的修道院做弥撒、用过早餐之后,要随行的人帮忙第一次穿上从日本带来的谒见用礼服。

枢机主教派来的马车已经在修道院门前等候。因为是非正式的谒见,所以没派卫兵保护。不过,在装饰着金色花纹的乌黑马车上,有三个戴着制式帽子、穿着制服的车夫。在修士和随行者的欢送中,武士夹在田中、西和贝拉斯科之中乘上马车,从窗户看到与藏合掌如拜神佛般朝这边看。

与藏似乎在鼓励武士不到最后不要放弃希望,也似乎在说无论发生什么事,一定追随到底。只是,现在只是形式上的谒见,对武士而言没有任何希望。谒见不过是给漫长的旅途画下休止符的仪式而已。

可是,武士内心对与藏的动作感到想哭。在被一切抛弃、背叛,心情变得黯淡的现在,他感觉能够相信的只有从幼时就对自己忠心的这个男仆人而已。他眨着眼睛对与藏大大地点头。

马车开始动了。在石板路上,蹄声尖锐、有规则地响起。田中、武士和西都默默地坐着。如果是两个月之前,能够见到国王、谒见教宗对他们而言是有如做梦一般的光荣。对于连藩主都没见过的身为地方武士的他们,这是想象不到的破例的光荣。

然而,现在他们心中没有任何喜悦涌现,也产生不了些许的感激。使者众知道这次谒见是枢机主教接受了贝拉斯科的哀求,同情他们才安排的,知道这是要让自己死了心,有个了结而制造的光荣场面。漫长的旅途因而结束,接着留下的是虚幻的、长长的归途。

两侧松树连绵。马蹄声更高、更响。远远可见以阴暗的天空为背景的圣伯多禄大堂的圆形建筑物。马车从帕廖内街往博尔戈街，进入教宗厅之前的广场。

“教宗出来之后，”贝拉斯科又重复说，“右膝着地三次，把脸贴近教宗的脚。”

通过大圣堂右侧铁门时，一行人接受穿着红色制服的持枪卫兵的敬礼。马车一停下来，戴着银色假发、穿着白色长袜的男子毫无表情地打开车门，对贝拉斯科和穿着异样礼服的使者众投以微带轻视的眼光。

他们登上石阶，进入大理石光滑地板的走廊。黑色青铜竖像并列于单侧。

在走廊深处等待着他们的两个神父默默地引导四人进入客厅。墙上画着湿壁画①，在铺有厚东西的地板上，摆有金色扶手的豪华椅子。

四个人等待钟响。有人告诉他们钟响时再进入谒见的房间。“我先站起来，”贝拉斯科不厌其烦地又重复说，“田中、长谷仓、西排成一列跟随进来。”

仿佛过了很长很长的时间。田中和武士坐在椅子上闭目养神，西把旧式礼帽重新戴好。在漫长的时间之后，总算听到远处钟声响起，门打开了。

---

① 在墙壁表面抹上湿灰泥，并在其上用以干粉颜料掺水制成的水性颜料作画的壁画，特点是耐久性强。——编者注

“西,要镇定点!”

田中小声地对西说。带有安慰意味的声音,不像平常的田中。

在谒见枢机主教的会议室的两侧,并列着高阶的神职人员。以贝拉斯科为先,三人从身穿红衣、戴红帽的他们中间前进,感受到从左右而来的众多视线。远处只有一位戴着白色帽子的教宗坐在高背椅上。

教宗的个子不高,微胖,以亲切而温柔的眼光往这边看,毫无王者的威严,甚至让人以为他会从椅子上站起来,往这边走过来。

贝拉斯科停下脚步,右膝着地。三个日本人也想模仿他时,武士看到西有点摇晃,慌忙扶着他的身体。直立在教宗旁边的博尔盖塞枢机主教微微弯身,向教宗说话。

“念藩主的信函!”

贝拉斯科赶紧催促呆立的田中。田中取出信函,用两手摊开。

“全世界的圣主,罗马教宗保禄五世陛下……”

武士觉察得出田中的声音哽塞,手在颤抖。

“保禄会神父贝拉斯科来到我国,讲述耶稣教义,过访敝藩,对我述说有关天主教的精神。因此,我第一次了解该教要旨,决定奉行天主教……但是,目前有一件大事,构成妨碍……尚无法完成这志愿。”

田中的声音又哽塞了。每次田中声音哽塞时,武士心中都涌现无可言喻的感情。在这间谒见厅中的众多神职人员不可能懂得日本使者所念的内容,只有武士和贝拉斯科他们懂得。

“总之,我敬爱教会的神职人员,建立教会,极力施与仁德。陛下圣裁,如认为有必要扩大圣务,希望有幸设于我国。至于所需经费与教会用地,理当优先捐赠,陛下无须忧虑。”

“已经够了!”武士把已经冲到喉咙的话硬给吞回去,他想让可怜的田中停止这愚蠢的戏。无意义的信函!默默听着的戴白色帽子的人。他跟旁边的博尔盖塞枢机主教忍耐着这愚蠢的戏。

“墨西哥虽与我国相隔甚远,余殷望与之往来,恳请以陛下之威遂其志。愿陛下助一臂之力,此事必能达成。”

结结巴巴地念完信的田中额头上浮现大小汗珠。贝拉斯科等着田中把信函奉上,向前一步准备翻译信函,代替使者众致辞。

没想到教宗站了起来。由于这是本来预定的仪式中没有的,谒见厅中起了小小的喧哗,神职人员一起把身体转向教宗座位的方向。

“我，”保禄五世对田中、武士、西微微弯身，说，声音中充满着悲伤，“为了日本和各位，从今天起五日之间，每次弥撒时祈祷。我相信神决不会放弃日本。”

教宗接着离开椅子，再一次注视着使者众。在博尔盖塞和其他三个枢机主教的陪同下，举手向大家祝福，往另一个房间走去。

在神职人员的注视下，使者众和贝拉斯科再退回等候室。厚厚的门被关上，发出响声。四个人很疲倦地坐到椅子上，各自陷入沉思。在深深的沉默中，贝拉斯科把手放在膝上，低下头来。

第九章

好久没写手记了，要谈我们希望灭绝、在雨中遥望烟雾朦胧的欧洲大陆的样子，令人难过。

在奇维塔韦基亚港的码头只有一位神父送行，是博尔盖塞枢机主教的秘书。这位神父转交给三个使者罗马市公民证书，表示枢机主教的好意。对不可能再造访这个国家的使者们而言，三张证书是毫无价值的纸屑。我们把毫无意义的信函上呈教宗，枢机主教也回送我们这毫无价值的证书。

再者，西班牙政府也倏地转变态度，变得极为冷淡，甚至不准许我们到马德里，而命令我们直接到塞维利亚。在塞维利亚，除了我的族人，没有人迎接我们。失去一切特权的日本人不过是贫穷的流浪旅人。我的修会和我的族人为缺少费用的我们筹了三千三百西币的归国旅费，条件是要求我在墨西哥或马尼拉的修道院工作。总之，我在各方面都败北。

现在的我不知道神期待着什么。长久以来，我深信神期待我到日本传达主的福音，因此赐给我人生。由于深信，我能够忍受任何痛苦。可是，现在的我不仅没有信心，可怕的是甚至有时感觉到被神愚弄。我常认为人的历史与神计划的历史相连，可是，神的历史不同于我的想法。意志，是另外存在的。

从奇维塔韦基亚到塞维利亚，用了一个月，再从塞维利亚出发到大西洋，三个月两次遇到大风暴。航海期间，我每天过着受屈辱的日子，日本人刚开始以毫无表情的眼睛茫然眺望大海，但是他们跟我们西洋人不同，遭受不幸，也很快就死了心，有时甚至能听到聚在甲板上的他们的笑声。总算从长久艰苦的旅途中被解放，不久就可以踏上故乡土地的喜悦，有时或许给了日本人那样的开朗和快活。

使者中的西九助跟横渡太平洋时一样，接近船员们，以片语只字的西班牙文和手势问各种问题。这位青年对文明和技术的好奇心非常强烈，很细心地把船员教他的知识做成笔记。

田中太郎左卫门已不再斥责西，他已抛弃以往顽固的态度。随从们在甲板上唱歌，他有时也会附和着打拍子。长谷仓六右卫门担心的事，从打着拍子的田中的样子是无法想象的。认为该做的一切都做了的想法，似乎已让现在这个男子有点看开了。

不过,大部分日本人并不出席我每天在船上主持的弥撒。虽然知道他们不是出自内心受洗,只是为任务而受洗,可是,吟唱弥撒的经文时,在代替圣堂的餐厅中连一个日本人都看不到时,我仍感到无可言喻的屈辱。

(一切……都是因为你造成的。如果你不给我那样的结果,归国的船上可能充满喜悦,日本人也会发出赞美你的声音——然而,你并不期待那样。你选择了抛弃日本人。)

只有一个日本人悄悄地来参加弥撒。那个男子为了不让同伴发现,在弥撒的中途出现,领受圣体后马上逃也似的消失了。那样子让我想起在雄胜的木材放置场见到的有如乞丐的天主教徒。

那个日本人不是使者。田中、长谷仓、西自从谒见罗马教宗之后从未参加弥撒。他们表面上从未对我怒言相向,可是借着缺席表示他们的心意。偷偷来参加弥撒的是长谷仓的部下与藏。我看到他的眼睛,联想到狗的眼睛,畏畏缩缩、寂寞的眼睛。可是,他决不抛弃发誓过要效忠的主人。我想起在漫长的旅途之间,这个男子比平常更靠近长谷仓。现在,他或许也同样不会抛弃主吧?

又有一段很长的时间没有提笔了。我们在大西洋遇到两次大风暴之后总算踏上韦拉克鲁斯的土地。来程中,这个城镇有季风吹过发出声音,现在人影稀少,一片荒凉,有如对一切都死了心的我们的内心。

一切都没变,作为宿舍的修道院也一样,在靠近修道院的小广场上仍然可以听到每隔两小时就报时的钟声。去拜会的圣胡安-德乌鲁阿要塞的司令官也跟那时候一样,秃秃的额头上留有军帽痕迹,赠送他的日本刀依然得意地挂在办公室的墙壁上。

他招待我们晚餐。餐会上也有军官和夫人们参加,很亲切地欢迎我们。日本人也以比那时轻松的态度喝葡萄酒,吃并不好吃的东西。冗长而无聊的问题和谈话之后,宴会结束时,田中代表大家致谢词。他坚毅地说,虽然没有完成预期的目的,但是能饱览众多国家和地方,感到很高兴,并不后悔。

回程中,马车来到靠近修道院的广场时,酒馆里戴着大缘帽、穿着白衣服的三个男子在吹奏乐器。那曲子让田中想起他在故乡经常唱的歌曲,他突然自言自语起来。

使者各自回到黑漆漆的房间。我也点燃蜡烛,就坐到自己房间的桌前写了两封信。一封是给塞维利亚的伯父,另一封是给墨西哥城修道院长,麻烦他安排往菲律宾的船让日本人回国,也告诉他我自己和他们一起到马尼拉,依上司的命令一辈子在那间修道院服务。

写完信时,内心出奇地平静。体悟到自己生存的意义,到此已燃烧完了,因此出现从罗马出发之后从未有过的平静。放下鹅毛笔,我注视着摇曳的火焰,想着我对日本长久的执着就此结束。

想到我第一次听到日本这个国名,是一五九五年在塞维利亚的圣迭戈修道院。当时,上司鼓励我到墨西哥传教,不知怎的,我总有些许不满。那是遗传自族人的性格。我觉得这种性格不适合在平静的墨西哥,以安全而温和的印第安人为对象传教。

我内心深处经常有一个欲望:希望到受到镇压、迫害的国家,以主的士兵之名作战。上司们常告诫我,我的性格有违温顺、服从的美德。

第三年,一五九七年,日本这名字和它的存在变得很接近我,因为当地的伯多禄会送来前年日本的权力核心人物太阁对天主教徒展开迫害行动的报告。被捕的传教士和日本信徒二十六人从东京被送到九州的长崎,处以火刑。这件事在塞维利亚已成为谈论的焦点,那时我心想日本正是我埋骨的国家,耳中听到主命令使徒们“去传福音吧!”的声音。

一六〇〇年,教宗克雷芒八世的通谕公布。对我而言,那是主无限的恩惠,因为以往在日本的传教只准许伯多禄会进行,而现在根据这通谕,允许所有的教会去传教。在菲律宾的我们的教会,从本国募集志愿到日本传教的人,我因此开始学日语。

可是,族人并不赞成我在日本传教,特别是母亲、姨妈等女性,希望我到安全的墨西哥的修道院,因此甚至展开说服,想改变我的主意。

这一年,我参加到菲律宾的传教团,六月二十日从塞维利亚搭乘前往菲律宾的帆船。那次航海比这次带着日本人的航海更为艰辛,历经暴风、缺水断粮、疫病等试炼,我到达马尼拉时几乎是半个活死人。不过,跟主背负十字架的痛苦相比较,航海的辛苦根本不算一回事。

第一次看到的东洋城镇肮脏、杂乱、吵闹。马尼拉是西班牙人、黑人、土著的菲律宾人、中国人宛如在熔矿炉中般推挤、喊叫、转动的城市。我们兄弟对针对许多住在这城市的中国人传教感到束手无策。当时,对受洗的中国人给予免除十年租税的特权,因此信徒很多,不过,可以确定他们的内心并未成为天主教徒。他们即使受洗也不遵守天主教徒的生活规范,同伴之间沉迷于奇怪的、不愉快的迷信和礼拜。

与在马尼拉第一次见到的两万中国人相比,日本人人数少,只有其十分之一。许多人从事贸易,而他们之中掺杂着两百人左右的天主教徒。

他们向日本的天主教徒学日语,了解日本人是什么样的。外表上,日本人比其他人种脑筋转得快,富有求知欲和好奇心,具有西班牙人不及的强烈自尊心和礼节。这样的人长久生活在不知神恩宠的日子里,让人感到不可理解。

在马尼拉的两年中,有一天我会去的日本如夏日的云,在心中成形。如哥伦布为寻找黄金的国度渡海,我梦中的日本是黄金之国、为了神该征服的岛屿、足以应战的战场。在日本,原有的权力者已死,德川将军重新掌握实权;听说天皇也对天主教采取镇压的方针;听说伯多禄会的传教士被赶到九州,继续着若有似无的传教活动。每当这些话辗转传到马尼拉,我不但不气馁,反而被激起强烈的斗志。

一六〇三年六月,机会来临。菲律宾的总督派遣使节回报寻求友好关系的日本皇帝,我以通译而非传教士身份参加。我们的船趁着潮流北上,一个月后,我终于在海平线的彼方看到憧憬的日本。海上有小鸟飞翔,许多渔船在夏阳照射的波上捕鱼。不久,柔和、不险峻的群山和岛影缓缓出现在海的彼方。那就是日本,与想象中实行迫害和镇压的国家印象相去甚远的日本。

然而,船一进入出海口,突然有几艘小船出现。脸色傲慢的指挥官持枪带着部下到船上来。他们如强押犯人一般赶我们上陆,让我们在炎热的海滨等待很久之后才承认我们是菲律宾总督的使节。我们登陆的是靠近皇帝居住的江户的捕鱼海湾。

注视着蜡烛的火焰,眼前浮现的是那时第一次从海上看到的日本美丽的山与海。在阳光照射下,乍看日本就是和平的岛屿。那时,我感觉到这个国家正是适合主祝福的"幸福、柔和"的土地!

可是,现实的日本并非那般柔和的国家。我眼前浮现的是不久被带到江户城深处看到的坐在天鹅绒椅子上的一个老人。江户是比任何西洋城市秩序都不差的地方。大名和武士的居住区有黑色、长长的围墙,黑色运河围绕着层层叠叠、具威胁性的壮阔江户城。我们被带去的城的内部与马德里的华丽王宫不同,是发出暗黑色亮光、阴险的走廊与宛如冒着烟的金色拉门的延续。走过有如蚁巢的几道走廊之后,我们第一次看到坐在天鹅绒椅子上、约六十岁左右中等身材的老人。老人那时在接见日本地位最高的领主,而那领主有如奴隶般匍匐于地,退出时身体低得仿佛要亲吻泥土。老人只是注视着我们,几乎都不开口。提问题的是在距离皇帝座位五十步地方的书记官。透过他的嘴,我们知道皇帝不止要求和菲律宾做贸易,也希望和墨西哥通商、送西班牙的矿工到日本。针对这些问题,使节答应向马尼拉探询。

使节离开日本时,我和早已在日的几位伯多禄会神父、修士商量留在江户,名目是处理使节留下的工作,负责替往后到日本的外国使节翻译。由于日本人知道我是天主教的神父,书记官于一六〇二年送皇帝的信到马尼拉,这件事让我"记忆深刻"。那是允许外国人在日本居住,却禁止传教的命令。

当然,我并未因此而感到受挫,也没有服从命令。我以为被舍弃的麻风病人在浅草建简陋医院的名目,与两个同伴为病人看病,开始偷偷传教,很快就联络上隐匿的日本信徒,那是最初的活动。这种被禁止的秘密行动,当然不可能满足我的理想。我心里经常浮现在那城内深处的一室中,坐在天鹅绒椅上,迫切希望和墨西哥做贸易的老人的影子。

和那老人对抗已不可能了,具有生存意义的日本已远离到伸手不及之处。战败的我将到马尼拉,生活在有白色围墙环绕,中庭花坛的花被修剪、照顾得很好的修道院,每天过着给修士不痛不痒的忠告、看看会计簿、写报告书的生活,过着为母亲祝福、摸摸小孩的头的平凡无奇的修道院长的生活。

那是主对我的生涯的“希望”。

我跪在地板上，手腕用绳子绑着，祈祷“成为你所希望的”。我祈祷着成为你所希望的，不自觉地感到绑着的拳头已汗湿。我拼命地压抑着涌现的激情。

那时我意识到有人站在门口。

“长谷仓先生，有什么事吗？”

“田中……”长谷仓没移动脚步，静静地回答，“自杀了。”

长谷仓说这句话的语气宛如宣布出发的时刻。田中……自杀了！我跪着，一直注视着他手持的烛台的火焰。火焰在长谷仓的手上如痉挛般抽搐。“承你的主意”，可是神所想的，如今比冰更为冷酷。

长谷仓默默带我到田中的寝室。在暗黑的走廊壁上映照出两个影子，我和他都默默无语。只有里面的一个房间灯亮着，房门前，西和几个随从站着。我一脚踏进房间，看到田中的脸转向侧面，躺在满是血迹的垫布上，枕边整齐地摆着自杀用的短刀和刀鞘。田中的两个随从跪在烛台旁边守护着，宛如在等待主人下命令。

随从们看到我，静静地挪出空间。他们似乎早就预料到主人的自杀，一点也不慌乱，甚至让我感觉到像是在做既定的仪式。修道院除了这一层楼，似乎没有人起床。事实上，没有人发现这件事。

田中的死相安详。旅途中常见的傲慢、冷淡的表情消失了，那是死亡使他从所有让他感到痛苦的烦恼中获得解放似的安详。我甚至觉得是死亡、是主让他获得安息。

随从之一要在他枕边放置佛像。他的动作使我想起田中已受洗，而我好歹也是神父，于是我说：

“不需要佛像，田中先生是天主教徒。”

随从怀恨地看我一眼，把佛像拿起，放在自己膝上。

“祈求获得永远的安息！”

在那靠近韦拉克鲁斯香蕉林的洼地，我曾经手执印第安人的手，唱同样的祈祷。可是，田中跟印第安人不同，犯下教会不能原谅的大罪自杀而死。教会不许为自杀的人做仪式，然而这时，我不管教会的规定。我了解田中旅途的痛苦，也了解田中、长谷仓、西是以怎么样的心情流浪过来的，也了解田中为什么非用这小刀切腹不可。如同我不能放弃年轻的印第安青年的死，我也不能对田中的死置之不理。

“请给予死者安详的休息！”

如同关闭人生最后的门，我把睁得大大的田中的眼睛合上。在这之间，无论随从或站在门口的长谷仓、西都没有阻挠我的祈祷，聚在角落里动也不动。

不久,随从切下主人的头发和指甲,放入挂在胸口的袋子,然后以全新的绢布盖在遗体上,换下满是血迹的垫布。一直等到这些都处理完毕后,长谷仓对我说:

“早上礼拜时请向这里的神父道歉,希望他们能帮忙。”

日本人依佛教仪式,到黎明来临之前都留在死者身旁,我也和他们一起在以白布覆盖的遗体旁边过了一夜。

白日到来了。获得修道院的特别许可,我们把他埋在连接城镇和圣胡安-德乌鲁阿港的印第安人墓地旁。修道院没派神父、修士参加,连一个也没有,他们不喜欢参加犯了自杀大罪的人的葬礼。我用两根枯木交叉做成十字架,插在土堆隆起的地方。朝阳照在林中,光着身子的印第安小孩在旁边含着手指,很奇怪地往这边瞧。西蹲下去,直立的长谷仓一直闭着眼睛。

圣胡安-德乌鲁阿要塞司令总算带着副官骑着马来了。

“印第安人也是这样子。”

他下马,擦着汗。

“越是卑劣的人种越想自杀!”

“日本人认为比起忍辱,选择死亡才是美德。”我瞪着他说,“这位日本使者认为不死无法完成使节的任务。”

“我不太懂……”司令官惊讶地耸耸肩,“不过,从神父的话听来，似乎是承认教会所禁止的自杀了。”

他眼中隐藏着对我的疑惑和警觉，或许从本国的来信知道我是不服从教会的野心家。

是的，我的确变得不清楚、自暴自弃。我无法理解主的意志是什么，因此对自己信仰的动摇感到无可言喻的恐怖。

这次，旅行的念头出自希望日本成为主的国度。可是，其中难道不包括自我辩护、利己的征服欲吗？心底难道没有自己想当日本的主教、想以这只手操纵日本教会的野心吗？而主真的看穿我的心，处罚我吗？

“教会的确认为自杀是大罪。”我低着头说，“可是我不希望主放弃这位自杀的日本人……不希望这样子。”

司令官无法理解我沙哑的嘟囔。如果有人让田中犯下自杀的大罪，那就是我。我高傲的企图迫使他走向死亡。如果要处罚田中，我更应该受罚！（主啊！请不要放弃他的灵魂。否则，请处罚我的罪吧！）

> 我来是为把火投在地上，我是多么切望它已经燃烧起来！
>
> 我有一种应受的洗礼，我是如何焦急，直到它得

以完成!①

因为人子,不是来受服事,而是来服事人,并交出自己的性命。②

主说这些话时,已觉悟到自己的死。这世上有死才能完成的使命。

从韦拉克鲁斯到科尔多瓦的路程,山岳为雷云覆盖,有时有闪电,有龙舌兰和仙人掌宛如奇怪的文字生长着的荒野。我和日本人在这荒野中默默前进,想到决心赴死、在这荒野中前往耶路撒冷的主。主那时预感到自己的死,说:“我有一种应受的洗礼,我是如何焦急,直到它得以完成!”在这世界有死才能完成的使命。感觉上,田中太郎左卫门的自决告诉了我这一点。不过,田中的死与主的死有一点截然不同:那个日本人是为了弥补使者无法完成的使命而自杀,但是主是“为了服侍更多的人”而受死。

闪电划过,紧接着听到远处的雷声。我的心中如今仍有闪电。我也有许多需要服侍的人,神父是为了服侍这地上的人而活,不是为自己而活。我想起在雄胜海岸,衣衫褴褛的肩

① 《圣经新约·路加福音》第十二章49—50节。——编者注
② 摘自《圣经新约·马尔谷福音》第十章45节。——编者注

上沾了木材屑、畏畏缩缩要求告解的男子。我需要服侍的，是像他那样的日本人。“我来是为了服侍众人，”我拖曳着脚步对自己说，“是为了奉献生命。”

主不会做无意义的事。田中的死告诉我这件事，因此也绝非无意义。

“我们今后会怎么样呢？”

西九助坐在科尔多瓦集会所的寝台上，注视着窗户自言自语。被分配的房间跟往日宿在雨后天晴的集会所时一样，只是，那时田中太郎左卫门仍然活着。此外，什么都没改变。烛台上暗淡的烛光照射着两手钉在墙壁上的那个瘦削男子。

“以后，你是说……”武士以疲惫的声音问，感觉上不只是肉体，连精神都疲惫已极——想到今后就感到郁闷、麻烦，“回日本以后的事？”

“我也不知道。不过，藩主、重臣们应该了解我们的辛苦。”

“即使两手空空回去？”

武士想起以往西朝气蓬勃的样子。微黑的脸上露出白齿而笑的这个男子的眼睛，以往充满好奇心的光辉，有时甚至让武士感到妒忌。可是如今这光辉已消失，西脸色如病人，毫无生气。

“如果可能，我希望留在西班牙学习各种各样的东西。”西对着烛台，声音无力，“我觉得这世界真大。做梦也没想到是这样子回去。”

听到这句话时，从月浦出航瞬间的情景，突然在武士心中鲜明地浮现。帆绳发出咿呀声，波浪拍打船腹，海鸟发出锐利的声音掠过船首。船朝广阔的大海移动时，他也想到自己的命运今后会有所转变。那时，他没想到这世界是这么广阔——通过想都没想过的广阔世界之后，却只留下疲倦，连心的深处都疲惫不堪。

“田中先生对今后的事害不害怕呢？”

“害怕什么？”

“藩主、重臣们会不会放弃我们？”

武士老毛病般眨着眼睛。对武士而言，深入思考田中的死是痛苦、可怕的。田中是为了在亲戚面前维持自己的面子而死。武士一想到在围炉旁等待自己归国的叔父双颊都瘦下去的脸，真的想死。他羡慕自杀的田中。可是，他不能死，为了西和辛苦的随从们，他必须在评定所报告旅途中的一切。武士心想，如果一定要有人负起报告者的责任，那就是自己。

“应该不会放弃。”武士的声音特别强烈，“也有尽了力却做不到的事，这一点非跟重臣们报告不可。”

他对自己也这么说,其实他内心毫无信心。再追问下去,想想也是怪可怕的。今后的事,东想西猜又如何呢?武士咀嚼着痛苦和无奈。

夜气从开着的窗户流进来,泥土味道又让武士想起谷户。即使要不回黑川的土地,对武士而言有谷户就够了。和父亲、叔父不同,他的心、他的身体和谷户结合在一起,而不是和黑川。

“可是连西班牙国王的回信也一封没有,”西执拗地问,“评定所不会责怪吗?”

“够了!再想也没有办法。既然没办法,就不要想。”

武士为了把话打断,站了起来。西的啰唆使武士想到中庭呼吸充满泥土味的夜晚空气。

白天酷暑难耐,夜晚的中庭却出奇地冷。三个男子蹲着不知谈些什么,是与藏和两个随从。与藏对两人发怒。

“睡不着吗?”

三个随从难为情地站起来,担心刚刚的话是否被听到了,眼睛瞟着主人。

“晚上的气氛让人想起谷户啊!”武士安慰三人似的故意笑出来,“谷户的夜晚,也有着浓浓的泥土味道、树木味道。很快就可以嗅到那种味道哟!”

武士从刚刚三人口角的声音知道,疲劳和焦躁不安的不只是西,随从之间也传染了。他对自己说,自己无论如何要坚强。

翌晨,一行人从科尔多瓦出发。又是炎热的荒野。荒野的尽头是橄榄树园、印第安人的小屋和屋顶有着西班牙风味的地主的住宅。来程看过的风景又重复着,可是,眼睛已习惯旅行的日本人起不了任何好奇心。虽然也知道自己一步一步向日本靠近,可是,不知怎的,他们毫不感动。

武士发现到身旁任马摇晃的贝拉斯科,惯有的微笑从他脸上消失已经很久了。老实说,武士对这南蛮人充满自信的微笑并不觉得舒服。贝拉斯科在日本人听从自己时,脸上常露出微笑。每次看到他似乎别有企图的微笑时,武士常怀疑他的真意,事实上,也因为那微笑而被欺骗了好几次。不过,离开罗马之后,傲慢的微笑从贝拉斯科脸上消失了,代之而起的是一筹莫展的孤独表情。

“现在,一切都没办法了!”武士从马上对贝拉斯科这么说完,就马上闭口。让人不安、生气,甚至憎恨的南蛮人眼睛望着被低沉的雨云覆盖的山岳地带。看到这副模样,长谷仓甚至感到可怜,清楚知道这个男子已经回不了日本。他未完成向重臣们发过誓的约定。

十天后的黄昏，穿过有灰色城墙围绕的普埃布拉城。跟那天一样，城墙旁边有市集，编发辫的印第安人把陶器和纺织品、水果排列地面上，抱膝如石像般默然。

“长谷仓先生，你还记得那个日本人吗？”

“是指当过修士的那位？”

不必等到西询问，武士已想起在墨西哥城曾来访问自己一行人的同胞。在特卡利的血般发光的早上的沼泽旁，在以芦叶盖屋顶的小屋里，住着那位修士和印第安女人。说过不会再见，如果是真的，那么他们跑到西班牙的哪里去了呢？

“我想再去那沼泽一次。”西附在武士耳边说，不让贝拉斯科听到。

“去了也没有用吧？那个男的说印第安人对同一块田地不耕第二次。”

“即使见不到那个男的也没关系。”

“那么，是为什么去？”

“那个男子……”西悲伤地笑，“不知怎的，我现在才了解那个男子回不了日本的心情。”

“你也想留在这里吗？”

“看过广阔的世界之后，对日本感到难过。想到出生在召出众或更低下之家的人，一辈子就生活在那样的日本，心情就郁闷。不过,有人等我回去。”

不允许任意行动,有等待的人。武士的想法也一样。支撑着身为一族总领的他的叔父和家人、百姓在谷户生活。自己会回谷户吧,而且过着跟以往相同的生活。再也不会离开谷户到广阔的世界吧?这是梦,把它当成消失的梦就行了。

翌晨,天色微暗,武士和西跟上次一样离开住宿一夜的修道院。路已熟悉。经过暑气尚未侵袭,如沙漠般寂静、凉爽的城镇,来到森林时候,天空呈蔷薇色,小鸟喧闹。马走过,溅起清冽的溪水,晨曦从树林缝隙如箭般照射地面。特卡利的沼泽寂静依然,只有芦叶发出轻微的声音。西下马牵着马,口中叫着修士,两三个留发辫的印第安男子赤裸着上半身从小屋门边露出脸来。他们还记得武士和西,笑歪了鼻子。

修士靠着胖如肉球的妻子的肩膀出现,步伐蹒跚。生病的他在晨曦中痛苦地闭着眼睛,然后总算认出是武士和西,大叫:“噢!”

“回来太好了!”他宛如再见到离别的亲人般伸出双手,“我以为再也见不到你们……”突然,他的话停止了。他把手放在胸口,“唉——唉——”地痛苦地叫着。

“不用担心,马上就好了。”

然而,到平稳为止有一段时间。朝阳早已高升,阳光慵懒洒落在沼泽上，一天的暑气开始了。印第安人远远地以奇异的眼光注视着三人，没多久就看腻了，走开了。

“只要有船到吕宋，我们马上踏上归途。要是有东西要送日本朋友……”

“没有。”修士寂寞地笑了，“天主教的修士知道了，反而增加他们的麻烦。”

“我们不得已成了天主教徒。”武士难为情地低下头，“不是出自内心……”

“现在也不相信吗？”

“不相信，一切都为了任务。你真的相信那叫耶稣的男子？”

“相信，我以前也说过。可是，我相信的不是教会或神父们所说的耶稣。我的心跟借主之名烧毁印第安的祭坛、说是为了宣扬主的教义而把印第安人赶走的神父不同。”

“为什么会敬服那寒碜、可怜的男子？为什么能礼拜那疲惫而丑陋的男子？这我就不了解……”

武士第一次认真地问。西也蹲着仰望修士的脸，等待回答。从沼泽传来印第安女人奇妙的声音。

“我从前也有过相同的疑问。”修士点点头，“可是，祂比现世的任何人都要寒碜地生活，因此我相信。因为祂又疲倦又丑陋,祂太了解这世界的悲伤。无法漠视人的悲叹、苦患,因此祂才变得那么疲倦,那么丑陋。如果祂活在我们伸手达不到的高贵、舒适的地方,我想不会有那种胸襟。"

武士无法理解修士说的话。

"祂因为一辈子都过得悲惨,因此能了解悲惨者的心。因为祂死得凄惨,因此知道死得凄惨的人的悲伤。祂既不强壮,也不好看。"

"可是,你看看教会就知道了,看看罗马城就行了!"西反驳,"我们看过的教会都有如琼楼玉宇,教宗住的地方也装饰得到了在墨西哥城根本无法想象的地步。"

"你以为祂希望这样子吗?"修士生气地摇摇头,"以为祂希望住在装饰得那么华丽的教会? 不是的,祂想住的不是那样的建筑,我认为是像印第安人住的那样的破烂房子。"

"为什么?"

"祂一辈子都是这样。"修士以充满的深深的信心回答,之后,眼光落在地面上,自言自语似的反复说,"祂一辈子都是那样子。祂没去过高傲者、富裕者的家,祂只找丑陋的、悲惨的、寒碜的、可怜的人。可是,现在这国家的主教、神父都是富裕、自满的人,不是祂所要找的人。"

修士一口气说到这里,突然手按住胸口,又发作了。武士和西默默地注视着他，等待平息。

“印第安人为了这样的我停留在沼泽。否则，”他腼腆地笑了，“我会搬到离特卡利很远的地方吧？有时可以从印第安人当中发现耶稣的样子。”

从肿胀的脸和黑青的脸色明显可以看出这个日本人寿命不长，这闷热的沼泽旁恐怕是他安息的地方吧？然后他会被埋在玉米田的角落。

“可是，我无论如何，”武士抱歉地细声说，“无法像你那样想着那个男的。”

“即使你不关心祂……祂也会经常关心你。”

“我不想那个男的也一样可以生活。”

“真的是这样子吗？”

修士怜悯地注视着武士，撕裂玉米的叶子。阳光更强烈了，沼泽里芦叶闷热，虫开始鸣叫。

“人，如果一个人可以生活的话，为什么世界到处都充满哀叹声？你们走过许多国家，渡过大海，绕过世界，然而，不管哪里，哀叹者、哭泣者都有一双有所追寻的眼睛。”

他说的没错。武士在自己走过的所有的地方、所有的村子、所有的家都看到两手张开、垂着头的那个干瘦的丑男子像。

“哭泣者和我一起寻找哭泣的人，哀叹者寻找倾听我的哀叹的人。世界再怎么改变，哭泣者、哀叹者仍经常寻找祂。祂是为此而存在的。”

“我不懂！”

“有一天你会懂。这件事，有一天会懂的。”

武士和西握着缰绳，向不可能再见的这位病人道别。

“有没有话要转达给故乡的人？”

“没有。我好不容易调整我自己的心，捕捉到祂的影子。”

沼泽在阳光中闪烁。沿着岸边，马缓缓起步。从马上回过头来，印第安人如土块般聚在一起，还在目送我们。其中，衣衫褴褛的修士在女人的扶持下一动也不动。

十一月三日

查尔科。在与往程相同的荒野朝墨西哥城而走。

十一月四日

宿墨西哥城郊外。派人申请获得入墨西哥城的许可。

从那里可以远望教会尖塔直立的墨西哥城街道与围绕着街道的白色城墙。在刺向碧空的尖塔中，日本人受洗的圣方济各教会、我们住宿过的修道院也在其中。

不过，我们没经过墨西哥城，而是接受总督的要求直接到阿卡普尔科港，理由是墨西哥城还没做好迎接日本人的准备——当然，我知道这只是想避开我们的借口。一切一定都依照从马德里来的指示。不过，墨西哥城的我们教会的修道院长怜悯我们，送葡萄酒和食物到住宿处。两个修士以驴马驮来那些东西，交给我修道院长的信。信中所写的日本情势，比在罗马听到的更详细。那其中抄录了来自我所属的教会在马尼拉的修道院的报告。

我知道日本全面取缔天主教是从我们出发的翌年二月开始的，正好是我们在哈瓦那等待船出航时。那时候，在日本，坐在天鹅绒椅子上的老人突然发出布告，不只是传教士，连日本人信徒都要驱逐出境，无论哪里都禁止信奉天主教。

我和使者们什么都不知道，我们什么都不知道地只为追求一个梦往西班牙而去。然而，那却是如海市蜃楼般的城市！

听说布告一张贴出去后，所有的传教士就像家畜般被从日本各地赶到长崎。在江户的小屋子里等候回去的迭戈神父也一定是其中之一吧？我眼前浮现经常像哭过的、眼睛红红的那位善良的同事怯怯地毫无办法地离开江户的神态。

传教士和日本修士被聚集到长崎旁边的福田，将近八个月在像家畜棚子般的稻草屋顶的屋子里过日子。长崎出现未有过的混乱：分裂成弃教者与隐匿者，我的教会和道明会、奥斯定会举行两天的祈祷大会，在复活节那天游行市街，叫喊着殉教。

十一月七日，雨天。被软禁的传教士和日本修士八十五人被塞在五艘帆船里，离开日本往澳门而去。翌日，三十位神父和修士、信徒搭老旧的船到马尼拉。都是永久驱逐。听说到马尼拉的船中还包括高山右近、内藤如安[①]等有力的天主教武士。

读着抄录的报告，我眼前浮现出坐在天鹅绒椅子上的老人的脸和姿态。像中国人的那个微胖的当权者在政治的世界中，如尼禄战胜使徒般，终于战胜了我们天主教徒。不过，他的胜利表现在政治层面，天主教徒在战争中胜利的不是政治的世界，而是灵魂的世界。尽管是全面性的驱逐，那老人可能还不知道其实有四十二位传教士在日本信徒的掩护下潜伏在那个岛国。潜伏的传教士们明知在政治或现实的世界中败

---

① 本名内藤忠俊，日本安土桃山时代武将。其于少年时代皈依天主教，晚年与高山右近一同被放逐，客死马尼拉。——编者注

北，仍把血奉献给那个国家——形状像蜥蜴的国家。

一切跟主受难的情况相似。主在大司祭盖法住的政治世界中被玩弄、被抛弃，在哥耳哥达丘陵上背负着十字架。然而，败北的主在人们的灵魂世界获胜。的确，我的这次旅行在政治的世界中，失败了，可是，那像蜥蜴形状的国家打败我的只是那一面。

主啊！请告诉我主究竟希望我做什么？

主啊！希望一切如你所愿！

主啊！如果我心中现在萌芽的念头是主的意志，请告诉我！

阿卡普尔科有一艘我们要搭乘前往马尼拉的船停泊在阳光微弱的湾内。橄榄树覆盖围绕海湾的海岬和湾中的小岛。与高地上的墨西哥城相比较，这里很热。

日本人住宿在阿卡普尔科要塞的军营，即使白天也睡得像死猪一般。似乎要把长久以来的劳苦和疲倦全部驱除似的，他们不外出，只是睡觉。军营周围一片寂静，有时从湾内传来海鸟锐利的叫声，似乎要打破这片寂静。

船预定一个月后出帆。再次横渡太平洋、抵抗大风浪、穿过暴风雨,如有神的保护,春初我们可以抵达马尼拉吧?然后,我留在马尼拉,日本人可以雇到船和船员归国吧?和他们分手之后,我将依伯父和上司的命令住在花坛里修剪得整齐的纯白色修道院。

或者……

主啊!请告诉我主究竟希望我做什么?

主啊!希望一切如你所愿!

主啊!如果我心中现在萌芽的念头是主的意志,请告诉我!

第十章

清晨被叫起,朦胧中武士逐渐看清与藏的脸。与藏如俯视孩子的母亲般带着微笑,武士从表情就知道这个随从现在想说的。

“噢!”

武士弹也似的起床,摇醒旁边熟睡的西九助。

“是陆前啊……”

这一句话包含武士万千的感慨。

日本人一溜烟跑上甲板。阳光遍洒海上,橙色的海很平静。近旁看得到眼熟的岛,岛的彼方与浅红色的金华山相连。金华山上眼熟的树林枝叶茂盛,在眼熟的海滨上摆放着小舟。

久久一阵子,大家默默地注视着岛屿、海滨、小舟。

为什么没有喜悦涌现?甚至连眼泪都没有。虽然长久以来魂萦梦牵的景物在这瞬间呈现眼前,但他们似乎仍在梦中和风景相对。旅途中,好多次、好多次见过这样场面,在梦中。

中国水手从帆柱指着岛,不知在叫什么,或许是说到了,或许是告诉我们是月浦。

每个人都静默不动,各自咀嚼着不同的情绪或感慨,茫然望着眼前缓缓移动的故乡风景。只有波浪碰到船,发出低沉的声音,发出如玻璃碎片的光,然后消失。几只海鸟掠过浪头,如树叶般往上飘。

在这瞬间,出发的那一刻从武士不知重叠了多少层的记忆中复苏。那时,帆网咿呀、波浪拍打船腹,和现在一样,海鸟也掠过船端飞逝。那时,他望着波光粼粼的外海,心想未知的命运从现在开始。

那未知的命运,现在结束,好不容易才回来。为什么没有喜悦?除了空虚的心情和疲倦之外什么也没有留下来。是因为看过太多的东西,反而跟没有一样吗?是因为尝过太多的东西,反而跟没尝一样吗?

"是公差啊!"

有人叫着。一艘张挂着藩图样的布幕的船从湾后朝这边驶来,矮个子的公差从布幕之间往这边眺望。船夫划着两只小舟由它后面靠近。公差手放在额头遮日,俯视我们,视线在每一个日本人身上游走。船与小舟之间持续了一阵子问答,他总算一切都了解了。

在改搭小舟的武士眼中,月浦的湾口逐渐接近。两侧的海岬上稀疏并列着快要倒塌的稻草屋顶的房子,背后露出红色的小鸟居①,鸟居竖起红布幡。小孩在路上奔跑。这无疑是日本,是日本的风景。

(回来了……)

这时武士第一次感到强烈的喜悦。他不由得看西的脸,也看看与藏、一助、大助的脸。

"日本的……海滨……"西深深吸了一口气,没再接下去。

脚踩进有黑色海草飘散的海滨,透明的小波浪涌过来,静静地打湿了日本人的脚。日本人依然闭着眼睛站立不动,体会在水中的感触,良久。从看守的小屋出来的公差以怀疑的眼光一直看着他们,但是,其中一人"哦——"地叫着。

"哦——"他突然有如踢着海滨的沙子般飞奔过来,"回来了?"

他握着武士和西的手,久久不放。"回来了!"

公差们根本没接到有关武士、西归国的通知。由于没有船回日本,因此他们在吕宋停留了一年以上,从吕宋寄出经由

---

① 立在日本神社入口、"开"字形的牌坊。

澳门的信似乎仍未送达日本。公差对这突然发生的事惊讶得不知所措。

和风风光光的出发日相比较，一切都很平静。迎接武士和西等的只是这些公差和从远处眺望的小孩，以及哀伤地拍打海滨的波浪声而已。武士望着那一天承载着自己搭乘的像城寨般大船的大海，现在只有平稳、发光的海面在眼前延伸。这海滨以前也系着许多载货物的小船，工人们匆忙走动，这一切景象现在都不见了。

在公差陪伴下，他们往出发日住宿的寺院去。那座寺院和当时相比毫无改变。还记得他们的住持带他们到房间时，看到被太阳晒成褐色的榻榻米，武士突然想起田中太郎左卫门。在这榻榻米上，田中、松木和自己度过一夜，如今这里已看不到田中、松木的影子。韦拉克鲁斯林中可怜的田中坟墓。只有他的遗发和指甲被带回日本。

公差轮流进入房间，武士他们连休息的时间都没有，将归国一事通知评定所的快马已从月浦出发。依评定所的指示，武士和西明天准备从这里出发到城里。

一切都令人怀念。日本房的味道、这里的器具和供应的食物都是长久之间梦中见到的日本。被分配到别室的随从中有人抚摸着柱子流眼泪。

住持和公差们对西所说的南蛮各国的模样,露出不相信的表情。四五层的石街或刺向天空的教堂,要让他们理解是困难的。告诉他们行行复行行、只见龙舌兰和仙人掌的墨西哥荒野,也徒费口舌。

“世界……”西绝望地笑着说,“它的广阔在这日本是无法想象的。”

西的故事说完后,住持和公差们紧接着说他们出发之后领地内发生的事。在武士们离开罗马时,日本发生了最后的大战。德川家康消灭了丰臣家。幸好,藩主只派兵进京,未加入大阪的作战。身为重臣的石川先生逝世了。和武士同行的商人、水手们大概在那时候从吕宋经长崎归国吧。那艘大船留在吕宋,他们是搭别艘南蛮船回来的。

“松木先生也是吗?”

公差点点头,告诉我们松木归国后,被评定所提拔为徒目付①。以召出众而言,在评定所服勤算是出人头地。武士想问:

“关于禁天主教的事……”

以及送我们到墨西哥的白石先生现在在评定所是否还有权势。尽管这问题已冲到嘴边,武士和西仍然讲不出口。不

① 于目付监督下,掌警卫、侦探职务。目付为武家时代之监察官。

知为何,也有一股想避开的阴郁情绪,住持和公差们对于这方面什么也没说。

夜晚来临,武士和西并枕而眠,不知是否是兴奋的关系,睡不着,只有远处波浪声传入耳中。这是四年来回到日本最初的夜晚。武士心里这么想,眼帘里鲜明浮现再过五六日就可以回去的谷户的样子、大概会掉眼泪的满是皱纹的叔父的脸、默默地看着他的里久的脸、飞奔过来的小孩的脸。他想起自己刚才写的信:"匆忙写这封信,我们抵达月浦,大家都平安无事。事情处理完后马上回去,详情后叙……"

西可能也睡不着,在床上翻来覆去。武士轻声咳嗽,西小声地说:

"真的回来了……我还是无法相信。"

"我也一样。"

武士吐了一口分不清是叹息或吐气的轻叹。

翌日午后,公差快马加鞭赶回来,带回评定所的指示。

武士端坐着接受指示。公差传达:在评定所的重臣到来之前在月浦等候,这段时间不准和家人会面、通信。

"这项指示,是哪一位说的?"武士脸色有点改变。

"是津村景康先生。"

津村先生是与白石先生、鲇贝先生、亘理先生等同样的重臣之一。既然是津村先生的命令,除了服从之外别无他法。

“不要担心!”公差赶紧安慰二人,“回来的商人、水手们也遭受到同样的调查。”

让人无法理解!我们以藩主使者的身份远渡重洋一事是谁都知道的,既然身为重臣,对这点应该清楚。受到和商人、水手一样的待遇令人感到意外。

而且,和昨天大不相同的是公差们都不到房间来。这种气氛是奉命不要随便和我们交谈。

“这不是软禁吗?”

西眼含怒意从走廊边俯视外头。可以感觉到公差们装作若无其事地警戒着。

武士坐在夕阳照射的房间。为什么会受到这样的待遇?勉强可以想象得到的是因为我们没有完成身为使者的任务——可是,不是没完成,而是完成不了。只要跟评定所报告,相信可以被理解吧?

像这样子不准离开寺院半步,三天后的早上,一直不露脸的公差慌忙进入房内,说:

“津村先生今天会莅临这里。”

那天午后,武士和西与各自的随从并列寺前,等候津村先生一行人的到来。终于,他们听到从海滨通往这座寺院的爬坡路上传来人的脚步声和马嘶声,看到津村先生和五六个随从的笠帽。这位重臣默默地经过低着头的武士和西身边,身影前往寺中,消失了。

之后是长长的等待。津村在寺中似乎又一次详细询问武士他们归国的情形、人数、人名等。最后,公差来叫,说二人要接受审议。

一进入津村先生就座的大厅,这位重臣的视线就一直投注在他们身上,在多次战役中锻炼出来的眼光极为锐利。旁边有三个随从,武士从中看到在墨西哥城分手的松木忠作的瘦削身影。松木避开满怀惊愕和怀念的视线,不知为何脸转向走廊那边。

"长途跋涉,辛苦了! 想早日回故乡吧?"津村先生首先安慰二人,"不过,本藩依幕府规定,从去年开始,从外国回来的人无论是谁都得接受调查。事关任务,希望能够理解!"

津村先生接着先问武士他们所搭的船为何不在长崎,也不在堺市靠岸,直接来月浦,武士回答那艘船在台湾卸下货物,就直接北上回墨西哥。

津村先生接着又问,那艘船上没有像传教士或修士的人吗? 有没有人在中途偷偷来到日本?

"没有。"

武士终于从这位重臣的表情和声音强烈感受到藩内是多么严厉地禁止天主教。对于自己和西在西班牙皈依天主教一事是否直说,他开始动摇了。

“贝拉斯科怎么样了?”

“在马尼拉分手了。”

“贝拉斯科在马尼拉做什么呢?”津村先生执拗地问贝拉斯科的事,“他说过还要再来日本吗?”

武士用力摇摇头。对贝拉斯科在墨西哥城或马尼拉透露的去向,他当然还记得很清楚,但是现在不能说出口。

“本藩已不用贝拉斯科。江户政府在整个日本大街小巷都禁止信奉天主教。藩主也不允许传教的人进入领地内,连贝拉斯科也一样。”

武士感到汗从额头渗出,也感觉到正坐在一旁的西痉挛似的颤动。

“随从中有没有人皈依天主教的?”

“没有。”武士的声音激动。

“真的吗?”

武士低下头,默默不语。

“那就好。”津村先生这时第一次露出微笑,“听说和你们一起去的商人,在那里皈依天主教,这是为了贸易之利,是为了方便起见，让他们写誓词后原谅他们。不过，你们是武士，要是有这种事要特别裁量。”

武士对坐在津村先生旁边的松木的视线感到疼痛，他想起离开墨西哥城时这个男子所说的话，感到难过。松木的视线仍然避开他们。

“我想藩主的想法和评定所的看法都改变了。本藩不考虑接受南蛮的船、从中获利，也放弃和墨西哥做贸易的意思。”

“那么……”武士发出如被拉扯的声音，“派我们当使者的事也……”

“时势改变了。想象得出你们到南蛮的长途跋涉很辛苦，但是评定所现在认为对墨西哥也无所求，渡海的大船也不需要了。”

“那么……我们的任务……”

“已经没有任务了！”

武士强忍着膝盖的震颤，压抑住冲到喉咙的怒吼和呻吟，紧握着手，压抑住涌上来的懊恼与悲伤。我等漫长的旅行被津村先生轻描淡写地说成毫无意义、没有作用，那么我们究竟为何越过墨西哥一望无际的荒野，绕过西班牙，到达罗马呢？寂寞地被埋葬在韦拉克鲁斯林中的田中太郎左卫门的死，究竟算什么呢？

“我……”低着头的武士说,“和西九助都没想到会这样。”

“不可能知道的。评定所也没办法通知你们。”

如果旁边无人,武士对自己所做的无意义的事想出声大笑。顿时,和他一样拳头放在膝盖上、低着头的西大叫起来。他的脸色苍白。

“我们真是愚蠢!”

“不是你的过失。”津村先生安慰地说,“幕府的禁止天主教改变了一切。”

“我们皈依了天主教。”

在西的大叫中,津村先生突然抬起头来。沉闷的气氛弥漫整座大厅,沉默持续着,只有松木在沉默中第一次把脸转向这边。

“这是真的吗?”津村先生终于低声地问。

“不是出自内心。”武士拼命地压制还想喊叫的西,“是为了完成任务而采取的权宜措施。”

“长谷仓也皈依了吗?”

“是的。不过,也跟商人们一样不是出自内心的。”

津村先生没说话,以锐利的眼光凝视武士和西。不久,他对随从之一做手势,坐着的一人先溜出房间。津村先生起立,其他的人也跟着起立,发出衣服沙沙的摩擦声。松木最后走出房间,突然停下脚步,瞄了武士一眼,之后,走出去了。

留下的只有跟刚才一样手放在膝上端坐着的武士和西。房内静悄悄的,太阳从走廊向木板间溜进来。

“我……”西眼泪盈眶,“说了不该说的话。”

“无所谓。反正,评定所迟早会知道的。”

“我能了解你大声喊皈依天主教的心情。”武士想说,但又缄口,自己也想用无可言喻的懊恼与怨恨与津村先生和津村先生背后的评定所,和评定所背后的大力量相对抗。

“今后会怎么样呢?”

“不知道。津村先生会做决定吧?”

“这是……”西露出破涕为笑的脸,“对我们的赏赐吧?”

“不,是我们的命运。”武士在心中嘟囔。这命运从船离开月浦时就已决定了。武士甚至觉得仿佛自己老早就知道。

与藏等随从留在月浦,武士和西为了向评定所报告旅途经过和递交放弃天主教的教徒身份的誓词而跟随津村先生一行人出发。一切依津村先生的命令行事。

在他们离开时,藩主的城扩大了,在壕沟周围建了新的纯白的角望楼,从九州的名护屋城[①]移来的正门竖在入口,显得相当威严。穿过那里,前方有几道如刀般翘起来的石墙,墙壁上有令人不舒服的枪眼。武士和西进入其中之一的建筑物。

铺木板的房间发出黑光,虽是白天,却有点阴暗,毫无声响。屋内除了几近垂直的阶梯之外,空空的。

“这里这么阴暗让人觉得难过。”西细声说。

“什么意思呢?”

“无论墨西哥或西班牙的建筑物,都有明亮的阳光照射,不像这里的城。那里的男女都边说边笑,但是在这里不能随便说话、随便笑。也不知道藩主在哪里。”西深深地叹口气,“而我们有生之年无法逃出这黑暗。在这黑暗中,重臣是重臣,御一门众是御一门众,寄亲是寄亲,像我是召出众的身份,就一辈子都是召出众。”

“我们看了不可以看的东西。”

是的,这就是日本。只有像枪眼般小窗户的墙壁,窗户是为了监视来城里的人,而不是为了看那广阔的世界。武士想见白石先生。如果是白石先生或石田先生,大概不会像津村先生那样严厉地凝视我们吧?也能明察无法达成使者任务的

① 位于日本古肥前国松浦郡,今佐贺县唐津市镇西町。——编者注

理由，会说些温暖的、安慰的话语吧？

然而，发出脚步声走出来的是宗门改役①大塚先生和公差。像叔父般瘦削的这位老年人又问二人为何皈依天主教。

“无论在墨西哥或西班牙，不皈依天主教就无法达成任务。”武士详细说明，将贝拉斯科的事、田中的死都谈完后，说，一切都为了任务。

“天主教徒的身份也只是表面的。随从们也一样。”

“现在完全没有信仰之心吗？”

“信仰是从开始就没有的。”

“誓词上可以这么写吗？”

大塚先生怜悯二人似的重复“这样啊——”，公差把小桌和纸、笔放在两人之前，要他们写誓词。

武士边写，边想起两手张开、瘦削的丑男子——在漫长的旅途中，在每座城镇、每座修道院，每天、每晚眼睛不得不看的那个男子。本来就从未相信过那个男子，也从未敬慕那个男子，即使如此，现在仍为了那个男子，遭受这般困惑。那个男子想改变我的命运。

写好誓词之后，两人走出建筑物，到评定所的另一栋建筑

① 江户幕府的职称，于1640年设置，负责取缔信奉天主教者的教徒身份。

物内。但是重臣连一个也没见到，这里只有三个官吏事务性地问武士和西有关旅途的事。他们口中慰劳的话语没有怜悯的意思，似乎是评定所指示要这般对待两人。

“有没有白石先生、石田先生的传话呢？”武士忍不住问。

官吏冷冷地说没有接到，也没有必要去见两人，反而说：

“今后，你们两人不要来往。”

这是评定所的命令。

“为什么不能和西九助来往呢？”

西握紧拳头逼近。

“即使是假装的，皈依天主教的人还是不准彼此交往，这是本藩决定的。”官吏脸上浮现浅笑，说。他还说，要回宿舍，或者回乡是他个人的自由。

从话中和所受的待遇，他们知道城中漠视两人的归国，从重臣避开不接见，也可以明确感受到这一点。没有人送他们到正门。武士和西有如小石子被抛弃般走出建筑物。从两侧枝叶间泻下的阳光落在铺着小石的道路上，枪眼冷冷地注视着这边。藩主在城内的哪里呢？不知道。或许藩主对两人的归国也不知道。

两人默默地走在无人迹的斜坡上，到正门为止。

“黑川的土地。”

武士突然冒出这句话。他想起白石先生说过的：这项任务如果完满达成，黑川的土地会好好考虑。白石先生、石田先生应该已经知道我们归国，为什么不召见我们呢？

回到漂荡着黑色流水的壕沟边的宿舍，武士和西连交谈的力气都没有。一切都不明了。明天，大家回到月浦，从那里各自带着随从回到故乡。

“可能有一段时间不能再见面。”武士眨眨眼睛，“既然有所指示就不能不遵从。总之有一天会明白吧？”

“无法理解。评定所这次的处理，真令人遗憾。”

回到宿舍之后，年轻的西到傍晚为止反复说些无用的话，发些怨恨和没用的牢骚。

夜晚来临。晚饭后，武士在抱膝缩着的西旁边，靠着烛台的火焰写旅行日记。在每一字句中，各种思绪涌现了，各式各样的风景及风景的色彩、味道都复苏了。字里行间，包含着无尽的感慨与悲伤。烛台的火焰摇曳，偶尔发出细细的干燥的声音。

有客人来了。如鸟影般的客人影子在布满雨渍的墙壁上晃动，是松木忠作。

“是来道别的。”

松木跟上次一样仍然避开两人的眼光，靠在墙壁上——避开眼光不知是拘泥于自己的命运没和二人一起呢，还是不忍见到现在的二人。

武士和西没作声，松木辩解似的说：

“今后，对旅行的事，一切都当作没发生过。”

“我办不到！”西眼中充满恨意，“你当了评定所的徒目付吗？出人头地了！我们没法像松木先生那样长袖善舞！”

“西，你想得太单纯了。那件事，在船中我说了好多次。在评定所，有关旅行的事有意见分歧，白石先生和鲇贝先生的想法不同。我反复提醒好多次，你一直都没听进去。”

“白石先生怎么了？”武士调停二人似的从旁插嘴，“还是位列第一吗？”

“已经离开评定所。现在是鲇贝先生等承揽藩务。”

“所以我们才会受到这样的待遇吗？评定所连慰劳的话都没有。”西的脸颊歪曲，进一步顶撞他。

松木以冷淡、漠视的眼光对着西说：

“这不就是政治吗？”

“政治是什么呢？”

“新的评定所完全否定白石先生的看法。白石先生企划的事全部都被取消了。说来可怜……只要跟他沾上边的，即使他什么都不知道，也遭受裁判、遭受否定。这就是政治的世界。”

“身为召出众的我……不懂得政治是什么，只是像当使者那样服从指示……”

低着头的西双肩又开始颤抖。松木装作没看见，把脸转开。

“西，你现在还认为自己是使者吗？难道还没发觉我们只是被装扮成使者众的诱饵吗？”松木安慰似的嘀咕着。

“诱饵？是什么意思？”武士感到惊讶，不由得把声音提高了。

松木后退一步，说：

“那时候，无论是江户或本藩，都没有把和墨西哥的贸易当作第一的计划。回到日本之后，我才知道这件事……”

“你说什么？”

“注意听我说！……而且，根本没有要招聘天主教僧人的意思。江户利用本藩，想知道的是大船的制造方法、大船的开动方法、大船渡海的航路，因此让许多水手混在商人之中上船。商人和我们都只是在这目的下的诱饵啊！为了不让南蛮人觉得奇怪，因此不找身份相当的人，而以死在哪里、腐烂在哪里都无所谓的身份低的召出众当使者众。”

“这就是政治吗?”西发疯似的用拳头猛打膝盖,“这就是所谓的政治之道吗?”

“政治就是那样的东西,现在我也这么认为。即使四年前是好的事,现在也已无作用,如今被当作不好的来裁判。这就是政治之道。白石先生为领地内富国的想法,在那时候,对本藩而言是正确的;然而,在如今,幕府不愿见到本藩富强之际,白石先生的想法变成恶的。白石先生被赶出评定所,他的领土也被削减。这是当然的。政治就是这么一回事!”

武士和西一样,手握得紧紧的,瞪着烛台的火焰。要不是紧握得连指甲几乎都要嵌入肉里,就抑制不了这种懊恼。石田先生体贴的话语、石田先生温柔的笑脸……

“召出众也是人啊!”武士这时宛如受了伤的野兽般第一次发出呻吟声,“召出众也是人啊!”

“政治就像作战般激烈,如果考虑召出众的悲伤,就作不了战。”

“藩主……也是这种想法吗?”

不管评定所、重臣怎么想,武士不希望藩主也是这种想法。武士只从远处见过藩主,藩主存在于像武士那样的召出众伸手不及之处。然而,为了藩主,武士一族——武士的父亲、武士的叔父粉身碎骨而战。族人当中有为藩主而丧生的。

藩主绝非像两手张开、可怜的瘦削男子那般无力。这一切他应该都知道。

“藩主?”松木怜悯地说,“藩主不正是政治人物吗?”

乌云遮盖了天空,有时,树林抖抖身子似的甩落雨滴。林中,有一个穿着蓑衣的平民砍着树枝。

围炉旁,武士折着枯枝。旁边,叔父一直注视着坑炉里的火。武士用两手折枯枝,枯枝发出低沉的声音,断裂为二。武士将它们丢入围炉里,炉中燃起小舌头般的火焰。

(西方之旅就像从未发生的事。)

武士对松木忠作所说的怜悯话语记忆犹新:忘记它,把一切当作没发生过。的确,除此之外,没有什么可让沮丧的心恢复正常。自己并不是光荣的使者,只不过是欺骗南蛮国的诱饵而已。现在想这些事也是徒然。“评定所中白石先生与其他重臣有所争执,而白石先生失去力量,政治就是这么一回事。”现在武士能够理解松木所说的话,心想,这是没办法的事。

可是看到把一切的期待寄托在侄子功劳上的叔父阴暗的脸——那是令人悲伤的。妻子里久只露出寂寞的微笑,对城里的事以及今后的事一概不问,装作没事的样子。然而,了解到里久体贴的一面,有时反而感到难过。

“石田先生……”某夜,在折着枯枝的武士身旁的叔父忍不住问,“石田先生还没说什么吗?”

“布泽现在正是收割的时候,他忙完一定会叫我们过去。”

连身为寄亲的石田先生在武士归国之后都没发通知来。不知为什么,他似乎避免跟长谷仓家有所牵连。武士派与藏去请求见面、表达问候等,与藏只带了有机会会通知的回复回来。武士无论如何也不愿意认为,在大家都很冷淡之际,连石田先生也疏远自己。

“世界很广阔,可是,我却发出无法相信人的吼声。”那是从城下要回月浦分手时,西九助为了抑住上涌的恨意,两手紧握缰绳时说的话。他含着恨意的声音在武士耳中响起。两人什么也不知道、什么也没察觉到地走向广阔的世界。江户幕府想利用本藩,本藩想利用贝拉斯科,贝拉斯科也想欺骗本藩,伯多禄会与保禄会丑陋的斗争……在这斗争、欺瞒之中,我们二人度过那漫长的旅途。

“如果,石田先生也……”叔父无力地嘀咕着,“放弃了我们家……”

以前叔父的声音不会这么软弱。叔父经常在围炉旁空虚地注视着如晚秋的虫般无力晃动的火焰,他的身体跟从前相比，变得很小。武士拼命地说些连自己都不相信的话来安慰这位老人，里久在旁，眼睛朝下看，听二人的对话。她知道一切都是谎言，或许觉得不得不说谎的丈夫太可怜了，所以有时会离席。然而，为了让快速衰弱的叔父能够多活一些时日，武士不得不继续说谎。回到黑川的土地，死在祖先传下来的土地上，是这老人宿疾般的欲望。

像这样和叔父相对而坐的日子实在太难过了。武士和百姓从早到晚什么也不想，就是劳动身体，背着堆在家四周、高如墙的薪柴，背得腰都要弯了。忍着肩膀的疼痛，走山路将薪柴背到烧炭的小屋，是他现在唯一的逃避之路。在他后面，与藏穿着紧腿裤，背着像座小山的薪柴默默跟随。这个男子现在心情如何呢？归国后武士从未问过。不过，即使不问，当寂寞的金色阳光落在草丛里，他们在山栗子到处滚落的洼地休息片刻时，从他默默地凝视某一点的眼神中，武士一切都明白了。

“比起我，”武士用手指捏木耳时心想，“与藏他们更可怜。”

武士对与藏、一助、大助旅途的辛劳无法给予任何报酬，因为评定所没给长谷仓家任何恩赐的通知。与藏他们说不定羡慕死去的清八：那个男子获得了他的自由。可是，与藏他们今后不得不在与武士相同的生涯、跟从前相同的命运中生活。

秋意逐渐加深的时候，石田先生那儿总算派遣使者来传话：有许多话要说，你们悄悄地来。

武士带着与藏一人到布泽。围绕着石田先生宅邸的壕沟里，水很混浊，腐烂的莲花和脏了的水草漂浮在水上。在评定所失去力量、失意的寂寞，从褪成褐色的莲叶和水草上也能明显感受到。

“你来了！”

石田先生咳嗽着，一直注视着叩拜的武士。武士抬起头，看到石田先生和叔父一样，也老了很多，魁梧的身材也瘦了。

“想必很懊悔吧？”沉默一阵子之后，石田先生以疲惫的声音说。

武士拼命地抑制激动的情绪，因为这是归国之后第一次听到的安慰话语。他想大声哭泣。很懊悔……他两手放在膝上，忍耐着冲动，低着头。

“可是……我没办法。你们不在的期间，本藩改变了决定，藩主也放弃了一切理想。对黑川的土地，你也要死心！”

武士虽然已经觉悟，但从石田先生处接受这宣告时，叔父牙齿脱落的脸掠过眼帘。

“决不可有不服的念头，这件事明白跟叔父说清楚。尽管是权宜之计，皈依天主教者会获得宽恕，要心存感恩。”

“那是为了任务！

“我并不相信天主教，绝无想相信的念头。”一切都为了任务的武士眼中含泪，拼命地向石田先生陈诉。

“不过，千松、川村家就因为是天主教徒，领地被没收了。”

“千松先生、川村先生的家……”

这是第一次听到。千松家、川村家的地位远高于长谷仓家。尤其是川村家的川村孙兵卫，他因对藩内的灌溉、植树立了大功，还被加封猿泽、早股、大钩等三千余石。连那一家也遭受因为是天主教徒而被取消封地的事，武士全然不知。

“这件事要放在心上，”石田先生提醒似的说，“今后要悄悄地过日子。”

“悄悄地？”

“是的，不要引人注意，决不要让人怀疑是天主教徒。而且，今后我也庇护不了你了！以前藩主以石田家当战场上冲锋陷阵的依靠，如今时势改变，我们家被弃如小石。我不是在抱怨。藩主深知政治之道。”石田先生清了几次痰，自嘲似的笑了，“你不也一样吗？那一年，以召出众的身份被选为使者，现在却非悄悄过日子不可。今天叫你来是要跟你说，要好好思索，人与人之间就是这么冷淡、这么残酷！”

低着头的武士一直听着寄亲低沉的声音。寄亲宛如不是在说给武士听,而是压抑着自己的悲伤和怒气在自言自语。

傍晚,武士离开布泽,耳中仍响着石田先生嘶哑的声音。一起来的与藏在马后沮丧地跟随着。悄悄地、不引人注意地在谷户过日子,这就是今后武士的人生。

那一夜,回到谷户,武士只对什么都不知情的叔父说向寄亲报告了在南蛮各国所看到的事物。事实上,石田先生对那些国家、旅途的情形连一句也没问。不只是石田先生,藩内的所有人对遥远的国家已无兴趣。

"那么黑川的土地不用说,"叔父似乎已有心理准备,闭着眼睛,"赏赐方面也一句话都没说?"

"他说现在没办法,要等待时机。"

武士不忍心斩断叔父活下去的希望,不能不说还留有一点点希望。说谎话令人难过,武士以毫无抑扬的声调说着。喜怒哀乐不形于色的他的脸,对这时候的他有点帮助。

大家都熟睡之后,武士在围炉旁打开从旅途中带回来的文件盒。这是被海水浸过几次、被墨西哥的艳阳晒过的文件盒。依石田先生的话,要把一切有天主教味道的东西都烧毁。文件盒中放着去过的修道院中神父或修士当纪念品写上自己的名字或祈求旅途平安的纸片,以及他们放在祈祷书中的小小圣画。武士心想这些毫不起眼的东西带回国可以让女人、小孩高兴,所以没丢掉,就这么摆着。

武士撕破那些纸片和图画,扔到围炉的灰中,因为说不定评定所连这些纸片、图画都会怀疑,将它们当成线索。那些东西的边缘都翘起来,变成栗色,不久,变成小小的火焰,晃动着,消失了。

谷户的夜很深。不知道谷户夜晚的人,不了解真正的暗黑与暗黑的沉默。所谓静寂并非毫无声响,所谓静寂,是林中树叶的摩擦声。有时,可以听到鸟尖锐的叫声,看见相对而坐、注视着坑炉里小小火焰的男子的影子。“世界很广阔。可是,我已经不相信人了。”武士注视着围炉里的灰,咀嚼着西九助的话。他也思考着石田先生的话:“今后,悄悄地不引人注意地过日子。”他脑中也浮现出西和石田先生现在、今夜、和自己一样默默地低着头的样子。

从文件盒底,武士找出小小的旧纸束。那是在墨西哥的特卡利的沼泽旁,那个日本人在分手之际悄悄地给他的东西。留发辫的那个男子大概和印第安人们离开那个沼泽到某地了吧,或者是在那闷热的沼泽旁咽下最后一口气?世界非常广阔,可是,那广阔世界的结果也跟谷户一样,人,被悲伤所击垮。

那个人，在我们身旁。

那个人，倾听我们苦难的叹息。

那个人，跟我们一起流泪。

那个人，对我们说，在现世哭泣者才是幸福的。

那样的人，在天国里微笑。

那个人是瘦得像竹竿、无力地张开被钉着的双手、头下垂着的男子。武士又闭上眼睛，脑中浮现出在墨西哥、西班牙的宿舍，每夜从墙上俯视自己的那个男子的样子。现在，不知为何，武士不像从前那么轻视他，也不觉得有隔阂，甚至觉得可怜的这个男子和在围炉旁盘腿而坐的自己相似。

“那个人，在现世时常旅行，不拜访骄傲的人、有力量的人，一味地拜访穷人、病人，和那些人谈话。病人临终的晚上，祂坐在旁边，握着病人的手一直到天亮，和生者一起流泪……祂说我是为服侍人而出生的……

“这里有卖身多年的女子。听说那个人渡湖而来，她跑到那个人的住处，到祂旁边，一句话也没说，只是流眼泪。眼泪沾湿了那个人的脚，那个人说，这眼泪已够了。祂知道你的可怜、悲伤。已经不用担心了。”

某处传来鸟发狂似的一两声啼叫。武士折断枯枝放入围炉里,小小火焰慵懒地坐起来,开始吃枯叶。

武士描绘着那留发辫的男子在特卡利的小屋中写纸片的样子。夜晚的特卡利的沼泽和谷户的夜一样暗黑吧?武士能够了解。留发辫的男子为何非写这些不可?那个男子需要的是需要自己的“那个人”——他需要的不是墨西哥教会富裕的神父们说的“那个人”,而是在被抛弃的自己和印第安人旁边的“那个人”。“那个人,在我们旁边。那个人,倾听我们苦难的叹息。那个人,跟我们一起流泪……”武士感觉似乎看到了写着笨拙文字的那个男人的脸。

归国之后的第一个冬天接近了。在围绕着宅邸的杂树林中,每天,枯叶如细雪般飘落。某日,武士才发觉银色裸枝交错,树林已如透明的网。

武士仍然带着与藏等下男到山上砍树,把砍下的树木当薪柴,像土堆般堆在家的四周,或者烧成炭,这是谷户的习惯。他跟大家一样穿着半截的筒袖和服、紧身裤,花一整天用柴刀砍枯枝,用锯子锯树干——只劳动身体,什么都不必想。武士背着砍下的如小山的枯枝,跟与藏等人回到家,他一步一步地移动脚步,嘟囔着石田先生的话:“悄悄地不要引人注意,悄悄地不要引人注意啊!”

工作时,武士有时想起什么似的看着默默工作的与藏。这个男子跟谷户所有男子一样,喜怒哀乐不形于色,即使脸和主人相对,也只是以无表情回应。但是,武士知道与藏眼中有着和自己一样的绝望。

武士归国之后,对所受的待遇与怨恨,并未向这忠实的男子告白。与藏也什么都没问。但是,武士认为只有他比谁——包括妻子里久——都了解自己的悲哀。只要在一起度过漫长旅途的与藏在旁边,心便稍微可以得到安慰。

这时期,在谷户,稗子和萝卜的收割早就结束了。在光秃秃的田地上,用来铺马厩的枯草束被弄成不倒翁形状竖立着。紧接着,从搬运枯草之后到正月为止,除了烧炭之外,别无其他重要的工作。

象征着秋天结束的最后工作总算完成的某日,武士看到白色的影子在谷户的天空中飞舞。

在他旁边的次男权四郎大声叫道:

"是天鹅!"

"不错!"

武士点点头。旅途中,他多次梦见这庞大的白鸟飞舞。

翌日,武士带着与藏从山路攀登,走到城山山腰的沼泽地。这丘陵从前是地方武士的小城寨,现在被枯干的灌木覆盖。沼泽偷偷地躲在丘陵的一角。靠近沼泽,有四五只小鸭飞起。

一切和梦中所见的光景相同。在微弱阳光照射着的水面上聚集着许多小鸭,它们发出像吹笛的声音,嘴与嘴相碰后分开,成列游到岸边来。小鸭群稍远处有群头部呈暗绿色的野鸭。这种鸟和小鸭不同的是不会成群飞走,而是一只接一只地飞走。

天鹅在与这些小鸟的居所不同的沼泽深处优游自在地游着,游着,有时,长长的脖子插入左右的水面。当它的头再抬起时,黄色嘴巴上叼着闪亮的银色小鱼。游累了,它就在岸上把翅膀张得大大的,整理羽毛。

武士不知鸟儿是从哪里来的,为什么会选择这么小的沼泽当漫长冬季的生活场所。在旅途中,可能也有力尽饥饿而死的吧?

“这些鸟,”武士眨眨眼,嘟囔着,“渡过广阔的大海,看过许多国家吧?”

与藏双手交叉置于膝上,注视着水面。

“想来……真是漫长的旅行!”

诉说到这里就停了。武士说这句话时,想到已经没有什么要向与藏说的了。辛苦的不只是旅途,武士想说的是,自己的过去和与藏的过去同样是艰苦人生的连续。

风吹过,太阳照射着的沼泽水面上起了小小涟漪,鸭子和天鹅都改变方位开始静静移动。武士深知低着头的与藏紧紧闭上眼睛,正抑制万千的感慨。他对着这忠实的下男的侧脸,突然觉得像那个男子。那个男子也是像与藏一样低着头、忍受着一切的样子。“那个人,在我们旁边。那个人,倾听我们苦难的叹息……”从前、现在,与藏都未抛弃过武士,有如武士的影子般跟随在后,而且,对主人的痛苦未置一词。

“我一直认为自己只是形式上的天主教徒,现在,这种心情仍未改变。只是,知道政治是怎么一回事之后,我有时会想到那个男子,甚至有时觉得自己已了解到为什么在那些国家里,每一户人家都摆着那个可怜男子的像了。在人心某处,会祈求,希望有什么能一辈子在一起,不背叛、不离开——即使是病入膏肓的狗。那个男子对人而言,就像那样的狗。”

武士宛如说给自己听似的重复着。

“是的,那个男子变成和人一起生活的狗。在特卡利的沼泽,那个日本人在纸片上这么写着:那个男子生前对他的同伴说,我是为服侍人而出生的。”

这时,低着头的与藏第一次抬起头来。而且,他像在咀嚼主人刚刚说的话似的,望着沼泽。

“你相信天主教吗?”武士小声地问。

“是的。”与藏回答。

“不要跟人说。”

与藏点点头。

“春天来时,候鸟会离此而去,而我们一辈子都离不开谷户。”武士为了转换话题,故意在话中夹杂笑声,“谷户是我们的生之场所啊!”

去过众多国家、渡过大海,尽管如此,结果自己回到的却是这土地贫瘠、生活贫穷的村子。这种实际的感觉重新涌上心头,武士心想这也无所谓:广阔的世界、众多的国家、浩瀚的大海,然而,无论哪里都一样,哪里都有斗争,有权术、谋略的运作——这在藩主的城内、贝拉斯科生活的宗教世界中都一样。武士认为自己看过的不是广阔的土地、众多的国家、繁多的城镇,而是人无可奈何的宿业,以及在人的宿业之上,那个丑陋的男子手脚被钉、低垂着头。“我们,在悲伤之谷流泪依赖你。”特卡利的修士在他写的东西上最后加上这一句。这可怜的谷户与广阔的世界相比哪里不同呢?武士想对与藏说,谷户是世界,是我们,但是他无法说清楚。

(掀起迫害暴风的日本!对神只含敌意的日本!即使如

此，我为何被你吸引呢？为何回到你身边呢？）

六月十二日，我搭乘中国人的帆船离开住了一年的吕宋。几名被驱逐到马尼拉的日本信徒偷偷为我筹措必要的金钱，以那笔钱买了被白蚁侵蚀的这艘帆船、雇了船员后，我离开吕宋。

我不知主耶稣对我的暴行怎么想。主到底希望我一辈子任马尼拉修道院长还是再一次到日本战斗？现在的我甚至无法预测。不过，我确信不久主会明白告诉我答案。而主告诉我答案时，我会老实顺从一切！

我把自己的这种行为称为暴行，又回到对天主教实行迫害和镇压的日本，这从他人眼中看来无疑是愚行。被驱逐到马尼拉的日本人第一次听到我的计划时，摇摇头说这是暴行。如果一登陆马上就被捕的话，这是毫无用处的愚蠢行为。

可是，如果我的行为是暴行、是愚行的话，那么主耶稣到耶路撒冷不也是暴行吗？主明知会被大司祭盖法所杀，仍然从犹太的荒野走在众弟子的前头到耶路撒冷去。因为，那时主认为自己流的血对人类有帮助。“人若为自己的朋友舍掉性命，再没有比这更大的爱情了。”①

---

① 《圣经新约·若望福音》第十五章13节。——编者注

我现在想着你的话。我所谓的可以为他舍命的朋友,不是在马尼拉修道院中静静地祈祷的同道,我的朋友是日本信徒,是在雄胜的海滨、衣衫褴褛沾着木屑的要求告解的男子那样的人。我告诉他:“放心好了,没有人会嘲笑你的信仰的日子很快就会来临。”那个男子,现在在哪里呢?我对他说了谎。在日本,天主教徒能骄傲地说“我是天主教徒”的日子最后并未来临。可是,我忘不了那个男子。因为他,我无法在马尼拉的修道院安心地做弥撒、传教。

平稳的航海持续着。我每天为日本祈祷,为在吕宋分手的那些日本使者祈祷,为衣着褴褛的男子祈祷。到今天为止,我的半辈子和那荒凉之国结合在一起。我想在那里种植神的葡萄树,但失败了。尽管如此,这土地是我的土地,是为了神一定要征服的土地。因为是不毛之地,我被这日本所吸引。

东边可见点点巍峨岩石。波浪在岩石之间溅起高高的飞沫,变成雾洒落下来。以前我曾经过这地方,是台湾的最南端。不久,我们经过琉球岛屿之旁,经过以危险闻名的七岛群岛①,接近日本的萨摩之南。

---

① 吐噶喇群岛的旧称,位于琉球群岛北部。——编者注

航行依然顺利。这几天,我想起《宗徒大事录》所写的圣保禄最后的船旅。保禄在最后之旅中预感自己会在罗马殉教,是抱着必死的决心到暴君尼禄控制的那个国家吧?《宗徒大事录》根本没提到这件事,但是我在字里行间感受到保禄,也感到受难与悲惨的死亡。

我从年轻的时候开始,不知为何被保禄吸引,这种吸引力比十二使徒——也比主所爱的伯多禄更强烈。怎么说呢?因为这位圣人有着跟我相似的激烈性格、强烈的征服欲、高度的热忱,而且也有着和我相似的缺点。他因为个性的激烈而强烈伤害了以伯多禄为首的许多人,为了信念甚至拒绝和十二使徒争夺。回顾他的生涯,总觉得从他那儿常可发现跟我相似的优点和缺点。而且保禄内心深处根本不承认多一事不如少一事的优柔寡断的十二使徒,那就跟我无法原谅对去日本传教已完全畏怯的伯多禄会一样。十二使徒中有人对保禄做出阴险的中伤,这也跟伯多禄会对我的态度非常相似。结果,使徒们因保禄的努力,借着对可怕的外邦人传教之赐,使教会的力量扩大到犹太之外;同样地,伯多禄会的会士们无论怎么压制我,也不能说我对在日本的传教毫无功劳。

《宗徒大事录》最后所写的保禄的劝谕,尤其是他引用的依撒意亚先知的美丽言辞，今天，在甲板的风中我几次吟咏。

你去对这民族说：

你们听是听，但不了解；

看是看，却不明白，

因为这民族的心迟钝，耳朵难以听见；

他们闭了自己的眼睛，免得眼睛看见，耳朵听见，

心里了解而悔改，

而要我医好他们。

前天，暴风雨追赶我们而来。波浪露出白牙，掀起泡沫，风强力拍打帆绳，天空全抹上铅色，看不见云的缝隙。中国人谈论着在七岛群岛附近会不会被这暴风雨侵袭。我已做好打算，万一有情况发生，就把每日祈祷绝对需要的书和这备忘录，以及弥撒用的面包和葡萄酒包成一小包，决不离身。

午后，海浪更为猖狂，中国人决定避难到七岛群岛的口之岛，帆船朝那方向前进。下午三点左右，强烈的风和雨开始发起攻击。帆被刮走，帆船被波浪高高抬起，马上又掉入深深的谷底。我们彼此用绳子把身体绑在一起，以防被抛入海里，共

同抵抗向甲板侵袭过来的波浪。

四小时的暴风雨尽情肆虐我们的帆船之后,我们往日本的方向离去。帆船的舵已无法使用。我们在黑暗的海中束手无策,任由帆船漂流到早上。跟昨日完全不同,静静的早上到来后,总算可以看到阳光下口之岛在波光粼粼的海的前方。不久,日本渔夫划着小船来帮我们。

我现在在渔夫的小屋里。他们以为我是要到坊津①的商人,给我食物,借我衣服穿。

暴风雨之后,蓝空清澈如洗。岛是死火山岛,分为三峰的大山耸立眼前。在火山灰形成的小海滨上住有大约三十户的渔夫,都是这岛上的原住民。这里没有日本的官吏。岛民说,每年官吏从萨摩来一次,但是马上就到琉球视察。

毫不知情的岛民说,等我们精神恢复之后,他们要用自己的船送我们到坊津。不过,中国人说帆船的舵似乎可以修理。

(我回来了!离开口之岛的第四天,现在,日本就在眼前——为了主必须征服的日本!)

刚才看到的圆锥形山就在东边,有如小型富士山。我不

---

① 古代日本繁华港口,位于萨摩国川边郡,今系鹿儿岛县南萨摩市坊津町。——编者注

知那座山叫什么名字。海反射着艳阳,海滨泛白,了无人迹。山的背后有灌木覆盖,如帆船般。

帆船沿海滩向西移动了一阵子。在海岬背后,并列着十户左右贫穷的日本渔家。海滩上搁着三艘船,左边有黑色火山岩堆积的石台阶和泊位。这里也杳无人影,宛如有过某种疫病,住民全部搬离。

中国人都建议在这里下船,我犹豫着。恢复宁静的这村子总让人觉得不安。似乎有人躲在渔夫的小屋里,一直窥视着我们的举动。那些人让我觉得他们已偷偷通知了官差。我了解这情况下日本人的狡猾与机灵。

相当久的时间过去了。其间,一切仿佛在这酷暑与沉默之间凝固,动也不动。最后,我告诉中国人决定上陆。船开始向泊位移动,我拿着小包裹(那是暴风雨的午后,我无论如何不离身的一些东西)站在船缘时,东边的岬湾后面突然有艘船出现。那船的旗子上印染着本地领主的标志,我也看到站着的两个官差在往这边凝视。

他们从刚才起就掌握了我们的动向。我慌忙把包着祈祷的书、做弥撒用的葡萄酒等不能被发现的东西的包裹丢入海里,我会说是要去坊津的商人,船遇暴风雨漂流到此。

(现在,他们的船向这边靠近,主所决定的我的命运马上就揭晓了。一切依主的旨意。天啊！地啊！我对着神感到喜悦，发出喊叫。赞美主的荣光,让我对神的赞美焕发荣光……)

既然知道神期待我什么,我便将自己完全托付祂。这绝非软弱的绝望,而是由于主耶稣在十字架上以身体显示的绝对可信赖性。

我被捕了。坊津的官差们并未蠢到被我们欺骗。他们装作相信我是商人,并以到审议结束为止的借口抓我入牢。牢中还关着几个天主教徒,官差们偷听我们的谈话。有一个年纪大的病人偷偷求我帮他做终傅圣事,结果一切都被揭穿了。

我从坊津的牢房被带到鹿儿岛,到冬天为止一直在那儿受审,正月被用船带到长崎奉行所,现在在靠近长崎的名叫大村的地方。从这里看得到宁静的海。

除了我们之外,这里还有道明会的巴斯夸斯神父与日本修士路易斯·笹田。关我们的牢房宽十六掌,长二十四掌,是用原木建的,在可容两根手指的格子角落,有牢卒出入的门,当然上了锁。

被带到外面接受审问时我才知道,牢房四周围了两重削尖的墙,在桩与桩之间填满荆棘,让外边的人进不来。在栅栏外侧,有稻草屋顶的值班小屋、值班小班长的住处,以及厨房。

虽有厨房，我们每天吃的东西除了饭之外，只有一碗菜、生的或腌的萝卜，有时会给腌的沙丁鱼。他们不准我们理发、刮胡子，所以我们都变得像隐者；不准我们到外边洗濯，脏是不用说了，让人感到特别痛苦的是大小便也在这里解决，因此我们每天生活在难以忍受的恶臭之中。即使到了晚上，他们也连一根蜡烛都不给。

我从巴斯夸斯神父那儿听到我离开之后传教士遭受迫害的情形。听说巴斯夸斯神父藏匿的那一带躲着十个传教士。他们虽是少数，仍像被驱逐之前一样依上司的命令行动，大半躲在洞穴，即使在信徒家过夜，也要做两道墙壁，藏在中间。

“我也在两道墙中过夜，”巴斯夸斯神父告诉我，“睡到半夜，再换另一家，无论哪一家决不住超过一晚。到了邀我去的家中，我首先听病人对罪的告解，然后鼓励悄悄聚集而来的信徒们，宽恕他们的罪，直到街上户户人家木门紧闭的时刻。”

尽管这么小心翼翼，但是长崎奉行所也非省油灯。就像大主教盖法给出卖主的犹太人赏金，密告潜伏的神父和修士藏匿处的人也能得到奖赏，而出借房间或场所或帮助逃亡的人会被处极刑。如果是天主教徒，不只是被迫弃教，还会遭到严厉的拷打、审问，逼他供出传教士的藏身处。

“好痛苦呀!”巴斯夸斯神父说,“连自己教的学生、日本信徒都不能相信,认为信得过的人也不知哪一天会弃教。因此,即使对信徒我也不敢说出自己的藏身处,因为曾经有神父在说了的第二天就被奉行所的官差抓去的例子。每天过着没有人可以相信的日子,那是地狱啊!”

我打听旧同事迭戈神父的生死,我忘记了经常眼睛红肿、无能但很善良的迭戈的脸。

“迭戈神父病死了!”路易斯·笹田告诉我,“由于会被驱逐到外国,我们躲在靠近长崎的福田,就在那时死的。连坟墓也没有,官差把他的尸体烧成灰丢到海里。日本官差对待天主教徒,什么也不愿让他们留下,把骨灰撒到海里。”

“我们最后也会被烧成灰丢到海里吧?”

好像果实吸收柔和的秋日阳光,我也静静地接受神给我的命运。最后等待着自己的死亡,我并不认为失败。与日本战斗、败给日本……我眼前又浮现出坐在天鹅绒椅子上微胖的老人。那个老人或许认为打赢了我们,不过,他大概永远无法了解我们的主耶稣在政治的世界败给大主教盖法,尽管被钉死在十字架上,却由于祂的死,让一切都改观的意义吧?或许他会认为消灭我、把我烧成灰丢到海里,一切就都解决了。其实,一切从那里才开始。就像主耶稣死在十字架上的同时,一切才开始动起来一般,我也将成为放置在日本这沼泽中的一块踏脚石吧?不久,会有别的传教士站在我这块踏脚石上,成为下一块踏脚石!

黑暗中,我为在吕宋分手的长谷仓、西,以及死去的田中祈祷。我不知道长谷仓、西现在在哪里,在做什么,也不知道他们心里到底还有多少天主教的信仰,只是对于旅途中,我在他们身上犯的种种过失——即使是出自我的善意或信念——从内心里希望他们原谅的心意与日俱增。我的确恫吓、欺骗、安慰、利用过他们,让他们成为天主教徒或许也只是利用他们。结果,他们和主有了关系。和主有了关系,这件事成为我现在最大的安慰。对他们感到抱歉、深深后悔的同时,我心中也涌现"这种安排太好了"的感觉。怎么说呢?因为主决不放弃和祂有关系的人!

(主啊!请不要放弃长谷仓、西和田中!为了补偿我利用他们的罪,也为了他们真正的救赎,请以我的生命代替处罚吧!而且,如果能够的话,请了解我的计谋是为了给他们的国家——日本——以荣光。)

巴斯夸斯神父病倒了!由于牢房内的恶臭和粗食,他早就身体不舒服,三天前开始呕吐,连床都起不了。我们拜托官差给药，值班的人只带来装了煎树根的汁的茶壶，也没打算请医生。没办法，我和路易斯·篚田用泥水沾湿手帕，放在巴斯夸斯神父的额头上镇烧。

如果处刑的日子拖久了，早晚我们也一样会病倒吧？尽管接受命运的安排，有时死亡的恐怖仍像锐利的刀刃般刺向我胸口。我认真思索，主也一定忍受着死亡的不安。这阵子我常思索那时候耶稣的内心。耶稣从什么时候开始预感到自己的死亡呢？祂如何忍受呢？

主向弟子们预告自己的死亡。“我有一种应受的洗礼，我是如何焦急，直到它得以完成！”

“我是如何焦急，直到它得以完成！”这句话也表现出，甚至连主也跟我们感受一样。我因此总算得到安慰。

然而，主透过祂的死，建立起这世界的新秩序，在人的世界的背后创造了永远的秩序。我也要效法主，借着将这生命献给日本，让这鲜血注入日本，加在秩序上。

“我来是为把火投在地上”这也是主的话。（日本啊！我也是为了放火而来日本的。到目前为止，只注重现世的利益，只希望现世幸福的日本啊——这世界再没有像你一样对别的事物不感兴趣、无感觉的国家。狡猾而又智慧、经常只朝向现世利益的日本啊！像蜥蜴捕捉饵食般动作敏捷的日本啊!)

(日本啊! 我是为了在这日本放火而来的。现在的你不会明白我为什么放弃一切搭船来到这里;现在的你不会明白一切都失败了的我只为了死而再次来到这里的理由;现在的你不会明白主耶稣为了放火,出现在敌人等待着的耶路撒冷,死在哥耳哥达山丘的理由。)

然而,只要是跟主有过一次联系的人,主不会放弃。(主啊! 请不要放弃日本。为了补偿我利用了这国家的罪,为了这国家真正的救赎,请取回我的生命吧!)

死亡的恐怖充斥着。白天看护巴斯夸斯神父时,我准备接受一切命运。事实上,当值班人连小蜡烛也不给的夜晚来临,在充斥着排泄物恶臭的黑暗之中,耳中传来巴斯夸斯神父的呻吟声,死亡的恐怖侵袭我心头,以锐利的爪牙撕扯我。我渗出汗,像血般的汗。"父啊! 如果你有意的话,"我呻吟着,"请把死亡之杯从我这里拿去吧!"

死亡的恐怖充斥着。半夜,巴斯夸斯神父死了。他的死状相当凄惨,与他道明会的优秀传教士、来日本传神的福音的身份不相称。我和路易斯·笹田传教士听到他像野兽咆哮般的一声呻吟,那是他永远离开这土地前的最后声音。我用手摸索着合上他眼睛。(看不见是好事。我甚至感觉到他的眼睛充满恨意,竟睁得大大的。)我唱起祈祷词,跟为那印第安青年和田中唱的一样的祈祷词……

清晨,当差的用草席包裹着神父,把尸体搬走了,他的脚露在草席外边,瘦如鸡脚,满是脏污,还沾着泥土。我和路易斯·笹田目击这一幕时,仿佛有上天的启示闪过我心头。这是地上的现实。地上的现实无论再怎么掩饰、怎么美化,其实都像满是污垢、沾着泥土的巴斯夸斯神父的尸体一般悲惨。而且,主不逃避这悲惨的现实,因为主也是沾满汗水、污垢而死的。祂的死,骤然给了地上的现实以光辉!

现在想来,我甚至觉得一切挫折都是主为了让我正视这现实而给予的——粉碎不知何时被美化的我的自傲、我的自尊、我的蛮横、我的征服欲,让我见到地上真正的样子。就像主的死亡是为了将祂的光遍洒现实般,我的死亡也是为了日本……

巴斯夸斯神父被烧成灰。他的骨灰会被丢进大海吧,因为有一些传教士在日本人手中被以同样方式处理掉了。

今天也有审问。说是审问,其实只是长崎的宗门奉行所的官差劝导我们在形式上弃教而已。不过,他们也不认为我们会弃教,而我们也只是摇摇头。但是,今天他开始调查别的事,问与我同行的长谷仓和西在彼处皈依天主教,是否出自他们的内心。我考虑到二人的安全,说:

“他们只是为了任务而皈依的。”

“那么,”官差一直瞪着我,“他们不叫天主教徒了?”

我没回答,无论以什么形式受洗的人,圣事都会产生超越当事人意志的作用。官差看我没回答,在纸上不知写了些什么。

“喂……你不觉得愚蠢吗?”临走时,官差以怜悯的眼光注视着我的脸,“你要是乖乖地留在吕宋,不论是对天主教还是对别人都有益……偏偏为了无益的被捕、被杀而来到日本。真是疯了!”

“我没有发疯,”我微笑地回答,“我想这是我改不了的个性,就像佛教僧人说的业吧。对,就是业,我觉得是这样子。不过,现在神要我把我的业用在日本。”

“为了日本,要怎么使用呢?”官差更是迷惑。

“答案就在你的问话中。”我强调。那不只是为了说服他,也是为了让自己清楚听到。“你说我无益的行为是愚蠢的,我很清楚,可是为什么我明明知道却还做出那样愚蠢的行为呢?为什么我会做出看来像疯子的行为呢?我是抱着必死的决心来日本的——请你有一天能这么想。光是把这问题留在你身上或日本后再死,我活在这世上就有意义了。”

“我不明白!”

“我活过……总之,我曾经活过。我不后悔!”

官差默默离去。回到牢房时,我拜托狱卒让我看海,他允许了。在围着牢房的木桩旁,我凝视冬天的海。

在午后的阳光下,海面粼粼发光。几座圆形岛屿散在四处。看不到船,一片寂静。那是巴斯夸斯神父的墓地,是许多传教士的墓地,不久之后也是我的墓地所在……

初雪降下,谷户地方有做无盐汤圆、在佛前插三根茅草供奉的习俗。每家用锅子煮拜过的汤圆给大家吃。吃的时候,最快夹取汤圆者据说会得到幸福。家中,里久指挥女人们在围炉上架上大锅,次男权四郎分汤圆,围炉四周响起许久未有过的笑声。

然而,翌日,石田先生处遣使者来通知,说评定所会有裁决,在家好好等候。城里不直接对召出众裁决,而是透过寄亲通知的。

从秋末就卧病在床的叔父仍然不断唠叨同一件事情:“会不会是有关黑川土地的事?”他也派下男去认真打听:是不是

藩主要犒赏这次旅途的辛劳呢？不过，不知为何，武士不认为这次是有关好事的通知。

几天后，两个官差来了。官差进入打扫干净的家中，在他们进入别室重新整理衣服之时，武士也要里久帮忙换上纹服①，端坐客厅的角落等候。

坐在上座的官差之一低声说"判决"，念起评定所的判决书。

"长谷仓六右卫门，在南蛮皈依天主教，确有不妥之处，宜严格处分。唯特别考虑，处以禁足处分。"

武士两手放在地板上，叩头聆听。听到判决的内容，他感到自己宛如掉落虚空，累得连惋惜的感觉都产生不了。他习惯性地眨了眨凹下的眼睛，听官差的口头说明。由于鲇贝先生、津村先生的慈悲，"禁足"只是不能走出谷户之外。官差又附加了一句，每年要向评定所呈上放弃天主教的誓词。

"我了解你的心意。"

任务完成后，官差说了句义务性的安慰话。其中一人骑上马时悄悄说：

"这是秘密，是松木忠作传的话。由于贝拉斯科在萨摩被

① 有家徽的礼服。

捕，江户已通知评定所，如果没有这件事，或许不会处分得这么严重。”

“贝拉斯科。”

那时候武士也只有眨眨眼睛。

“听说他现在被送到长崎奉行所，在大村和其他传教士被关在牢房。听说还没有弃教。”

官差离去后，他仍旧穿着纹服，坐在黑夜偷偷侵入的客厅里。毫无火气的客厅冷透了。武士想起官差的话，心想那个骄傲、自尊心强的南蛮人应该不会弃教，那个男子，无论遭受怎样的责问、拷打，也不会抛弃我们。

（他来到日本了……）

这是在吕宋分手时就已经了解的。那个热情洋溢的南蛮人不可能受得了安静、平稳的生活，而且那强烈的热情在旅途中多次伤害到武士和田中。旅途中，武士经常感到那个男子是跟日本人不一样的南蛮人，长久下来，也亲近不了。

武士感觉有人走近，转过脸一看，是里久坐在走廊下。在昏暗的夕照下，里久的肩膀颤抖，拼命地压抑着涌上来的情绪。

“不用担心！”他亲切地对妻子说，“我们要感到庆幸，长谷仓家断不了，与藏他们也不必受罚。”

从那天开始，武士常在大家都睡熟之后，还一个人注视着在枯枝中摇曳的火焰。西怎么了？大概受到相同的处分吧？一直都没有联络。闭上眼睛，和西并骑横越墨西哥的光景一幕一幕浮现。太阳像燃烧的圆盘，有龙舌兰和仙人掌的荒野、山羊群、留发辫的印第安人耕种的旱田。自己真的见过那样的情景吗？还是在梦中见过的呢？而自己是不是还在做梦呢？他住的修道院墙壁上，那个丑陋、干瘦的男子经常张开双手，低着头。

“我，”武士折着枯枝，心想，“渡过两片大海，为了见王还到西班牙，尽管如此，仍没见到王，只见到那个男子。”

武士突然想起那时南蛮各国以“主”称呼那个男子。旅途中，他始终无法明白，这样的男子为何被称为主、被称为王呢？他明白的只是命运使他遇见那像在谷户有时也来乞讨的流浪汉的男子，而不是现实的王……

正月，武士以被禁足之身庆祝元旦。在谷户，每家都把插着筷子的饭团放进笼中，置于佛龛之前，武士家除此之外，还在年神前供奉年糕，把中央插着小松枝的成束薪柴放在入口当装饰品，这是代代相传的习惯。

习俗上，分家、别家的人应到本家的他家中祝贺，不过，今年这件事取消了，以往一定会露脸的叔父也因病没出现。只有穿元服的勘三郎做出大人般的正月拜年样子，让武士高兴。

不过，正月还是正月。屋顶积满雪，从屋檐的冰柱滴下的水发出愉悦的声响，从马厩附近传来权四郎骑竹马的嬉戏声。

有时，远处传来的枪声在谷户回响。藩内只允许在正月打候鸟，因此勘三郎带着百姓到沼泽去了。枪声常在谷户回响。

百姓带来猎到的鸭。丢在土间的几只鸭中混杂着一只天鹅。

“我不是说过不要打天鹅吗？”

武士把勘三郎叫来训了一顿，因为他想起旅途中自己反复梦见的天鹅。

天鹅的身体已经僵硬，飘散出轻微的臭气。从地上一抓起来，两三根腹部的白色羽毛就如雪片飘落土间，赤褐色的血和泥土沾黑了头部。它长长的脖子就像那个男子般无力地从武士的双手中垂下来，眼睛覆盖着灰色薄膜。不知怎的，这时武士也感到自己不吉的命运。

一月底，叔父死了。赶到分家一看，叔父的身体变小，像小孩子，脸颊的肉完全不见，但是神情安详，整个表情甚至让武士感到他对黑川土地的执着已经消失了。

送葬行列以棺木为正中央，在残雪掩盖的白色道路上绵延到山麓。父亲的棺木也埋在那里的墓地，用雪与泥土混杂的黑土覆盖。武士派人到寄亲的石田先生处报告叔父的死讯。

风发出如泣的声音在谷户结冻的雪上吹拂，夜，更深了。突然，石田先生处的人来了。或许是顾虑到评定所，叔父死的时候他们连安慰的话语都没有。里久说寄亲突然传话来，或许是禁足解除了吧？武士在刹那间也有那种感觉。尽管评定所处分他不能出谷户之外，石田先生仍特别指示他由一人陪同到布泽来。

这一次，武士也带着与藏到布泽。路上寒冷，有时从灰色的下雪的天空中有薄阳照射，有时从林中被风吹过来的细雪碰到他脸上。马沿着结了厚冰的河前进，武士心想，在这条路上来回几次了呢？接受公差的指示，呈请归还黑川土地的请愿书时；被告知放弃土地心情沉重地回来时。这是有着种种回忆的道路，而且无论哪一次都是和与藏走这条路。

武士偶尔从马上回过头来看默默尾随于后的与藏。在这土地上，穿着名叫角卷的斗篷的与藏，跟在漫长的旅途时一样没离开他。“好冷哦！”武士对下男说，语带安慰。

到达布泽时，有风，但是天空晴朗。晴空下，白色山脉连绵到远处，一望无际的旱田被覆盖在结冻的雪中。这里不同于谷户，可耕种的土地广阔，水利似乎也不错。

石田先生公馆的壕沟结冻了，稻草屋顶层雪覆盖，从屋檐上，冰柱垂挂下来，如白齿一般。与藏留在庭院里，武士在等候室的地板上等候良久。

“阿六啊！”

石田先生的声音嘶哑，一坐到上座就说。

“种种事情都让人遗憾吧？我也想找机会去扫扫墓。不过，光是长谷仓家没有断绝这件事，就该感到庆幸啊。”

我做了什么呢？——武士把冲到喉咙的话给硬逼住。说出也是徒然。

“不是你的罪过，只是运气不好。藩那里啊……”石田先生的话说到这里停住了，“藩里这样处置你……你可以申辩呀！”

石田先生有点鼻塞。

“申辩？”武士无法理解，抬起头，含恨望着寄亲，“您说申辩是……”

“向江户申辩呀！江户现在正在找借口，要把大藩一个个撤销。藩主长期收留从关东逃来的天主教徒，还有接受贝拉斯科的要求，写信给西班牙让天主教的神父带去，这些事，现在江户都在一一责问，本藩也不得不申辩。”

武士两手按在冰冷的地板上，说不出话来，掉下一阵大颗的眼泪。

“你啊！运气不好被卷入政权更迭的旋涡之中。”石田先生叹气，带着鼻音，“很懊恼吧？你懊恼的情形，我这老人比谁都清楚啊！”

武士抬起头，凝视着石田先生的脸。武士从亲切的声音、亲切的脸上感到谎话的意味。无论是老人的表情，或是鼻音，尤其是叹息，都让武士感到他在说谎。他对自己的后悔、懊恼根本什么也不了解，只是装作了解的样子。

“不过啊，阿六，长谷仓的家门绝不会中断。这一点，无论是评定所或鲇贝先生都保证了。”

石田先生重复刚才的话，语气坚定。

“勘三郎的事，我也十分注意，不过……”

武士不解老人为何突然说出这样的话。

“不要怨恨我！”

“我没有怨恨。”

“会有新的判决。”

石田先生宛如放下重担似的一口气说了之后，摇晃地站起来，走开了。有脚步声传出，是那天曾到过谷户的评定所的官差。

“判决！”

像曾经有过的那样，在低着头的武士上方，官差的声音响起。

“因皈依天主教之故，要再审判，速到评定所……”

武士知道在纸拉门关着的走廊下有几个男子屏息等候着。那是以防万一武士不服判决反叛，为了逮捕他而待命的男子。

武士写好给妻子和勘三郎的信，切下少许头发放入信中，然后，拜托在旁边等着的石田先生的差使。

“请叫下男与藏来。”

差使走出房间，他把手放在膝盖上闭上眼睛。评定所的官差和石田先生毫无疑问在里面的房间，宅邸中静悄悄的。

有时传来耐不住重量的雪从稻草屋顶滑落的声音。钝重的声音一消失，寂静更深。

“你啊！运气不好被卷入政权更迭的旋涡之中。”刚才石田先生说的话还清楚留在耳中，“很懊恼吧？你的懊恼情形，我这老人比谁都清楚啊！”

官差也跟上次一样在最后又加了一句：

“虽说是任务，很难过呀。”

武士一动也不动。宅邸中静得出奇，他的心连勾起任何情绪的力气也没有。再审议……再审议云云不过是个借口，辩解、说明，早就向津村先生、大塚先生不知说过几次了。“藩里这么处置你，可以向江户申辩呀！”石田先生的话在耳边响起。一切早就决定好了——让自己在设好的轨道上走，被推落在黑暗的虚空之中。

雪在屋顶上发出咿呀声，又滑下来了。那声音让武士想起帆网的咯吱声。帆网咯吱、白色的黑尾鸥发出尖锐声音交错飞回、波浪拍打船腹、往大海出航的瞬间，从那瞬间开始，命运就这么决定了。漫长的旅途正把他送往该去的地方。

不知何时，与藏端坐在雪中的庭院里。从官差处，他无疑已经知道一切了。武士眨眨眼睛，注视着这位忠实的下男好一阵子。

“到今天为止的辛苦……”说到这里，武士的喉咙哽住了。

与藏听不清，主人现在是说感谢到今天为止的辛苦，还是嘟囔怨恨着到今天为止的辛苦呢？接着，他感觉到面前主人和差使站起来的迹象。

武士望着雪落在前方的屋顶上。飞舞的雪让人觉得像谷户的天鹅——从遥远的国度来到谷户，又往遥远的国度而去的候鸟，见过许多国家、许多城镇的鸟。那就是他。而如今，他又要去往陌生的国度……

“今后……您要陪伴祂。”突然，从背后传来与藏努力挤出的声音，“今后……您要服侍祂。”

武士停下脚步，回过头来，用力点了点头。然后，在发着黑光而冰冷的走廊下，他朝向旅途的终点而去。

死刑执行的日子决定了。前日，贝拉斯科和修士路易斯·笹田获得特别许可，在狱卒的监视下清洗身体，换上新的囚衣。借用狱卒的话，这也是奉行所的“特别的慈悲”。他们满是污垢的身体瘦干干的，肋骨根根可数。最后的晚餐，也由于特别的慈悲，除了常有的一碗菜之外，还加了一条腐败的鱼。所以说最后的一餐，根据狱卒的说明，是由于处刑的早上规定不给犯人早餐吃——因为有的犯人会害怕，在刑场会把胃里的东西吐出来。

被问到有什么要求,贝拉斯科和路易斯·笹田都要求给新的纸,各自写遗书。在从格子泻入的微弱阳光中,贝拉斯科给吕宋修道院同事写遗书如下:

> 现在,我感到最后的一刻分秒逼近。日本——向神祈求在满是岩石的这不毛之地降下爱之雨,也希望你们宽恕我的罪。在我的生涯中,我犯了太多的过错。如做事效率不佳的人想一举解决事情一般,现在,我等着殉教。如神的旨意在天行使般,希望你的旨意也在日本没有道路的土地上实现。请宽恕以神父而言,未能充分完成神给予的任务的我。请忘记由于我的虚荣心、我的傲慢,几次伤害到你们的事!你们是主小麦田的好耕手,有了很大的成果,我们把一切归诸天主的荣光!

贝拉斯科写遗书时,从心底感悟到由于自己的虚荣心与傲慢,到今日为止伤害了无数的人。为了补偿,自己非忍受明天的痛苦不可。

把遗书交给狱卒的时候,跟往常一样,夕照与寒气逐渐侵入牢里。贝拉斯科想到明天同一时刻,自己已不在这牢里，这里空荡荡的，跟现在一样，夕照也会进来，甚至有受辱的感觉。

和路易斯·筐田祈祷时，从牢舍深处突然传来脚步声，格子门打开了。在蜡烛的火光下浮现出狱卒扁平如鱼的脸。

“进去！”

在狱卒的声音下，有一道庞大的影子弯着身子笨拙地钻进来，以拉丁语朝二人细声说：

“主的平安！”

由于黑暗，看不到囚人的脸和身子，但是从他的四周仍然有和两人到今日为止相同的臭气飘过来。

“神父吗？”

他以嘶哑的声音说，我是伯多禄会的卡尔瓦里奥神父。“我在铃田的牢里，明天，我和两位一起被处刑。”

他潜伏在长崎附近，去年年底被捕，因为明天的死刑被从位于大村与长崎之间的铃田的牢里移到这儿。

黑暗中，贝拉斯科微笑着，不是往常轻视对方时的那种微笑。他忽然发现自己对于对方是伯多禄会的神父毫不怨恨，也不生气，因而不由得露出微笑。在旅途之中，为了陷害他，放出所有的谗言，妨碍他计划的伯多禄会——尽管眼前站着的是那个教会的神父，他不憎恨，甚至还感到怀念。或许是明天一起分享死亡的感情洗清了一切。跟明天的死亡相比较，愤怒、憎恨无疑是微不足道的了。

“我……”他说出自己的名字，“是贝拉斯科神父。”

卡尔瓦里奥神父默然。从他的沉默可知他似乎从前曾听过贝拉斯科的名字和过去。

“不要担心！”贝拉斯科亲切地安慰，“现在什么也不想了。明天，我们会在同样的国度吧？”

他拜托卡尔瓦里奥神父如果可能的话听听自己赎罪的告白。于是，他跪在飘散臭气的身体旁边。虽然知道自己的声音路易斯·笹田会听得清楚，不过，他都不在意了。

我的傲慢与虚荣心，到今日为止歪曲、伤害了许多人。我想借神之名满足我的虚荣心。

我把神的意旨和自己的意旨混在一起。

我也憎恨过神，因为神不依从我的意思。

我甚至否定神，因为神无视我的意志。

我没有察觉到那是自己的征服欲与虚荣心，自以为是为了神。

卡尔瓦里奥神父发出口臭，以沙哑的声音唱警诫的话语，最后画十字。

“请安心！平静地去吧！”

听到这句话时，贝拉斯科想起在雄胜听告解的男子的侧脸。不知那个男子现在在哪里，在做什么？自己对那个男子撒了谎，而后死去，为了补偿那谎言，自己也非死不可。尽管告解已经结束，他的心情仍不平静。

半夜，路易斯・笹田开始哭出声，今夜也受到死亡的恐怖的侵袭。像平常一样，贝拉斯科握着笹田瘦小的手，拼命地向神祈祷：请把这痛苦给我！卡尔瓦里奥神父也跪在笹田旁边，为颤抖而哭泣着的这位青年祈祷。终于，牢中开始逐渐泛白。处刑的早晨来临了。

早上。

天气晴朗，但是风很大。他们被从牢里带出来时，在牢舍的庭院中早有手持枪与茅的下级武士并立，大村藩的纹幕在风中鸣响。幕前有几个藩士坐在床几上，上次从奉行所来的那个官差也在其中。

他从床几上站起来要三人报上姓名。弯腰向似乎是上司的男子不知说些什么之后，五十几岁微胖的男子打开写着宣告处刑的纸念了起来。

风冷冷的。远处可见的海掀起白色波浪，似乎相当寒冷。

宣告终于念完了,守卫围住三人把他们的双手绑起来,也把绳子绑在他们脖子上,不过,绑得并不紧。

队伍出发了。官差们骑马,囚犯和守卫以及下级武士徒步,往穿过橘子园的道路而去。农妇停下手边的工作,惊讶地朝这边看。

“主为我们被钉在十字架上!”

在坡路上蹒跚而行,卡尔瓦里奥神父突然唱起歌来。

“偷偷给我们十字架的人啊!”

官差和守卫任由他继续唱下去。

走下橘子园就是大村的村子。在稻草屋顶的人家并列的道路两侧,背着笼子的男子和抱着小孩的女人失神地眺望着一行人走过。贝拉斯科有时鼓励步履蹒跚、几乎倒在他身上的路易斯·笹田:

“很快……很快一切就结束了。主在等着。”

看热闹的人一直排列到稻草屋顶人家的尽头处。

“主啊!请宽恕他们!”

卡尔瓦里奥神父唱到这句就停止了。

“他们不知道自己所做的事!”

从他们靠近村尾开始,风突然变强。海湾的波浪强大,连一只小船也没有。为挡风而种的瘦小松群如小人般摇晃。

看得到远处的竹栅栏。竹栅栏的周围有一队持枪的下级武士待命着。这一带叫作放虎原,是大村藩的刑场。

贝拉斯科注视大海,走在贝壳和海草残骸散乱的沙滩。风,打在额头。海湾远处柔和的浅紫色针尾岛的群山清晰可见,这边的波浪卷起旋涡,如雾的水烟覆盖在小岛的岩石上。只有外海上,明亮的阳光照射着。这是贝拉斯科他们看到的最后的日本风景。

竹栅栏被打开了。队伍停下脚步。在海风吹拂下等待死亡的囚犯,每个人脸上连嘴唇都失去血色。在竹栅栏的正中央有三根新的桩钉在那儿,底下堆满稻草和木柴,宛如高个的行刑人般直立着。

“喂!还不打算弃教吗?这是最后一次机会了!”

两个传教士用力摇头,路易斯·笹田迟疑一下之后拒绝了。

官差点点头,走了两三步,像是突然想起什么似的又回到贝拉斯科旁边,注视着他的眼睛告诉他:

“这是秘密!事实上,跟你一起到南蛮国家的长谷仓和西,因为皈依天主教,都被处死了。”

沉默着的贝拉斯科铅色的嘴唇上浮现出欣慰的微笑。

“啊!”声音从嘴唇间泄出,贝拉斯科回过头看着卡尔瓦里奥神父,喊道,“我也可以到他们的地方去!”

三人同唱“主的祈祷”,排成一列往木桩走去。那三根木桩从远处注视着他们,一直等待着。他们一个个走到前面,靠在木桩上,守卫们把他们的身体紧紧绑在木桩上。风声强大。

“往生去吧!”

守卫绑好他们,大喊一声之后往四方分散,避开风,在竹栅栏附近眺望这些工作。

一个下级武士拿着火炬给木桩底下堆积的木柴和稻草一一点火。在风的煽动下,烈焰飘摇,浓烟升起。在飘逝的浓烟中——

请救救我吧

从无终止的死亡

听得到他们大声的祈祷。但是,在火势升高的瞬间,首先是路易斯·笹田,接着是卡尔瓦里奥神父的声音突然停止,只听得到风声和木柴烧裂的声音。最后,从包围着贝拉斯科的木桩的白色浓烟中,有一道声音持续响着。

“活着的……我……”

经过很长时间火势才停息,官差和守卫似乎很冷,远远站立着。火熄灭后,不见囚犯的三根木桩弯曲如弓,熏着烟。守卫捡起骨灰放入草席袋,填入石块之后,将袋子丢入大海。

海水拍打沙滩,溅起波浪,吞噬守卫丢下的草席袋,涌上来,又退回去。如此重复几次之后,宛如什么也没发生过似的,冬阳照在长长的沙滩边,在风中,海浪扩散开来。竹栅栏中,已不见官差和守卫的影子。

附　录

远藤周作的《武士》

林水福

一

以严肃性文学系列而言,《武士》是远藤周作继《沉默》之后的作品,于一九八〇年发表,获野间文艺奖。

仙台藩的伊达政宗曾于十七世纪初派出遣欧使节支仓常长远渡墨西哥、西班牙、罗马等地,《武士》是远藤从支仓生涯中有所触发在内部构成的小说。

小说中的两个主要人物,武士长谷仓六右卫门与神父贝拉斯科。长谷仓出身东北寒村,是地方的低级武士,刚毅木讷,忍耐性特强;贝拉斯科能言善道,具有强烈的野心,一心一意想当日本的主教。两个人的个性、造型……形成明显的对比。

准备一辈子厮守谷户的长谷仓,有一天突然接到藩主的命令,要他与松木忠作、田中太郎左卫门、西九助等四人远赴重洋到墨西哥,希望能与墨西哥建立直接贸易的关系。

这命令对长谷仓而言,不啻是青天霹雳,此去波涛万里,能否活着回来,一切皆在未知之数。可是上命难违,武士只得带着随从与藏、清八、一助、大助,抛妻弃子,强忍着痛苦,踏上遥远未知的旅途。

这次旅行的计划是由保禄会的神父贝拉斯科拟定的,由他担任翻译。贝拉斯科的如意算盘是希望借此建立与祖国西班牙的通商关系,让罗马教宗准许他在日本传教。

一行人历经种种困难,抵达墨西哥,可是,并无具体结果,于是又越过大西洋到西班牙。

在谒见西班牙国王和通商上,贝拉斯科尽了很大的力量,眼见即将有圆满结果时,教会得知日本颁布禁教令、严厉取缔天主教的事实,因此功败垂成。而为了谒见西班牙国王,武士们在贝拉斯科的软硬兼施下受洗了,尽管他们在内心告诉自己只是形式上的受洗。

最后,他们只有到罗马,把希望寄托在教宗身上。可是,在那儿也遭到博尔盖塞枢机主教的反对。武士们虽有机会见到教宗,却只获得形式上的祝福而已!

一行人结果只有重复徒劳的旅行，越过大西洋，穿过墨西哥，往东经太平洋回到日本。

历经千辛万苦回到日本的武士们，迎接他们的却是以邪教教徒身份遭到审判、处刑。长谷仓六右卫门在临死之前才悟出被处刑时基督像的真意。另一方面，贝拉斯科被派到马尼拉当修道院院长之后，仍然忘不了日本，又回到日本，被处以火刑。

二

日本人的泛神教感觉，使之对天主教产生距离感，远藤从青年时代起即深为所苦。拿远藤的比喻，是为名为天主教的不合身的洋服而受苦。在《到雅典》《白种人》《黄种人》《海与毒药》中，远藤皆表白信仰上的苦恼。《武士》中，一神论与泛神论的对比，借着贝拉斯科神父的反对者巴伦特神父的口说出：

> 因为日本人本质上对于超越人的绝对性、超越自然的存在，以及我们称为超自然的东西并无感觉。在三十年的传教生活中……我好不容易才察觉到这一点。要告诉他们这世界的无常并不容易，因为原

> 本他们就有这种感觉。然而,可怕的是,日本人有享受这世界无常的能力。由于这能力足够,他们享受停留的乐趣,也由于这感情,他们写了许多诗。然而,日本人并不愿从那儿提升,也不想提升之后再追求绝对的东西。他们讨厌区分人与神的明确境界……他们的感性经常停留在自然的次元,绝不再提升。在自然的次元中,那种感性微妙、精致得令人吃惊。但是,那是在别的次元无法把握的感性。因此,日本人无法了解与人不同次元的我们的神。

《武士》中的主角武士,也是无法思考与人不同次元的天主教的神的日本人。作者让长谷仓六右卫门以普通名词武士登场的理由,意味着这不是作者个人的问题,而是所有日本人的问题。如何促使对天主教怀有异质感觉的武士,接受形式上、权宜之计的受洗呢?

《武士》的前半,作者对这方面的安排,费了很大的苦心。到武士决定接受形式上的受洗为止的过程,与《沉默》中洛特里哥决定形式上踏印有耶稣像的木板块的过程类似。在作者细密的情节安排与文字巧妙的表现下,促使武士接受形式上的受洗的过程相当成功。

三

《武士》中，让贝拉斯科以第一人称说话，而以第三人称描述武士们，交互进行。启程之初，武士们与贝拉斯科依不同的任务、不同的目的出发。他们可说是两条平行线，甚至还是紧张的对立关系。然而，途中遇到暴风雨，仆人清八身受重伤时，贝拉斯科到翌日清晨寸步不离地照顾他，手捏念珠为他祈祷。长谷仓从另一随从与藏处知道这件事，感到羞耻，但却不自觉地手持念珠，坐在帆柱影下：

> 多颗树种子串联而成的念珠的另一端系着十字架，十字架上刻有瘦削的裸体男子。看着无力地张开双手、低着头的那男子，他不明白所有南蛮人，包括贝拉斯科在内，为什么称他为“主”。对武士而言，能称为主的只有藩主，然而藩主并不这么寒碜，也不可能是这般软弱无力的人。光是拜瘦削的这个人的行为，就让武士认定天主教是奇怪至极的邪教。

对武士而言，耶稣像的意义增大的同时，对贝拉斯科而言，他对日本的关心程度也越来越大，内心里说：“我把再回到日本当成是一种使命，因为我想如驯服猛兽般一一克服在那国所遭遇到的困难。”

与巴伦特神父对决失败后，贝拉斯科与武士们决定去罗马，从这时候开始与武士们有了连带感。他说：“我觉得很奇怪，在出发旅行之前和旅途中，我觉得自己是和各位走在不同的路上。说实话，我常觉得自己坚强，可是今夜，不知为什么第一次感觉到和各位之间有一条线连接着。今后各位和我将被同样的雨淋、同样的风吹，并肩走同样的路。我有这种感觉。”

武士与西和贝拉斯科分手回日本。这时日本全国已实施禁天主教。武士长谷仓不但没有要回旧领地黑川，反而遭到审判，最后被判处死刑。小说中对这结局描述如下：

> 武士望着雪落在前方的屋顶上。飞舞的雪让人觉得像谷户的天鹅——从遥远的国度来到谷户，又往遥远的国度而去的候鸟，见过许多国家、许多城镇的鸟。那就是他。而如今，他又要去往陌生的国度……
>
> “今后……您要陪伴祂。”突然，从背后传来与藏努力挤出的声音，“今后……您要服侍祂。”

> 武士停下脚步，回过头来，用力点了点头。然后，在发着黑光而冰冷的走廊下，他朝向旅途的终点而去。

武士被政治利用，以使者身份出使欧洲，也被政治背叛，受罚。武士心中“那个男子”开始具有重大意义，旅途中多次梦见的白鸟飞舞，其实就是他自己的人生投影。面临人生的终点，武士深切了解到与地上的王国性质完全不同的另一个王国的意义。这也是作者曾经以“两个王”命名的原因所在。

另一方面，贝拉斯科最后舍弃马尼拉修道院长的职位，回到日本，被判处火刑。他对以往有着种种悔悟，对未来却充满着坚定的信心：

> 或许他认为消灭我、把我烧成灰丢到海里，一切就都解决了。其实，一切从那里才开始。就像主耶稣死在十字架上的同时，一切才开始动起来一般，我也将成为放置在日本这沼泽中的一块踏脚石吧？

SAMURAI by ENDO Shusaku
Copyright© 1980 The Heirs of ENDO Shusaku
All rights reserved.
Originally published in Japan.
Chinese (in simplified character only) translation rights arranged with
The Heirs of ENDO Shusaku, Japan
through THE SAKAI AGENCY and BARDON - CHINESE MEDIA AGENCY.
本书中文简体字版版权,为浙江文艺出版社独家所有。
版权合同登记号:图字:11-2018-9号
翻译版权合同登记号:图字:11-2019-169号

图书在版编目(CIP)数据

武士/(日)远藤周作著;林水福译.—杭州:浙江文艺出版社,2020.1(2021.6重印)
ISBN 978-7-5339-5868-8

Ⅰ.①武… Ⅱ.①远… ②林… Ⅲ.①长篇小说-日本-现代 Ⅳ.①I313.45

中国版本图书馆CIP数据核字(2019)第221686号

策划统筹:曹元勇
责任编辑:易肖奇
封面设计:人马艺术设计·储平
责任印制:吴春娟

武士
[日]远藤周作 著
林水福 译

出版 浙江文艺出版社
地址 杭州市体育场路347号 邮编:310006
网址 www.zjwycbs.cn
经销 浙江省新华书店集团有限公司
印刷 上海中华商务联合印刷有限公司
开本 850毫米×1168毫米 1/32
字数 210千字
印张 12.5
插页 6
版次 2020年1月第1版
印次 2021年6月第2次印刷
书号 ISBN 978-7-5339-5868-8
定价 69.00元(精装)

版权所有 侵权必究
(如有印、装质量问题,请寄承印单位调换)